I0657695

Silvia Montis

La profezia del lunistizio

(il diario della custode)

Youcanprint *Self – Publishing*

Questo libro è un'opera di fantasia. I personaggi e le vicende descritte sono invenzione dell'autore. I luoghi citati, seppur esistenti, sono stati descritti in modo fantasioso con l'unico scopo di conferire fascino alla narrazione. Qualsiasi analogia con luoghi, fatti o persone è puramente casuale.

Titolo | La Profezia del Lunistizio
Autore | Silvia Montis
Copertina a cura dell'autore
ISBN | 978-88-93215-29-9

Youcanprint *Self - Publishing*
Via Roma, 73 - 73039 Tricase (LE) - Italy
Tel. +39/0832.1836509
Fax. +39/0832.1836533
www.youcanprint.it
info@youcanprint.it
Facebook: facebook.com/youcanprint.it
Twitter: twitter.com/youcanprintit

Stesura cominciata nel 2004
Finito di scrivere e pubblicato la prima volta nel 2012
Ripubblicazione 2015

RINGRAZIAMENTI

Un ringraziamento doveroso a tutti coloro che sono stati fonte di ispirazione e che, in questo lungo viaggio fatto di radici, mi hanno tramandato, anche inconsapevolmente, saperi e tradizioni.

Grazie soprattutto: a mio marito, Shardana, con cui condivido ogni attimo di questo meraviglioso viaggio chiamato vita; a mia madre, Shardana, che ha sempre creduto in me e mi ha sempre spronata ad andare avanti indicandomi il confine tra cielo e terra in una dimensione chiamata sogno; a mio padre, Nuragico, che mi ha insegnato ad ascoltare il battito della terra e a percepire il ritmo della natura; a mia sorella, Custode, linfa vitale e specchio della mia anima; ai miei nonni, Shardana e Nuragici, che mi hanno trasmesso l'energia degli elementi, tramandandomi creatività ed eredità profonde.

Un grazie anche: a mio cugino Michele, Shardana e Tuatha, nelle cui vene scorre sangue sardo e spirito irlandese. A lui devo molte delle testimonianze sulla cultura irlandese; a Ollinatl, Custode dell'antica cultura Azteca, caro amico e fratello di luce, nonché maestro iniziatico; a Leonardo Melis, Shardana, che mi ha svelato molti misteri sulla storia del popolo sardo; a Walter Cappicciola, Custode, studioso di Antiche Civiltà Scomparse, con cui abbiamo potuto creare interessanti dibattiti prezioso per il mio libro; a Dario Giansanti, "Holger" per gli amici, custode e studioso di mitologia Nordica, che mi ha fornito materiale prezioso per le mie ricerche. Non ultimi ringazio tutti coloro che hanno creduto in me.

3

Ai miei antenati

*"La storia è il romanzo di ciò che è stato,
Il romanzo è la storia che avrebbe potuto essere"*
E. e J. De Goncourt

INTRODUZIONE

Caro lettore, hai mai pensato che nelle fiabe e nelle antiche leggende vi sia celata, in verità, un'eredità tramandata dai custodi di un antico popolo che, sin dalla notte dei tempi, ha lottato per non essere dimenticato? Questo libro è dedicato a coloro che hanno acquisito il dono di guardare oltre l'apparenza e che, nella loro sensibilità umana, hanno la consapevolezza di essere figli dell'Universo, ospiti della madre Terra. Non suoi dominatori, conquistatori, o padroni, ma custodi, figli di antichi vigilanti. Esseri che percepiscono il suo battito come fosse creatura fertile e feconda, dispensatrice di vita e che per tale la hanno sempre venerata divinizzandola come dea, il cui sangue scorrere come energia profonda che ci lega agli antichi Padri e all'universo infinito. Chi ha ereditato il grande dono di custode e di guardiano potrà riscoprire, in questo libro, il segreto più prezioso che dovranno tramandare.

Per un custode e un guardiano il forte legame con la madre terra e con la propria storia, fatta di tradizioni, è caratteristica imprescindibile, come l'amore per la vita e la nobiltà d'animo. Perché solo coloro dal cuore puro possono trovare la chiave che apre il sigillo in cui è custodito il cuore del Drago, il centro del labirinto sede dei più antichi e preziosi tesori dell'esistenza.

Buona lettura!

Visioni

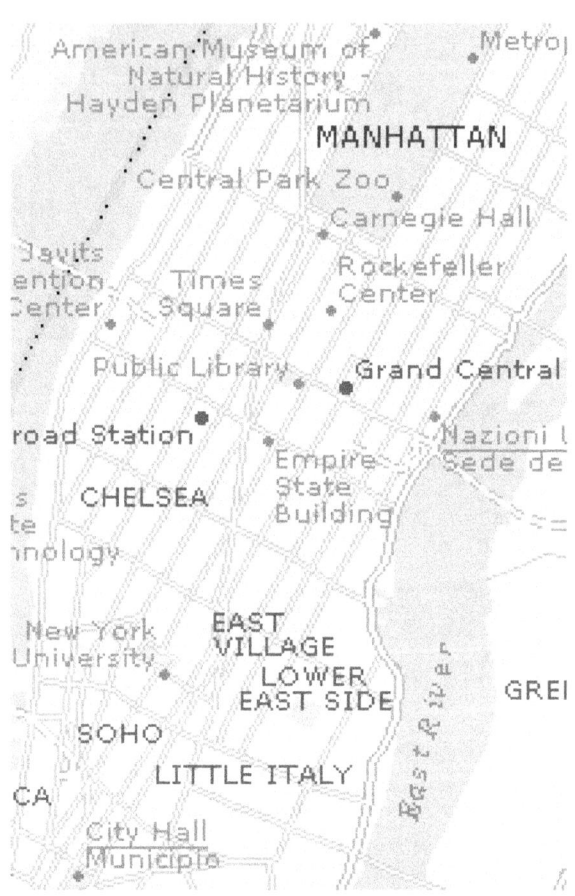

Manhattan – New York

Capitolo 1

Manhattan, giovedì 02 febbraio 2007

Un respiro ansimante. Il sudore nella fronte. Sally sobbalzò improvvisamente. Per fortuna era solo un incubo. Si alzò dal letto, stordita. Il sogno appena fatto l'aveva vistosamente agitata. Si avvicinò allo specchio e scrutò il pallido viso riflesso. Sentiva addosso una strana sensazione, come se fosse appena tornata da un lungo viaggio. Quel sogno le parve talmente reale e tangibile che ebbe un inspiegabile presentimento: e se non si fosse trattato affatto di un sogno? Ma sapeva che questo non era affatto possibile e fece un lungo sospiro, per cercare di calmarsi, anche se nella mente aveva ancora impresse le immagini di quella grandissima cattedrale: la lunga navata centrale, gremita di individui vestiti con una strana tunica scura e il volto nascosto da un ampio cappuccio; lei che si trovava tra la fila di colonne, che separavano le navate, affiancata da due figure maschili di cui non riusciva a ricordare i volti, di cui tuttavia sentiva la familiarità e il senso di protezione.

La luce soffusa filtrava dalle vetrate, decorate con gradazioni rossastre: le immagini rappresentate erano quelle della Via Crucis. Vicino all'altare un uomo predicava strani sermoni in una lingua straniera. Non aveva l'aspetto di un prete, né quello di un predicatore cattolico, semmai quello di un inquietante sacerdote esoterico. Sally stava nascosta, intimorita. Ascoltava da dietro il pilastro, cercando di capire cosa il sacerdote dicesse e scrutava quelle strane persone mentre praticavano strani rituali. La lingua usata era enigmatica ma stranamente non del tutto sconosciuta: non si trattava di latino ma certamente di un gergo antico. A un certo punto notò che nei quattro lati del pilastro, in cui lei stava nascosta, vi erano rappresentati in rilievo l'immagine di quattro cavalieri, uno per ogni lato del pilastro. L'effigie di ogni cavaliere era accompagnata da una croce templare, che fungeva da sfondo nello scudo che impugnavano. L'estremità superiore era fenduta da una strana apertura ricavata dal bordo dello scudo, resa quasi invisibile agli occhi di un passante distratto. Sally però la scorse e, avvicinandosi maggiormente, la osservò con curiosità. Si trattava di una incavatura profonda. Era un ingegnoso nascondiglio. Lo volle esplorare meglio e si accorse che, all'interno della fenditura, vi era un piccolo pungolo in pietra. Lo spinse verso di lei e con un tonfo secco la fessura si allargò, lo scudo scivolò verso il basso e un vano portaoggetti si aprì, come per magia. All'interno di esso vide con suo immenso stupore una vecchia pergamena impolverata, riposta da chissà quanto tempo. La prese in mano, tolse la polvere e cercò di leggerne l'incomprensibile contenuto che, a prima occhiata, pareva essere un prezioso codice miniato con simboli sia pagani che cristiani. A un certo punto il sacerdote notò la presenza di Sally e, infuriato, la additò imprecando con strane frasi. Improvvisamente tutti i presenti la guardarono con aria altrettanto minacciosa e il sacerdote cominciò ad assumere un aspetto terrificante. Con il movimento delle mani creò attorno a sé uno strano vortice d'aria e gliela scaraventò sopra, con un altro movimento delle mani, come se riuscisse a controllarlo con il potere della mente, mentre la sua sagoma era avvolta da una strana luce rossastra. Qualcuno accanto a Sally la destò "prendi i quattro libri" sentì tra la confusione "Sally, solo tu puoi fermarlo". Inaspettatamente si sentì invasa da una strana forza intrinseca, gremita di energia, come fosse posseduta dallo spirito di ignoti antenati che la guidavano passo dopo passo. Seppe cos'era necessario fare, quindi prese le restanti tre pergamene nascoste tra le effigi degli altri cavalieri poi, in modo quasi meccanico, cominciò a leggere a voce alta la prima. Ora quella strana scrittura le scorreva tra le labbra come fosse la sua lingua madre. Il sacerdote indietreggiò sconcertato. Sally continuò, prendendo la seconda pergamena e leggendo con fervore termini che irritavano sempre più l'uomo. Questo infatti cercò di contrastarla, controllando gli elementi e scaraventandogli addosso aria e pioggia, che iniziarono a roteare vorticosamente verso di lei. Ma Sally aveva creato attorno a sé una barriera che emanava un singolare bagliore azzurro e che fermava, con stupore dei presenti, gli attacchi dell'uomo. La giovane prese la terza pergamena e recitò i versi in essa contenuti. Un bagliore intenso a questo punto si sprigionò tra le colonne, creando un frastuono che echeggiò per tutto l'edificio. La moltitudine di persone fuggì, atterrita, tra schegge di fuoco e luce abbagliante che sopraggiungeva da ambedue i contendenti. La potenza devastatrice divenne ormai implacabile e la cattedrale si trasformò in un campo di battaglia; la polvere si sollevò alta; fogli e oggetti svolazzavano roteando. L'uomo continuava a invocare versi in rima che trafiggevano Sally con impeto, ormai stremata dal duro confronto. La giovane prese quindi la quarta pergamena e perseverò nella lettura, recitando gli ultimi versi con gran vigore. L'ultimo, straziante, intenso frastuono, prima del grande scontro finale. L'energia positiva, proveniente dalla mano tesa di Sally, e quella negativa, emessa con forza dalle mani giunte dell'uomo, crearono una potentissima onda d'urto. La forza di Sally ebbe il meglio, non ci volle molto per udire le urla strazianti del losco individuo che la supplicava di fermarsi, mentre le fiamme deflagravano definitivamente il suo corpo riducendolo in cenere. Intanto si era aperto un varco temporale, che scaraventò inaspettatamente Sally in un'altra dimensione. La giovane, stordita e senza più forze, si ritrovò sdraiata in mezzo a una strada, al centro di una ignota città straniera. Si guardò intorno. Vide accanto a sé, distesi e privi di senso, le due figure maschili che erano con lei poco prima nella cattedrale. Anch'essi, dopo qualche secondo, si destarono storditi e sconcertati per l'accaduto. Sally scrollò la polvere dagli abiti e si sollevò. Qualcosa cadde sul suolo: erano i quattro codici miniati, magicamente fusi in un unico grande libro. Nella copertina di pelle scura si manifestò uno strano simbolo iridescente, la cui luce poi scemò fino a spegnersi, lasciando nel pellame la sua incisione, marchiata a fuoco. Un turbine improvviso la fece sprofondare nel buio. E Sally si svegliò.

Non le era mai capitato un sogno così, talmente intenso da farle sentire addosso ancora i segni della lotta. Indolenzita e sudata si toccò il ventre dolorante e, sconvolta, si rese conto che addosso portava i segni di quella incredibile colluttazione: lividi, cicatrici e uno strano simbolo, inciso sulla sua candida pelle.

Trascorsero diverse settimane prima che Sally si capacitò di ciò che le era successo. Aveva bisogno d'aiuto e decise di rivolgersi alla persona che più di tutti le era stata vicino, da quando suo padre era venuto a mancare. Senza pensarci ulteriormente prese la cornetta e compose il numero. Dall'altra parte una voce soave e gentile si rese subito disponibile, fissandole un primo appuntamento <<Carissima vieni pure lunedì e ne parliamo con calma, così magari mi racconti cosa ti preoccupa>>. <<Ok, lunedì pomeriggio sarò da te – confermò – Grazie Dorigo>>.

Capitolo 2

Manhattan, lunedì 26 febbraio 2007

<<È una sensazione intensa quella che percepisco nell'approccio con queste due isole: camminando per le vie dei paesini interni e osservando gli spazi circostanti, la sensazione che provo è quella di camminare in terre antiche, quasi primordiali>>. Un lungo silenzio anticipò l'intervento del medico <<Che mi stai raccontando?>> pronunciò sconcertato Dorigo. <<Da alcune settimane ho delle visioni e questo è ciò che vedo>>. <<Continua, hai la mia attenzione!>> proferì, avvedutosi della serietà del problema. <<Il rumore del progresso non raggiunge questi luoghi; la frenesia della modernità non include le abitudini di questa gente; intorno sento solo il rumore del vento e il belare delle greggi al pascolo>> Sally si interruppe nuovamente. Flash di immagini e suoni, colori e profumi, invadevano la sua mente. Il medico accennò un sorriso ironico <<Vorresti più silenzio? Dove abiti ci sono troppi rumori?>>. Lei scosse la testa e con fare incurante continuò a raccontare <<In questi luoghi sperduti, non avverto il passare del tempo. I ritmi delle giornate sono scanditi esclusivamente dalla natura. Gli arbusti secolari vegliano da sempre le vaste pianure. Territori dal carattere rude e selvaggio che, fra coste, monti e pianure, ostentano tutta la loro affascinante bellezza>>. Mentre Sally favoleggiava con disinvoltura, il busto di lui si piegò improvvisamente in avanti sulla scrivania, mentre con una matita segnava velocemente due appunti. <<Cosa scrivi?>> osservò lei infastidita. <<Nulla di importante, solo alcune note di riflessione – rispose - Continua, ti ascolto>>. Con una smorfia lei riprese a raccontare <<La Sardegna si affaccia nelle calde

13

acque cristalline del mediterraneo, l'Irlanda invece emerge dai freddi mari del nord e le sue onde si infrangono nelle favolose scogliere a picco>>. <<Mi stai dando lezioni di geografia? Perché non mi parli un po' di te e del problema che ti assilla?>> la interruppe lui spazientito. Sally fissò il suo sguardo perplesso ma continuò, impassibile. <<Le immense spiagge sono luoghi di quiete assoluta e gran parte di queste sono tenute ancora in uno stato integro>>. <<Ehi, mi ascolti? Io sono qui per parlare di te, di ciò che ti preoccupa. Non ha senso sprecare le nostre due ore a disposizione parlando di chissà quali luoghi>>. Lei sorrise <<Parlare di ciò che sento? - Sally fissò il suo sguardo - Sai cosa sento Dorigo? Sento che in questa città l'aria è sempre più irrespirabile, i cieli sempre più grigi, gli spazi sempre meno verdi>>. La giovane si alzò dal lettino e avvicinandosi alla finestra guardò fuori. L'uomo la osservò con aria preoccupata <<È questo che ti angoscia? Smog e cemento? È il prezzo del progresso, bisogna imparare a conviverci. Ormai non vi è luogo al mondo in cui non sia presente smog, cemento, tralicci e antenne. Non accettare questa verità sarebbe come voler vivere in un mondo immaginario, fittizio>>. Lei sorrise beffardamente, prima di rivolgergli nuovamente la parola <<Questa è una realtà che ancora non appartiene a queste due Isole – replicò con pacatezza - o perlomeno non totalmente>>. Si allontanò dalla finestra e si sdraiò nuovamente sul lettino di pelle nera. Incrociò le braccia sotto la testa e accavallò i piedi. Continuò poi a raccontare, con aria rilassata. <<Sono ancora ignare dell'esistenza di atmosfere così sofferenti e vantano cieli autorevoli, dall'aria limpida: Il cemento non sopprime le loro foreste e i loro parchi; le ciminiere non inquinano ancora i loro cieli; tralici e ripetitori non occupano ancora, in modo invasivo, il loro territorio. Ma tutto vacilla in un mondo così globalizzato, dove l'intervento smisurato dell'uomo plasma tutto ciò che ci circonda, in nome dei soldi, del potere e del progresso>>. L'anziano uomo si chinò nuovamente sul suo blocco d'appunti e scrisse altre due righe, mentre accarezzava nervosamente la sua folta barba. Lei decise di continuare, nonostante si sentisse un po' infastidita dall'atteggiamento che l'uomo aveva nei suoi confronti. "D'altronde è il suo mestiere" pensò fiduciosa. Aveva deciso di entrare in analisi ma nonostante le incalzanti visioni, che da una settimana non le davano tregua, Sally pensò di aver fatto un terribile sbaglio. Continuò comunque a esporre la sua storia, con la speranza che Dorigo cambiasse atteggiamento. <<È un privilegio per me poter vedere dei paesaggi così integri>> spiegò. Lo sguardo del medico si alzò di scatto fissando la giovane, mentre la fronte gli si accigliò in un'espressione preoccupata, anche se un po' incuriosita <<Sei stata in quei luoghi?>>. <<Ci sono ora>> rispose lei. Dorigo era sempre più imbarazzato e scosso da tali confessioni. Lei chiuse gli occhi. Altri flash invasero la sua mente: le immagini le scorrevano chiare e reali. E continuò a raccontare. <<La mia anima vaga. È estate. Mi trovo in una collina sarda, tra la zona del Medio Campidano e il territorio della *Trexenta*. Intorno a me c'è il verde degli arbusti e una vasta distesa di campi coltivati. Sono sdraiata sull'erba, guardo il cielo e vi scorgo numerose forme bianche e indefinite. Le nuvole si muovono veloci, il vento le trasforma in complesse e bizzarre sagome, mentre la forte luce che le attraversa crea indescrivibili bagliori. Sono colori intensi, che tolgono il fiato dalla meraviglia. Nello stesso momento riesco a vedere i cieli irlandesi: l'aria è fresca e le nuvole, rigonfie di pioggia, si aprono alle infiltrazioni di luce lancinante che squarcia il cielo, in colori pastello mozzafiato. Sono immagini e sensazioni che si intervallano, come fossi in entrambi i luoghi contemporaneamente>>. L'uomo la interruppe nuovamente, scosse la testa e fece un sorriso, come per voler sdrammatizzare una situazione a dir poco sconcertante <<Sei una paziente difficile Sally. Ti vuoi prendere gioco di me?>>. Lei riaprì gli occhi e lo osservò risentita "pensavo che mi avrebbe presa sul serio, che sciocca" era l'unico pensiero che riusciva ad articolare nella sua mente, tra le miriadi di sensazioni confuse. Decise di abbandonare la seduta, ormai rassegnata. <<Non ti farò perdere altro tempo Dorigo, se è questo che vuoi>> asserì. Scese velocemente dal lettino, si diresse verso la porta e, accennando un sorriso graffiante, andò via sbattendo forte la porta dietro di se. Dorigo rimase ammutolito, senza riuscire a dire una parola, senza nemmeno correrle dietro per dissuaderla a rimanere. "L'ho fatta scappare" pensò. Guardò l'orologio, prese velocemente la giacca e andò via dallo studio. Ormai la serata si era conclusa, suo malgrado. Uscendo dal palazzo volse lo sguardo al cielo. Un'atmosfera grigia, cupa, dall'aria afosa. Scrutò i grattacieli sopra la sua testa e i palazzi circondati da infinite antenne, ripetitori e paraboliche. <<È il prezzo del progresso>> sussurrò pensando a quei luoghi immaginari descritti dalla giovane. "È il prezzo del progresso" fece eco la sua mente per cercare di convincersi. Abbassò lo sguardo, si schiarì la voce e si incamminò verso casa.

Capitolo 3

Manhattan, martedì 27 febbraio 2007

Un'altra serata di lavoro principiava e nello studio si udiva solo il ticchettio dell'orologio a pendolo, appeso a una parete color pesco. Un rumore insistente, confuso solo da un leggero brusio proveniente dal ventilatore che, con forza, cercava di scacciare il caldo afoso di quella stanza. L'aria muoveva le tende e agitava alcune scartoffie poggiate sulla scrivania, inclusa la cartella clinica di Sally riposta sopra lo scrittoio dalla sera prima. Nell'ambiente, una stanza confortevole e dalla luce soffusa, si liberava un fruttato profumo d'incenso. Le dita del medico picchiettavano nervosamente sulla scrivania mentre il suo sguardo, fisso sugli incartamenti, sembrava perdersi nel vuoto. Improvvisamente bussarono alla porta con forza e qualcuno entrò senza aspettare risposta <<Salve Dorigo, scusa il ritardo>>. L'uomo si sollevò in piedi con un balzo. L'espressione del viso stupita. <<Salve Sally!>> rispose l'uomo sgranando gli occhi. La ragazza lo guardò esitante <<Sembra che tu abbia appena visto un fantasma>> poi sorrise e accennò un passo in avanti. <<Scusami! Accomodati pure... è che... insomma... pensavo fosse tutto uno scherzo, che avessi rinunciato a questi incontri. Ieri sera sei andata via così velocemente e senza una parola...>> asserì con fare impacciato. <<Scusami per ieri, ero solo sconvolta dal tuo scetticismo. Ho riflettuto e ho ancora molto da raccontare – sorrise - e tu sei pagato per ascoltare, giusto?>>. L'uomo sorrise e fece spallucce con cenno rassegnato, poi allungò il braccio verso il lettino e invitò la ragazza ad accomodarsi. Il battito delle lancette segnava lo scorrere del tempo, che sembrò quasi fermarsi quando Sally rincominciò a raccontare la sua storia. Dorigo fu tentato più volte di interrompere quelle assurde storie di fantasia, narrate come fosse sotto ipnosi, ma quasi senza accorgersene si ritrovò anche lui completamente immerso in quei racconti: <<Forti fragranze arrivano dalla mia terra! – proseguì lei - dai suoi terreni coltivati: grano e carciofi, nella stagione della luce; ulivi e vigne, nella stagione del buio. Intenso anche l'odore degli arbusti selvatici, come l'asparago. Nei monti dell'entroterra Barbaricino e nelle colline del Sulcis Iglesiente, dove le fragranze si fanno più forti, è inebriante l'odore di macchia mediterranea e di sughereti, mischiato spesso ad aromi esuberanti, come quello del mirto e del corbezzolo o, in autunno, dei funghi porcini>>. A un certo punto il medico, incuriosito dalla sua affermazione precedente, la interruppe <<Hai detto la tua terra? Come mai la consideri "tua"? Non ti piace dove vivi? Vorresti stare altrove?>>. <<Ho detto mia? Non lo so, non mi sono accorta – rispose – sento di appartenere a questi luoghi, ma non so perché>>. Riprese poi a raccontare, come se la sua anima vagasse veramente in quei luoghi lontani, estraniandosi da ciò che la circondava <<Ora il mio corpo si leva alto e vaga verso le loro coste>>. Dorigo a quel punto si alzò improvvisamente, spazientito da quella ridicola situazione che non riusciva più ad assecondare. Fu preso da un'incalzante rabbia e si lamentò infuriato. <<Accidenti Sally, mi stai preoccupando. È questo che vuoi? Mettermi paura?>>. Lei ritornò in sé, come fosse rientrata bruscamente nel suo corpo, e cominciò a sudare freddo. Si sollevò dal lettino, con espressione scossa e fiato ansimante. Esasperata cominciò a sbraitargli sopra, con un leggero tremolio di voce dovuto all'ansia e alla fatica <<Dorigo, smettila di pensare che tutto questo sia uno scherzo. E smettila di vedermi come un famigliare, che devi proteggere a tutti i costi. Lo so, il legame tra le nostre famiglie mette a disagio entrambi, ma sono qui perché ho un problema e ho bisogno di aiuto. Pensi che mi faccia piacere mostrarmi a te come una

pazza schizofrenica che ha le visioni? Vedo quei luoghi, sento i loro profumi, ma non so il perché. Non ho raccontato a nessuno di queste visioni, perché sono consapevole che tutto questo è talmente assurdo che rischierei la camicia di forza. Se sono venuta da te è perché ho creduto di potermi fidare>>. Sally scese dal lettino e guardandolo in viso designò una mezza smorfia di delusione <<Tu non credi che questi mondi posano esistere veramente, vero?>> azzardò. <<Beh, diciamo che al giorno d'oggi è difficile pensare che vi siano ancora luoghi incontaminati, fiabeschi, che sembrano far parte di un passato ormai perduto. Ma ciò che mi preoccupa di più, cara Sally, sono le tue visioni. Ti rendi conto possono dipendere solo da una patologia? Che il mio lavoro mi porta a considerare il fatto che tu abbia bisogno di un programma di cura di tipo psichiatrico?>> chiarì l'uomo, senza sbilanciarsi troppo sulla sua diagnosi. Sally afferrò con forza il braccio di Dorigo. I suoi grandi occhi color petrolio si sgranarono in uno sguardo di disperazione <<Io le vedo – insorse con vigore – ogni giorno, da qualche settimana a questa parte. Antiche terre lontane, dalle salde identità culturali. Esistono veramente Dorigo. Mi ci trovo dentro, come fossi in un sogno a occhi aperti>>. Lui afferrò la sua mano con dolcezza e con aria preoccupata <<Ti rendi conto di ciò che dici? Sally, tu sei una ragazza intelligente, brillante e adorabile, ma se non torni con i piedi per terra ti troverai a fare i conti con un grave problema. Questo nel mio mestiere si chiama dissociazione mentale>>. <<Così pensi veramente che io sia diventata pazza improvvisamente?>>. <<Penso solo che ti stai dirigendo verso una strada da cui è difficile tornare indietro>>. Sally aveva gli occhi lucidi. Si sforzò di non versare alcuna lacrima ma sentiva un grosso nodo in gola. Avvertiva emozioni contrastanti, un misto tra paura e disperazione, un'amarezza rafforzata ancor più dal senso di delusione verso chi credeva una persona amica <<Che sciocca sono stata, pensare che tu mi potessi credere. In fondo è il tuo mestiere! Chissà quanti casi analoghi

avrai avuto: pazzi che ti raccontano chissà quali storie, sfogando le proprie angosce patologiche>>. Dorigo la interruppe. Comprendeva la sua inquietudine e, nonostante il suo scetticismo, cercò di sanare una situazione che gli parve alquanto deleteria <<Da quando sono cominciate queste visioni?>> indagò. <<Da alcune settimane - pronunciò Sally con un filo di voce, cercando di placare la sua agitazione – il 2 febbraio – precisò con voce soffocata, cercando di rimarcare la data, secondo lei molto significativa>>. <<il 2 febbraio? Il giorno del tuo compleanno?>> sottolineò lui. <<Sì. La notte prima ho fatto uno strano sogno e da quel giorno ho cominciato ad avere le visioni. Strana coincidenza, no?>> sorrise ironicamente. L'uomo non rispose, pensò e ripensò alla situazione, cercando di trovare una spiegazione. Difficile per lui considerare altre interpretazioni che non fossero una qualsivoglia patologia, d'altronde il suo mestiere consisteva in questo e, da persona razionale qual era, faceva fatica a concepire una possibile conclusione di tipo paranormale. Così si mise a fare qualche domanda generica, per rompere il ghiaccio che si era creato tra loro. <<Che sintomi hai durante queste visioni? Ti senti accaldata? Spossata? Hai l'affanno? Oppure nausea?>>. Sally annuì con un cenno del capo <<Sì, sento come un senso di vertigini e debolezza, mi sento mancare e il cuore aumenta i suoi battiti all'impazzata. Spesso sudo freddo. Comunque non è dei miei sintomi che voglio parlare, ma delle possibili cause>>. <<Beh, se non conosciamo i sintomi non possiamo capirne nemmeno il motivo>> replicò lui. Sally era insofferente <<Credo che questa situazione non abbia nulla a che fare con un disturbo – ribatté lei - Penso che siamo di fronte a un caso di trascendenza>>. <<Pensi davvero che le visioni che hai abbiano un nesso con il tuo sogno?>> la schernì. Sally scrollò le spalle e abbassò lo sguardo con esitazione <<Non so darti una spiegazione Dorigo ma so che il 2 febbraio è una data molto particolare: non solo perché è il mio compleanno, ma perché in varie parti del mondo si

festeggia il giorno di purificazione, di luce e rimembranza di antichissime feste pagane. Si festeggiava la fine dell'inverno e del buio, l'inizio di un nuovo ciclo. Oltretutto questo è anche l'anno del grande Lunistizio, una fase enigmatica di transizione, che plasma l'attesa di un nuovo processo di maturazione. Chissà, magari si tratta di un presagio. Di certo questa data era molto significativa per molte credenze popolari. Io sono sempre stata affascinata dalle storie legate a questi fenomeni, ai solstizi e agli equinozi: per esempio devi sapere che il Lunistizio cadrà proprio quest'anno, a Giugno, in coincidenza con il solstizio d'estate. Non posso rimanere indifferente a questi segnali>>. <<Sì, ricordo che sin da bambina amavi svagarti con giochi esoterici: facevi le carte ad amici, parenti, persino ai tuoi animali. Ricordo che riuscivi a interpretare l'avvenire di una persona dai segni naturali incisi sulle pietre ed eri affascinata dai simbolismi presenti nelle ambigue architetture gotiche, riprodotte sui libri di scuola>> ridacchiò Dorigo. <<Forse la mia predisposizione a questo genere di cose ha creato un terreno fertile per questo genere di fenomeni, diciamo un pochino occulti. Comunque le visioni non sono certo dovute allo stress e ti dirò di più: quando queste arrivano vengo proiettata in questi luoghi come se il mio spirito si elevasse in un'altra dimensione per raggiungerli. Oltre ai cinque sensi ho sviluppato una sensibilità capace di percepire l'energia proveniente da questa terza dimensione. Non ti so spiegare come sia possibile>>. Dorigo si accigliò in un'espressione sempre più angustiata. Non capiva cosa Sally cercasse di dirgli. Conosceva bene quella giovane donna, che da bimba aveva spesso giocato tra le sue forti braccia. Da sempre le loro famiglie erano legate da una profonda amicizia. Sally provava un grande rispetto per Dorigo, anche se ignara del forte legame di sangue che li univa. Lui, amareggiato e confuso, non riusciva a credere che la sua bambina potesse avere dei problemi mentali. Non riteneva possibile che, da un momento all'altro, potesse mostrare un lato di sé così oscuro.

No, non volle credere alla sua pazzia. Il rintocco dell'orologio segnava il finire dell'ora a disposizione, che avrebbe chiuso un'altra serata di lavoro, ma Dorigo sapeva bene che quella seduta non era una semplice questione di lavoro. Non era uno di quei casi catalogati nelle cartelle e riposti sulla scrivania in attesa di verdetto. Davanti a lui c'era sua figlia e non poteva non tenerne conto. Rincuorò la giovane, promettendole di aiutarla a far chiarezza. Quelle storie, per quanto assurde potessero apparire, erano narrate con tale evidente lucidità e consapevolezza che Dorigo cominciò ad avere i suoi primi dubbi. Sally si sentì sollevata dalla volontà che le dimostrò e quando i due uscirono dallo studio per rientrare a casa lei gli promise di tornare l'indomani, per riprendere la consueta seduta. Nell'incrocio che li avrebbe divisi, l'uomo guardò il cielo sopra la sua testa, ma attorno a lui ancora palazzi, ancora antenne e ancora cemento. Abbassò lo sguardo amareggiato e un forte frastuono attirò la sua attenzione. Da un lato lavori in corso, dall'altra il traffico impazzito che segnava l'ora di punta, in cui tutti si accingevano a rincasare dopo un'ennesima giornata di frenetico e produttivo lavoro. Passandosi una mano tra i capelli brizzolati guardò Sally, che camminava al suo fianco. La figura esile della giovane gli ispirava un forte senso di gracilità apparente che però emanava una forza interiore e una integrità morale fuori dal comune. Ripensò alle sue parole, ai suoi magici racconti. Un profondo sospiro fiducioso spezzò il silenzio tra loro e, con il sorriso sul volto, ognuno a quel punto si diresse verso casa, prendendo vie differenti.

Capitolo 4

Le dita scorrevano veloci sulla tastiera del suo portatile. Tra i motori di ricerca, Dorigo navigò per ore tentando di trovare in internet un qualsiasi riferimento su quei luoghi affascinanti e fiabeschi che Sally, con scrupolosa precisione, gli aveva descritto. Improvvisamente trovò delle indicazioni, in una pubblicazione Europea, che citava l'esistenza delle due Isole e ne descriveva alcuni aspetti. Stampò il documento e spense il PC. L'orologio a pendolo segnò con un rintocco le 21.00 e, inaspettatamente, il telefono incominciò a squillare. L'uomo, che non aspettava alcuna chiamata, rispose con espressione interdetta ma con suo stupore si accorse che dall'altra parte c'era la madre di Sally <<Ciao Claire! che sorpresa>>. <<Ciao Dorigo. Scusa se ti disturbo a quest'ora, volevo solo chiederti come andava con Sally. Ieri è tornata a casa un po' turbata e mi ha detto di essere stata da te. Non le avrai mica detto...>>. <<Tranquilla! - la interruppe subito l'uomo - non comprometterei mai l'equilibrio della tua famiglia con tali rivelazioni. Vi voglio troppo bene, lo sai, per sconvolgere la vostra vita così>>. Lei lo sapeva bene e nella sua voce emerse un velo di malinconia <<Sei tanto caro! grazie per farti carico di un fardello così grande. Non deve essere facile trattenere e nascondere la gioia di essere suo padre. Sai, sono un po' preoccupata per Sally. È da qualche giorno che noto in lei un senso di inquietudine. Spesso si assenta col pensiero e torna in sé solo dopo che io la riprendo più volte. A proposito, che ci faceva da te ieri sera?>> chiese incuriosita. <<Sai, veramente non potrei parlartene per via della privacy tra medico e paziente...>>. <<Paziente? Ma che dici?>>. <<Sì, Sally sta venendo da me in qualità di paziente. Ma sta tranquilla, non ha nulla! Sente solo il bisogno di raccontare ciò che ha dentro – rivelò lui senza tanto clamore – non è facile per lei, soprattutto

ora che Jack non c'è più>>. Dall'altra parte della cornetta un sospiro <<hai ragione, la morte di Jack ha segnato tutti noi>>. Claire si schiarì poi la voce e volle sapere di più <<Ok! di che si tratta?>>. <<Non so ancora esattamente – sostenne lui - Mi racconta delle storie, ciò che prova>>. L'uomo si interruppe un secondo, quasi soprappensiero, poi aggiunse incuriosito <<Ha fatto qualche viaggio in Europa di recente? Sai se ha visitato dei luoghi lontani o se è stata in qualche località che l'ha colpita in modo particolare?>>. <<Ma che dici? Lo sai che odia prendere l'aereo. Forse il posto più lontano in cui è stata è dall'altra parte della città per andare al tuo studio. Dai smettila! e poi sai benissimo che se fosse andata da qualche parte, tu saresti comunque stato il primo a saperlo. Ma perché mi fai una domanda del genere?>>. <<Una semplice curiosità. Ma hai ragione, che sciocco, sarei venuto a saperlo>>. <<Dorigo che succede?>>. <<Nulla, tranquilla. Sally ha solo voglia di sognare un po' e lo fa raccontandomi delle storie, delle favole. Forse ha solo bisogno di affetto; forse la mancanza di un padre ha segnato il suo inconscio>>. <<Già! Sally e Jack erano molto legati>>. <<Non parlo di Jack>> replicò lui. Claire lo interruppe bruscamente <<Ne abbiamo già parlato! Sai anche tu che è meglio lasciare le cose come stanno>>. <<Scusa! hai ragione, probabilmente per Sally sarebbe molto peggio sapere la verità proprio ora>>. <<Già! È meglio così, credimi. Ti saluto Dorigo. Mi raccomando, non dire a Sally che ti ho chiamato>>. <<Ok Claire! Sally non deve sapere nemmeno che ti ho parlato dei suoi problemi. Non si fiderebbe più di me! E né va anche della mia professionalità>>. La donna annuì <<Stammi bene>>. <<Stammi bene, cara>>. Dall'altra parte un lungo silenzio di forti parole non dette, di sentimenti nascosti, di una verità ormai taciuta da trenta lunghi anni. Poi la linea si interruppe di colpo. Con la cornetta ancora all'orecchio, l'uomo fissò il muro "ma Sally ha bisogno di una figura paterna, di una spalla in cui reggersi. Non posso ignorare questo, come non posso ignorare di essere suo padre" pensò in quei pochi attimi. Tornò poi in sé, attaccò la cornetta e andò a leggere i documenti scaricati da Internet:

- Due mondi inviolati, dai territori ancora incontaminati, reduci di un passato carico di interminabili dominazioni che ora temono inevitabili devastazioni in nome del progresso. La Sardegna e L'Irlanda, diverse per posizione geografica, hanno una storia parallelamente travagliata. Inizialmente dominatrici e conquistatrici, poi continuamente conquistate e sottomesse, hanno entrambe ambito e rincorso per secoli la loro autonomia. Da sempre fondate sulla pastorizia, l'economia di questi due Paesi si ritrova ora a fare i conti con il boom del turismo dovuto alle immense risorse degne di attenzione. Ma queste ricchezze del territorio sono spesso in balia di speculative privatizzazioni. Forse ancora per poco tempo si potranno considerare luoghi inviolati. Ora, simultaneamente, vorrebbero integrarsi con una specifica posizione nell'Europa che cresce ed essere riconosciute in tutta la loro unicità, proiettate e integrate in un mercato sempre più aperto a tutti i popoli. Aspirano a rapportarsi con l'esterno, cercando però di tenere saldi i propri valori e la propria integrità. Virtù, queste, ormai rare in un mondo in cui la diversità e l'unicità viene tendenzialmente annullata da un conformismo globale diffuso. -

<<Accidenti!>> Dorigo non si spiegava esattamente come Sally potesse conoscere così bene queste due Isole Europee, ma poi concepì che la tv, internet e i libri potessero avere avuto un ruolo fondamentale. "La fantasia poi avrà fatto il resto. Sì! Deve essere andata proprio così" cercò di convincersi. Ma c'era qualcosa, nei racconti di Sally, che non riusciva a interpretare "Come può, una persona vissuta da sempre in una metropoli come New York, con una realtà ben diversa da quella, descrivere con così intensa emozione quei profumi,

rumori e colori se non li ha mai conosciuti?" – rimembrava assorto – "I libri possono spiegare com'è fatto un luogo, ma gli occhi di Sally mentre descrive quei posti sono pieni di luce, come se stesse vedendo veramente ciò che descrive" rifletté incredulo. <<È impossibile! – si rimproverò a gran voce – a che sto pensando!?>>. Dorigo ripose il documento sulla scrivania, dispiegò l'avvolgibile e serrò bene i passanti della finestra, spense tutte le luci e andò a coricarsi. Quella notte Dorigo si addormentò con un nuovo stato d'animo: un misto tra incredulità e fiducia. Temeva per la salute della sua bambina ma in fondo al suo cuore aveva come l'impressione che, questa volta, il suo lavoro non aveva nulla a che vedere con tutto ciò. I racconti di Sally andavano ben oltre una spiegazione logica e la fiducia che cresceva nel suo animo era alimentata dall'amore che provava per quella giovane. La grande macchina del destino si era messa in moto.

Capitolo 5

Manhattan, mercoledì 28 febbraio 2007

<<Ciao Sally, vieni avanti>> pronunciò Dorigo. Lei sorrise e fece qualche passo in avanti, ma non volle sdraiarsi sul lettino. Era pensierosa. Un pochino schiva. L'uomo le sorrise affettuosamente, le indicò il lettino e con espressione rassicurante la invitò ad accomodarsi <<Dai sdraiati! cercherò di non fare troppe domande, anche se per deformazione professionale, come puoi immaginare, mi è assai difficile>>. Sally sorrise rincuorata. In fondo aveva bisogno di potersi fidare e così, sdraiata sul quel lettino, riprese a raccontare. <<Gli anni che passano sembra vogliano estirpare le salde radici di queste due terre, ma imperterrite loro cercano di resistere all'inevitabile logorio del tempo. La loro è una cultura antica e tenace, riflessa istintivamente nella quotidianità della sua gente, che porta nel cuore un amore morboso per le proprie origini. Queste due isole sono entrambe portavoce di una identità profonda ed è per essa che cercano disperatamente di resistere. Un vissuto che, nonostante l'inevitabile progresso, resiste tuttora. Benché diverse queste due terre hanno molte cose in comune: la tipicità, che si sviluppa in un linguaggio proprio, è per certi versi un particolare affine a entrambe. Il valore delle proprie radici accomuna queste due culture>>. Sally si interruppe un istante e si girò verso l'uomo, che però la fissava incuriosito. Dorigo accennò un'espressione contemplativa e affascinata: Sally riusciva a ricreare perfettamente l'atmosfera di quei posti e Dorigo ne era sempre più sedotto. La giovane continuò senza più esitazione, ormai consapevole che Dorigo era finalmente dalla sua parte. <<In Irlanda i cavalli trottano in piena libertà,

proprio come in Sardegna sull'altopiano di Gesturi, *Sa Giara*, famoso per i suoi cavallini selvaggi. Nelle distese irlandesi, il rumore del vento rompe gli infiniti silenzi, mentre l'intenso color smeraldo avvolge le sue lande, facendole da padrone. Nei suoi cieli un pallido grigio perla definisce le grosse nuvole che velocemente sfumano in svariate e intense tonalità più accese. Queste sono intervallate da intense pennellate che vanno dal turchese e ceruleo, al color lavanda e ciclamino. L'esplosione di colori deflagra in suggestivi chiarori fatati che si riflettono sulle vaste pianure, umide per via delle frequenti piogge. E quando il sole tramonta, il cielo si trasforma in una splendida tela, dipinta di amaranto e indaco, tonalità purpuree calde e decise, che mi tolgono il fiato lasciandomi ammutolita>>. Un colpo secco interruppe l'atmosfera quasi mistica che si era creata nella stanza. L'uomo raccolse il suo blocco d'appunti, caduto per distrazione, poi si alzò in piedi e scrollò le spalle <<Wow! - asserì con un filo di voce dopo un lungo sospiro di meditazione – Forse è meglio interrompere qui per oggi. Si è fatto tardi. Continueremo domani, ok?>>. Dorigo si era già diretto verso il boccione dell'acqua riposto vicino alla finestra, quando Sally replicò <<Non è più tardi delle altre volte! Hai paura di cominciare a credere? Dimmi la verità>>. Passarono alcuni secondi di silenzio prima che Dorigo, scuotendo la testa, si strinse sulle spalle e con le dita cominciò a premere la fronte all'estremità del setto nasale, come a voler allontanare una leggero mal di testa dovuto dalla spossatezza. Poi prese un bicchiere, appoggiato sulla mensola sotto la finestra, e si versò dell'acqua fresca. <<Vuoi dell'acqua?>> domandò, quasi a voler spezzare quel maledetto silenzio che lo imbarazzava terribilmente. Ammise con sé stesso che quei racconti lo avevano coinvolto oltre luogo. Questo lo innervosiva. <<No, grazie>> rispose Sally socchiudendo poi gli occhi, con il viso rivolto al soffitto. Un'altra manciata di secondi e la giovane si voltò nuovamente di scatto, cercando il suo sguardo <<Credi ancora che io stia

vaneggiando?>>. Dorigo non rispose. Stava in silenzio, pensieroso. Passarono altri infiniti secondi di silenzio, che per Sally sembrarono un'eternità, poi improvvisamente lui la invitò a proseguire con il suo racconto. Sally era davvero sorpresa, ma felice per tale fiducia. Così, con la voce un poco tremolante, quasi intimorita al pensiero che pian piano stava riuscendo a conquistare la sua attenzione, chiuse nuovamente gli occhi e riprese a descrivere ciò che la sua mente vedeva. <<L'estate avanza velocemente e la Sardegna emana un forte profumo di grano mietuto. Lungo i terreni si scorgono numerose balle di fieno. Al calar del sole, quando la sera si fa più fresca ma i colori dei campi sono ancora quelli caldi e intensi di giallo e arancio, sento che la stagione estiva è un periodo fecondo, ricco di antiche tradizioni. Ne rimango affascinata e riesco a intravedere con la mente gli antichi arnesi che, affilati, falciano violentemente le spighe color ocra e con le sommità scure. Vedo, in questo stesso istante, anche le vaste distese irlandesi e i suoi campi di foraggio. L'odore è forte, ma piacevole. Il colore è secco e aspro, ma regala calde sensazioni>>. Dorigo si sedette nuovamente al suo posto, poggiò il bicchiere nella scrivania e si rivolse a lei con aria esitante <<Ho letto qualcosa, a proposito di queste due isole. Ho trovato dei documenti in internet>>. La ragazza aprì gli occhi e si girò verso di lui. Sentiva nelle sue parole uno strano tono provocatorio. <<Non alludere, vieni al sodo...>>. <<Scusa Sally – rispose mortificato Dorigo – per me è stato difficile credere che le cose che racconti non fossero frutto di letture o materiale visto da qualche parte. Ma mi rendo conto sempre più che ogni volta che racconti i tuoi occhi brillano di un'emozione che non si può acquisire da una semplice lettura>>. Sally si sollevò e si girò verso di lui, con le gambe penzolanti, pronta ad alzarsi. Le sue mani stringevano la pelle nera del lettino <<Non so da dove arrivano queste visioni Dorigo ma sento sempre più forte il richiamo. Sento di appartenere a quei luoghi ma non so per quale motivo. Tutto

questo mi fa paura, non te lo nascondo. Per questo sono qui, a chiedere il tuo aiuto>>. <<Sally, come pensi che io possa aiutarti senza poter prendere in considerazione una disfunzione data da forte stress? È tutto così assurdo. Ti rendi conto?>>. Sally con un balzo scese dal lettino e si avvicinò all'uomo. Con suo stupore lei prese dolcemente la sua mano e lo guardò dritto negli occhi. Il suo sguardo era intenso e gli occhi colmi di lacrime <<So che tutto questo è difficile da comprendere e capisco che il tuo mestiere ti porti a essere un uomo razionale, a credere che la mente sia capace di dar vita a pensieri creati dall'inconscio – ammise lei - ma so anche che ci conosciamo da sempre e tu sai quanto io sia affidabile, onesta e soprattutto equilibrata. Non potrei mai mentirti su tutto questo... e sai bene che non sono pazza>>. Al succedersi di tali parole l'uomo chinò lo sguardo e fissò il pavimento senza dire nulla. Poi passandosi una mano sopra il capo annuì <<Lo so, lo so! non sei pazza. Non l'ho mai creduto veramente. Ma tutta questa storia mi sembra così assurda... veramente ai confini di ogni logica>>. Fu in quel momento che Sally decise di tirar fuori tutta la verità: sollevò leggermente la scura maglietta, dalla vita fino all'ombelico, mostrando a Dorigo ciò che da qualche giorno era apparso sul suo ventre. Era una piccola chiazza, simile a un tatuaggio o a una voglia in risalto, come fosse marchiata a fuoco sulla pelle vellutata: due serpenti, che si guardavano in totale simmetria e sotto di questi una enigmatica forma sferica, che pareva incastrarsi proprio alla base i due rettili. <<È qui dal giorno del mio compleanno>>. Sally guardava Dorigo che la fissava in cerca di spiegazioni <<Inizialmente pensavo fosse un'infezione – continuò la giovane - o una scottatura... ma poi, durante il giorno, la strana ferita ha acquisito una forma più definita e inequivocabile: due serpenti su una sfera>>. Dorigo non parlava. Sally continuò con voce tentennante <<Dopo le prime visioni, prima di decidere di venire qui da te, ho fatto delle ricerche in internet... solo per caso ho trovato delle informazioni su una

figura simile a questa – continuò dopo una piccola pausa – Ho trovato questo simbolo proprio in un bronzetto proveniente dalla Sardegna. Questa isola è ricca di ritrovamenti archeologici in cui sono state trovate numerose incisioni a spirale, simili a quelle irlandesi. Ho visto le illustrazioni su un sito e l'accostamento è impressionante. Il probabile significato sembra essere legato al culto di una dea, che si venerava in tempi antichissimi>>. <<È uno scherzo?>> sorrise perplesso l'uomo. <<Andiamo Dorigo! Lo sai che sono serissima>>. Dorigo allungò la mano verso il suo ventre e, nel sfiorare con un dito la strana cicatrice, fu improvvisamente scaraventato da una parte. Un vortice di sensazioni e percezioni gli invase la mente e una strana visione, proprio come quelle descritte da Sally. Pochi attimi bastarono, per far capire a Dorigo che Sally diceva la verità e che dietro quelle inspiegabili vicende si nascondeva qualcosa che andava ben oltre la loro comprensione. Gli occhi sgranati dell'uomo erano fissi su di lei, con espressione spaventata e impotente, come di chi si è appena risvegliato da un tremendo incubo. <<Che... Che cosa... è successo?>> chiese tremolante. Un brivido raggelante gli percorse tutta la spina dorsale. Sally cercò il suo sguardo, perso su un punto indefinito del pavimento <<Dorigo! Stai bene?>>. Dorigo annuì con il capo <<Ti credo... Ora ti credo! scusa se ho dubitato!>> la guardò con occhi sgranati. <<Ho viso qualcosa – continuò poi - Quando ho toccato la cicatrice ho avuto una strana visione, un flash... immagini indecifrabili>>. Sally sorrise <<Forse i luoghi che vedo nelle mie visioni? Senti Dorigo, io credo che queste due terre abbiano una storia comune e anche se non so come, o perché, sono convinta che siano collegati con me. Sono entrati con forza nella mia vita e quindi devono avere un nesso con il giorno del mio compleanno, inutile far finta di nulla, sarebbe come ammettere che sono pazza e sai bene che non lo sono>>. <<Ok! ti ascolto>> esternò Dorigo dopo essersi ripreso. <<Secondo me la chiave è nelle visioni che ho. Se tu ascoltassi i

miei racconti con maggior attenzione magari potremmo trovare degli indizi. Possiamo tentare, che dici?>>. L'uomo le indicò il lettino e la invitò a sdraiarsi, questa volta non per analizzarla ma per ascoltare i suoi magici racconti e cercare di decifrarli. Lei fece un profondo respiro. Tremava. Una leggera ansia serrava il suo stomaco. Si sdraiò, guardò il soffitto per concentrarsi e improvvisamente sprofondò in un leggero stato di dormiveglia. Improvvisamente strani flash invasero la sua mente, catapultandola al di là del varco temporale, dove passato e presente erano fusi, separati solo da una linea sottile talmente impercettibile che era assai difficile scorgere il confine tra l'uno e l'altro. I brividi aumentarono e la sua pelle cominciò a sudare. Il suo viso era sbiancato e Dorigo, notando tale reazione, fu colto da una forte preoccupazione. Decise comunque di non interromperla. Intervenire avrebbe significato scuoterla e quindi turbarla. Questo avrebbe potuto causare seri problemi. Decise di attendere ancora un po', sperando che qualcosa accadesse. Dopo qualche secondo Sally cominciò a parlare come in trance. <<Percorro i campi della Sardegna, arsi dal sole. In lontananza scorgo una casa di campagna. I muri, qua e là scrostati, mostrano la struttura fatta di mattoni in *ladri* (paglia e fango). Le travi di legno, sporgenti dal muro, sostengono il tetto di tegole scrostate. Da un grosso comignolo, circondato da tegole oblique riposte in quel modo per proteggerlo dalle piogge invernali, esce del fumo tutto il giorno: ciò fa supporre l'esistenza di un focolare usato anche per cucinare. Sulla stalla vi sono poche vacche, un vitello e un asino. Il fienile è malridotto. Lontano dal casale ci sono delle capanne di pietra, con rami che fungono da copertura. Sembrano dei ripostigli per gli attrezzi, ma sicuramente un tempo erano rifugio per i contadini o per i pastori che portavano il proprio gregge in transumanza. Tra la stalla e le capanne prende forma un cortile (*su corrazzu* o *sa prazza*) in cui numerose galline scorrazzano liberamente. Di tanto in tanto si sente il canto del gallo e, rinchiusi in un piccolo recinto

rabberciato, il grugnire di alcuni maiali. Intorno ci sono alberi di ulivi, peri e persino un piccolo vigneto. Mentre le foglie di fichidindia (*carrucciu de figumurisca*), piantati a ridosso di un lungo e basso muretto di pietrame, segnano l'intero confine della proprietà. Vicino all'abitazione si scorgono lunghi fili di acciaio, allineati in modo parallelo, in cui alcune donne dall'abito scuro sciorinano panni bianchi e bellissime lenzuola di lino ricamato a mano>>. Sally si interruppe e si girò verso Dorigo, che la guardava ormai rapito da quei racconti. Lei sorrise rincuorata e fissò nuovamente il soffitto. Altri flash la trasportarono in un altro luogo <<Sono in Irlanda, tra le vaste distese della contea di Limerick. Scorgo alcune dimore sparse qua e là, ma la mia attenzione è rapita da una singolare abitazione caratteristica di questi luoghi. È un *Cottage*, il cui aspetto è simile a quello di una capanna dal tetto in paglia. Queste abitazioni rurali, un tempo dimora di braccianti o piccoli proprietari, sono un elemento tipico del paesaggio. Non c'è nessuno e posso entrarvi. L'abitazione è composta da un unico locale. Le mura in pietra hanno piccole finestrelle, in modo da trattenere il calore. Il tetto, di paglia o ardesia, ha travi in legno di quercia. Il camino è fatto d'argilla come anche il pavimento>>. Improvvisamente le visioni si interruppero. Sally, dopo un lunghissimo respiro affannoso, si alzò dal lettino e con un leggero sorriso rincuorò l'uomo preoccupato <<Forse è meglio interrompere, per ora. Ritornerò domani se vuoi >>. <<Sì, si è fatto piuttosto tardi – convenne guardando l'orologio - È meglio che vai, altrimenti tua madre si preoccupa>>. La accompagnò alla porta e la salutò con dolcezza << A domani carissima! >>. Attese, fino a vedere la sua sagoma sparire in lontananza. Poi chiuse la porta e decise di trattenersi ancora un po' nel suo studio, per buttare giù due appunti. Era piuttosto atterrito da ciò che stava accadendo alla sua adorabile figliola e non riusciva a farsene una ragione. La strana cicatrice impressa sul suo ventre, la strana visione che aveva avuto nel toccarla, la forza con cui era stato scaraventato e la lucida sapienza elargita nei racconti di Sally, era qualcosa di indescrivibile. Qualcosa che li stava conducendo verso un misterioso destino. L'uomo fece una smorfia, prese il blocco di appunti dalla scrivania e strappò la pagina in cui aveva sviluppato le sue prime impressioni mediche su Sally. Ciò che aveva annotato rispecchiava una prima diagnosi da professionista, ma ora tutto questo non riguardava più il medico ma il padre che era. Le sue emozioni, i sentimenti e le sue sensazioni. Ciò che sentiva dentro, ora, andava oltre il razionale. Molti lo avrebbero chiamato "sesto senso" ma forse era solo l'istinto di un padre preoccupato e quello di un uomo che cominciava ad ascoltare la sua coscienza. Il lento risveglio del suo spirito nativo cominciava a reclamare il suo principio d'appartenenza, il suo ritorno alle radici, ma questo Dorigo ancora non lo sapeva. Accartocciò i pezzetti di foglio che aveva ancora in mano e li buttò nel cestino con un lancio a canestro, da vero fuoriclasse. Sorrise, meravigliato di sé, abbassò le tapparelle, spense le luci e andò via.

Capitolo 6

Manhattan, giovedì 01 marzo 2007

Lo studio si illuminò improvvisamente, quando Dorigo, con fare disinvolto, sollevò le tapparelle in attesa che Sally arrivasse. Il vecchio orologio a pendolo segnava le 18.00 e un assordante rintocco fece eco per tutta la stanza. La pompa di calore emetteva il suo solito ronzio, mentre cercava di riscaldare quelle quattro mura. Con ansia Dorigo attendeva dalla finestra l'arrivo della giovane. Dopo pochi minuti passeggiava per la stanza con apprensione. L'uomo cominciò a spazientirsi e a fissare le lancette, ogni qualvolta sentiva dei rumori sospetti. Ma passò la prima mezz'ora e poi una seconda, di Sally però nessuna traccia. Improvvisamente squillò il telefono e l'uomo con un balzo corse a rispondere, con aria impensierita. <<Sally, sei tu?>>. <<Scusa Dorigo, ho avuto un contrattempo, non posso venire stasera>>. <<Come? Ma ti è successo qualcosa, stai bene?>>. <<Sì, sto bene, non preoccuparti. Se ti va ci vediamo domani mattina al parco, potremmo farcia due passi e una chiacchierata >>. Dall'altra parte un attimo di silenzio, poi l'uomo acconsentì <<Va bene, vediamoci domani mattina al parco. Alle 09.00 mt, al solito posto>>. <<Ok! a domani>> confermò lei. L'uomo abbassò la cornetta e si accarezzò la barba che, ormai quasi bianca, segnava l'imperterrito passare del tempo. Da quando aveva deciso di strappare la cartella clinica di Sally aveva ammesso a se stesso che gli incontri con lei non sarebbero stati più incontri formali. Pensò alla sua vita. Da 70 anni abitava nell'enorme metropoli newyorchese e da sempre non conosceva altro che il cemento dei suoi palazzi e lo smog delle sue automobili; i fast-food erano la sua ancora di salvezza poiché non amava cucinare; le cene di lavoro non mancavano, ma spesso per la fretta ripiegava sui cibi pronti, ingegnosa soluzione del commercio globale; le corse in ufficio erano ormai un obbligo quotidiano; cellulari e PC erano tecnologie sempre a portata di mano e rigorosamente all'avanguardia. Soprattutto queste ultime erano condizioni necessarie per una buona integrazione nella "grande mela". La tecnologia gli era da sempre apparsa affascinante e coinvolgente, se non addirittura fondamentale per determinare il suo *status*, ma col tempo questa vita materialista si era trasformata in una trappola. Da qualche giorno sentiva il bisogno di una vita diversa, più intensa. E sentiva anche la necessità di scorgere cieli più azzurri; di percepire quei forti profumi di boscaglie che Sally gli descriveva; di cibarsi di quei sapori semplici e genuini; di cogliere lo stretto legame con la natura, con la madre terra, con il senso della vita stessa. I racconti di Sally avevano risvegliato questo bisogno intrinseco. Mentre chiudeva lo studio per tornare nella sua abitazione, che si trovava in fondo alla stessa strada, a pochi isolati, nell'elegante edificio della E 72nd St., il suo cuore era ricolmo di una speranza quasi palpabile. Percorrendo la caotica via del quartiere, tutto paradossalmente gli parve diverso. Come se stesse vivendo un rapporto molto più empatico con il mondo che lo circondava. Osservò intorno a sé, in una scena a rallentatore che mettere in evidenza il vuoto, nonostante il caos e le migliaia di persone. Stette a contemplare in silenzio "La velocità è ormai parte del nostro quotidiano e il frastuono è suo compagno. Irrompono con violenza, nel complicato raffronto di pensieri e opinioni, zittendo l'ardua comunicazione tra gli individui, distanziandoli persino, mediante un'apparente patetica e fittizia interazione occasionale. La tecnologia in tutto questo è spesso fautore di vita artefatta". Inesorabili pensieri fluivano nella mente di Dorigo, mentre percorreva la via. Centinaia di volti anonimi e storie ignote gli scorrevano a ridosso, sfiorandolo appena, forse con l'inconscio desiderio di reclamare il loro diritto di esistere. Nei tasti del telefonino le ragazzine cercavano di comunicare con la personificazione digitale di sentimenti, quali amicizia, amore, gioia, dolore. Ma sensazioni e contatto erano simulati come in una partita al videogame. Giovanotti con lo zaino in spalla camminavano spediti, senza guardare in faccia nessuno, con la musica diretta sui timpani, quasi a voler azzerare il resto del mondo. Eleganti uomini d'affari ostentavano conversazioni verso piccolissimi microfoni appesi sul petto: un nuovo modo di dialogare con il prossimo senza guardarsi negli occhi; senza grandi coinvolgimenti emotivi. I manichini del progresso circolavano per le strade, come umanoidi alienati. In quel preciso istante Dorigo si sentì un piccolo, quasi inesistente, puntino nell'universo. Chinò il capo, in segno di rassegnazione, ma improvvisamente la sua testa fu trafitta da un dolore lancinante. Appena il dolore sembrò attenuarsi, un pensiero persistente prese forma "I due serpenti sono i guardiani" replicava la voce "il disco lunare aspetta il suo tempo". Era sconvolto. Prese un pezzetto di carta e una penna e scrisse velocemente queste strane indicazioni, che gli rimbombavano dentro come un martello su una campana. Solo in seguito la sua mente si svuotò e tutto tornò normale. Aveva i battiti del cuore accelerati ma riprese a camminare, verso casa, barcollando, finché il battito non si stabilizzò. Nessuno sembrava aver notato il suo malessere. Arrivato al portone di casa inserite le chiavi nella toppa e si fermò un istante a riflettere sull'accaduto. Gli strani eventi accaduti a Sally oramai avevano misteriosamente coinvolto anche lui.

Capitolo 7

Manhattan, venerdì 02 marzo 2007

La mattina Dorigo si recò all'appuntamento con Sally, ghermito da una certa ansia e premura. Dalla sua abitazione il parco non era molto distante, ma l'eccitazione rendeva i passi ancor più pesanti e la meta sempre più distante. I minuti gli parvero delle ore. Percorse a passo svelto la lunga 72 St pensando a ciò che i due si sarebbero detti. Attraversò la Quinta Avenue e raggiunse il Parco. Era una bellissima giornata di sole e i tipici giardini *all'inglese,* che occupavano una parte dell'immenso complesso, sembravano avere un fascino diverso, particolare, quasi fiabesco. Dorigo ripensò ai racconti di Sally, alle colline e all'intenso profumo di arbusti selvatici. A quel punto il *Central Park* gli sembrò solamente un piccolo giardinetto artificiale. Si sedette in una panchina, a ridosso di uno splendido laghetto, dove era solito fermarsi durante la sua lunga pausa pranzo. I cigni avevano ormai istaurato un magnifico rapporto di convivenza con le persone che si fermavano, per via dell'enorme quantità di cibo che ogni giorno questi gli procuravano. Dorigo non sembrò notarli. Dopo circa dieci minuti Sally lo raggiunse. <<Ciao Dorigo, è molto che aspetti?>>. <<No, tranquilla! Tu come stai?>>. <<Tutto ok! Scusa per ieri, non sono potuta andare allo studio per via dei tanti impegni con la galleria. Stiamo preparando una collettiva, di notevole importanza>>. <<Ti va una bibita?>> propose l'uomo con una certa fermezza, come se non avesse ascoltato una sola parola di ciò che Sally aveva appena detto. <<Ottima idea>> approvò lei sorridendo. Si recarono nel chiosco vicino e si gustarono un succo, comodamente seduti a un tavolo sistemato all'aperto. L'ombra degli alberi velava leggermente i raggi del sole, che cominciava a scaldare l'aria frizzante del mattino. Iniziarono a parlare del più e del meno, arrivando poi al loro solito argomento con voce moderata, timorosi che qualcuno li potesse ascoltare. <<Guarda il cielo – scrutò l'uomo - non l'ho mai visto così azzurro prima d'ora. Forse perché non ho mai sollevato lo sguardo così tanto>>. Sally scrutò la volta color ciano, poi osservò l'uomo. Chiuse gli occhi e descrisse ciò che nella sua mente si spalancava, come un orizzonte sconfinato e penetrante. <<Il cielo è intriso di pennellate cerulee e l'occhio è vigile...>>. Lui guardò Sally sorpreso <<cosa hai detto?>>. <<il cielo...>> fece per ripetere, ma fu interrotta dall'impazienza dell'uomo. <<...l'occhio è vigile?>> rimarcò Dorigo agitato. <<Non lo so. Questi pensieri sono nella mia testa, ma non ne conosco la fonte. Che c'è Dorigo? Ti senti bene?>>. << l'occhio è vigile in questo barlume di colori...>> ripeté l'uomo <<l'occhio è vigile...>> continuava a ribadire con voce sempre più agitata, mentre picchiettava nervosamente l'indice. Sally non capiva e lo osservava incuriosita. L'uomo le afferrò il braccio per dar slancio alle sue parole e, come meglio poté, cercò di spiegare cosa fosse accaduto <<Ieri sera mi è capitata una cosa strana. Stavo rientrando a casa, quando sono stato colto da uno strano malore>> Sally si allarmò, <<Santo cielo Dorigo, ora come stai? Sarei dovuta essere con te ieri sera, mi spiace! ti avrei potuto aiutare...>>. <<Calma – la interruppe – è tutto ok. Non è stato nulla di grave. Il punto è che il malessere è stato solo una conseguenza dell'improvviso sentore di voci nella mia testa. Forse sono le stesse voci che senti anche tu, non so. Sta di fatto che hanno voluto darmi un messaggio>>. <<Le mie non sono solo voci. Sono visioni, sensazioni... Come fossero già parte di me, come dei ricordi...>>. Dorigo fremeva dalla voglia di raccontargli l'accaduto mentre lei continuava a interromperlo con scetticismo. A un certo punto l'uomo tirò fuori, dalla tasca della sua giacca, un foglietto spiegazzato <<Ecco! Leggi qui>>

rimarcò con impeto. Sally aggrottò la fronte, prese il biglietto e gli diede un'occhiata. "I due serpenti sono i guardiani, il disco lunare aspetta il suo tempo". <<Cos'è?>> chiese irrequieta. <<La voce>> rispose lui. Lei fissò l'uomo <<Ok. Hai la mia attenzione>>. Dorigo fece un lungo sospiro: <<I due serpenti sono i guardiani – rimarcò le parole scritte nel foglietto – il tuo tatuaggio ha due serpenti. Poi dicendo che il cielo era intriso di pennellate... hai anche parlato di un occhio vigile>>. Dorigo si interruppe, in cerca di consenso. <<Ti ascolto>> sollecitò lei. L'uomo si schiarì la voce <<l'occhio vigile... i serpenti... i guardiani... sono su di te. La luna aspetta il suo tempo. Può essere riferito al destino e agli astri, cose in cui hai sempre creduto>>. Sally scattò indietro, cogliendo appieno l'intuizione dell'uomo. <<Sono stata scelta!>> Osservò sconcertata. Dorigo annuì << Sì, ma per cosa?>>. <<Qualcosa si deve compiere e l'occhio vigile sta aspettando il suo tempo... il tempo... il tempo… - Sally continuava a cercare il filo che ne districasse la matassa – il tempo che passa, il tempo... il giorno… cosa determina il passare del tempo e dei giorni?>>. Dorigo era bravo con gli enigmi, passava ore a scervellarsi con cruciverba e rebus, quindi cominciò anche lui a giocare con le parole fino ad arrivare al punto cardine <<il giorno e la notte>> esternò con slancio. <<il giorno e la notte? Ma certo! Il sole e la luna... la luna aspetta il suo tempo… quindi è la luna che determina il compiersi di qualcosa, mentre i serpenti ne sono guardiani e testimoni, l'occhio vigile>>. Dorigo sorrise come se avesse appena vinto il premio di una caccia al tesoro. Ma sapeva bene che quel piccolo premio era solo una tessera del più grande mosaico che avevano dinnanzi. L'enigma era solo all'inizio. <<La luna scandisce il tempo che trascorre, in attesa che qualcosa si compia...>>. Dorigo continuava ad analizzare il tutto, mentre si accarezzava il mento barbuto. <<Del resto gli antichi calendari erano lunari e non solari>> intervenne Sally. <<Sì ma cosa si dovrà compiere? E quando?>> si interrogò Dorigo. <<E poi perché io? – aggiunse

Sally - Cosa centro io in tutto questo?>>. Dorigo abbassò lo sguardo, non sapeva darle una risposta ma cercò di confortarla <<troveremo le risposte, abbi fiducia!>> le sorrise. Sally continuava a pensare a quello strano rompicapo. <<Ma certo! È ovvio! - si allertò lei - come ho fatto a non pensarci subito! si tratta di fasi lunari e quindi il tempo scandito in base al moto della luna è ovviamente collegato al grande evento di quest'anno>>. <<Il Lunistizio di cui mi parlasti?>>. <<Esatto>>. Sally poi ricordò all'uomo la coincidenza dell'arrivo delle sue visioni con il compiersi del suo compleanno, infine un'ultima coincidenza, l'equinozio di primavera, che quell'anno coincideva proprio con il compiersi dell'importante fenomeno lunare. Questi fatti la fece riflettere. <<E se - azzardò lei - qualcosa deve compiersi proprio durante l'evento del Lunistizio? Ho letto da qualche parte, tempo fa, che esso si verifica ogni 18 anni e mezzo>>. <<Cos'è esattamente il Lunistizio? In cosa consiste?>> domandò l'uomo. <<Devi sapere - spiegò lei - che ogni 18,61 anni solari, avviene un fenomeno lunare noto anche come moto di retrogradazione dei nodi dell'orbita. In questo lento processo vengono distintine due importanti fasi: il Lunistizio superiore, quando la Luna si trova nella sua posizione più estrema a nord e, dopo 15 giorni, quello inferiore, quando arriva alla posizione più estrema a sud. Quello superiore cadrà precisamente il prossimo giugno, durante il solstizio d'estate, e quello inferiore di conseguenza alla fine dello stesso mese>>. <<Tra circa quattro mesi?>>. <<Esatto!>>. Dorigo si accigliò pensieroso e lei riprese a parlare. <<Non so cosa dovrà accadere ma sono sicura che l'universo mi sta comunicando che ciò avverrà proprio nelle terre delle mie visioni >>. <<Qualcosa si compirà, questo è certo - sospirò Dorigo, con un velo di timore - è ormai chiaro che non è frutto della nostra fantasia. Probabilmente la chiave bisogna cercarla proprio nelle antiche civiltà Europee>>. Dorigo, intanto, si accarezzava, come suo solito, la bianca barba, quasi volesse trovare in essa una risposta. Poi sorrise <<Vedrai, andrà tutto bene>>. La giovane ricambiò con un mezzo sorriso di approvazione, speranzosa più che rincuorata. <<Certo che siamo incredibili – disse - abbiamo una vera attitudine per i rebus, ahahah!>>. L'uomo annuì <<I rebus sono la mia passione e il lavoro mi porta spesso a capire situazioni intricate. Comunque anche tu sei in gamba>> le strizzò l'occhio. <<Avrò preso da te>> rispose lei schernendolo. Ma tale affermazione, se pur innocente, spiazzò Dorigo. Il dubbio che Sally potesse sapere lo sfiorò per un istante. Poi scrollò le spalle "non è assolutamente possibile" pensò tranquillizzandosi e facendo affievolire la tensione in corpo. La giovane intanto cominciò a riflettere su come procedere <<In sostanza ci manca di scoprire che ruolo abbiamo noi in tutta questa storia – minimizzò con un sorriso – un gioco da ragazzi - aggiunse con una sottile vena ironica – e non abbiamo molto tempo per scoprirlo>>. Sally stava in silenzio. Faceva ordine nella sua mente. A un certo punto espresse i suoi pensieri come quando allo studio si sdraiava sul lettino di pelle scura <<Ieri sera mi è capitata una cosa stranissima – principiò - ero nella mia stanza e improvvisamente tutto ha cominciato a girare. Poi di colpo tutto si è fermato e in quel momento mi sono ritrovata risucchiata in un luogo buio e umido. Ero dentro una costruzione, fatta di grossi massi disposti uno sopra l'altro in modo circolare. Raggi di luce entravano da alcune fessure soprastanti, illuminando leggermente l'ingresso. Al suo interno la zona centrale si snodava in tre piccole celle circolari, disposte a trifoglio. Quando ho provato a osservare l'interno delle celle ho sentito come la sensazione di non essere sola. La presenza di qualcuno era incalzante, ma non c'era nessuno. Ho provato ad allungare la mano per verificare che la cella sulla destra, la più scura, fosse vuota ma una forte energia attirava la mia mano... poi ho avuto come l'impressione di toccare qualcosa di morbido. In un primo momento mi è sembrata una persona. L'energia era tutta

intorno, la sentivo invadermi. Ma la cosa più strana è che, nonostante ne avessi timore, mi sentivo comunque protetta e avevo l'impressione di essere a casa. Poi tutto improvvisamente è sparito>>. Dorigo era sbigottito e Sally cercò di spiegargli le sue sensazioni. <<Quella intensa energia, sprigionata da quel luogo, è come se mi abbia fatto stabilire un breve contatto con un mondo parallelo. Ciò che mi ha lasciata perplessa è però quella intensa sensazione di appartenenza, come se mi trovassi in un luogo conosciuto>>. L'uomo ascoltava senza alcun cenno di intromissione. La situazione stava diventando sempre più enigmatica. Cercò di captare tutti i possibili significati celati, che si intrecciavano ormai confusi nel loro percorso: un elaborato codice da decifrare; un complesso mosaico da ricostruire. Aveva come l'impressione che qualcuno stesse cercando di mettersi in contatto con loro <<Forse *qualcosa* vuole condurci in un'altra dimensione...>> suggerì lui ormai pronto ad abbracciare qualsiasi ipotesi strampalata <<tanto ormai tutto può essere>> sorrise. Sally annuì <<...o qualcuno! E se questo allineamento potesse aprire un varco?>> aggiunse con impeto. <<Potrebbe essere>>. <<Ok! – sospirò lei - cercherò di ricordare dove mi trovavo, potrebbe esserci utile. Ho un forte presentimento...>>. Socchiuse gli occhi, dopo essersi guardata attorno per appurare che nessuno la osservasse. Si concentrò nel buio delle sue palpebre. Ormai aveva imparato a gestire le visioni, nonostante queste si presentassero alle volte con impeto improvviso. Una lieve brezza smosse i suoi capelli, provocandole un leggero brivido di piacere dietro la nuca. In un attimo si trovò avvolta da una tetra foschia, che la condusse in un luogo non del tutto sconosciuto. <<Vedo un grosso masso. È antico e ha delle figure circolari incise sopra. Penso di trovarmi in terra irlandese, non so come faccio a saperlo ma la sensazione è forte. Non è il luogo dove sono stata. Il masso si trova all'ingresso, come a guardia di qualcosa, ed è ricco di spirali. Intorno alla valle primeggiano i colori verdeggianti

delle praterie. Sì, è indubbiamente l'Irlanda. Il luogo emette una forte energia. Si tratta di una tomba pre-celtica, un tumulo, un luogo sicuramente sacro>>. La figura esile della giovane era immobile mentre descriveva ciò che gli appariva davanti. Ma improvvisamente la sua mente venne attirata in un altro luogo. Altre immagini presero corpo. Intorno a lei un altro paesaggio <<accidenti! - disse dopo alcuni secondi di silenzio - ora sono in Sardegna>>. Brevi attimi di mutismo intervallavano altre parole sconnesse e un poco agitate. Solo dopo alcuni scossoni da parte del medico, Sally riuscì a scandire una frase comprensibile << Questa volta l'immagine è più nitida. Mi trovo in una necropoli protosarda, nel *Sulcis Iglesiente* – scrutò con respiro ansimante - Qui vedo le stesse spirali, proprio come quelle irlandesi. Sì, le stesse identiche incisioni... anch'esse sulla pietra - si bloccò per un attimo – ma... sento... che queste sono molto più antiche e hanno un profondo significato>>. Sally riprese coscienza repentinamente e fissò il medico dritto negli occhi. <<È stato un viaggio così lucido... così intenso! Ho visto le spirali in entrambi i luoghi. Credo che esse abbiano un ruolo fondamentale. Non solo la Sardegna e l'Irlanda saranno le protagoniste di qualcosa che deve accadere, ma ora sappiamo anche dove questo avverrà. O meglio, non ci resta che scoprire dove si trovano questi tumuli e cosa nascondono di così misterioso e importante>>. Dorigo era silenzioso, assorto in mille pensieri poi proferì la sua idea su come procedere <<Dobbiamo fare delle ricerche in biblioteca – intervenne - Queste terre nascondono sicuramente dei segreti e sembra proprio che qualcosa o qualcuno abbia scelto te per svelarli. Le tue visioni sono un varco per raggiungerti. Non possiamo certo ignorare tutti gli incredibili segnali pervenutici in questi giorni>> considerò infine. Sally rimase di stucco: ancora le pareva incredibile l'inconsueta trasformazione di Dorigo. L'uomo la fissò intensamente, per cercare la sua approvazione e lei annuì <<Sì, l'energia di questi popoli è forte e non si può

ignorare. Dobbiamo decifrare i codici delle mie visioni e probabilmente hai ragione, cominciare dalla biblioteca è la cosa più sensata. Inizieremo a ricercare quali sono state le antiche civiltà che popolavano queste due terre e che costruirono i megaliti. Forse se risaliamo al periodo in cui sono state incise le spirali possiamo trovare ciò che accomuna le due isole>>. Dorigo approvò, finalmente avevano un piano. Le sorrise con aria rinfrancata e la incoraggiò con fare protettivo <<Ce la faremo cara, vedrai! Siamo una bella squadra noi due>>. La giovane annuì e fu subito attanagliata da una strana sensazione, di cui non comprese il senso. Lo sguardo dell'uomo era rassicurante, un atteggiamento paterno che le gremì il cuore, in una mescolanza di sentimenti che variavano dalla gratitudine, alla fiducia, speranza, stupore per finire con il leggero sollievo di non essere più sola. Emozioni che la incitarono ad andare avanti, verso il suo ignoto destino, ma che le misero anche una strana sensazione addosso. Ancora non poteva sapere che la storia delle visioni non era l'unico enigma da svelare. Fece un profondo sospiro, ora non aveva più paura. I due avevano ormai lasciato il chiosco per dirigersi verso l'aria boschiva del parco. Entrambi fissavano il lontano orizzonte, che sconfinava nel vuoto più assoluto della loro mente, perdendosi nei meandri dei loro pensieri in cerca di una risposta alle tante domande che vorticavano ancora senza risposta. I bagliori di luce solare penetravano tra le folte chiome dei vicini faggi, creando una sorta di oasi ombreggiante. Il dolce viso di Sally, illuminato da quei bagliori, era radioso di speranza. Dorigo odiava non poterle dire la verità. In quel momento avrebbe tanto voluto stringerla tra le braccia. Il percorso di terriccio bianco scricchiolava sotto i loro piedi. Ormai passeggiavano da un po'. Sally inaspettatamente si fermò, lo sguardo era basso e la sua mente pensierosa. Con un filo di voce espresse la sua commozione <<Grazie Dorigo, per l'aiuto che mi stai dando>>. L'uomo, intenerito da quell'espressione dolce e innocente, accennò un sorriso e le accarezzò il capo <<Puoi star tranquilla Sally! ogni volta che avrai bisogno d'aiuto, io ci sarò. Sempre!>>. Sally alzò lo sguardo e fissò intensamente gli occhi cristallini dell'uomo, cercando il motivo di tanta premura. Provava "sensazioni" nei suoi confronti, mai avute prima. Nelle ultime settimane il suo sesto senso si era sviluppato in maniera sorprendente e sentiva che l'affetto di Dorigo nei suoi confronti era molto forte. Amore? Il pensiero di un amante così anziano le dipinse in viso una smorfia di disgusto "potrei essere sua figlia" pensò "piuttosto un amore casto, come quello di un padre premuroso nei confronti di un figlio". Lei il padre l'aveva perso da anni, in un tragico incidente stradale. La figura paterna le mancava molto, forse ne sentiva il bisogno e ora Dorigo era lì, a ricoprire un ruolo che gli calzava a pennello: "Al posto di Jack" pensò lei.

Capitolo 8

Manhattan, sabato 03 marzo 2007

"Un padre... un padre... un padre..." l'eco di voci recondite rimbombavano nella sua testa, mentre il corpo teso si contorceva tra le candide lenzuola, decorate da minuscoli arbusti scarlatti. "Tuo padre... tuo padre...". Sally si sollevò di scatto in un bagno di sudore, affannante e tremolante. Si guardò intorno: la stanza era buia ma l'ambiente le era familiare. Un filo di luce penetrava dalla tenda, sufficiente a farle riconoscere la sua camera da letto. << Era solo un brutto sogno>> ansimò con il fiato ancora corto. La conversazione con Dorigo, il giorno prima al parco, le aveva trasmesso inconsciamente un'idea persistente, un dubbio che ormai si sarebbe portata dentro per tutto il tempo "Ogni volta che avrai bisogno, io ci sarò sempre" le parole dell'uomo echeggiavano convulse nella sua mente. <<No, è assurdo - si disse con impeto – Vaneggio! A che sto pensando?>>. Un vortice intricato di emozioni confuse la avvolse, ma lei non volle dar credito un minuto di più a quelle voci. Si alzò di scatto, aprì le pesanti tende e guardò fuori, con aria inquieta. Era ancora accaldata, aprì la finestra in cerca di una boccata d'ossigeno. I lampioni, che illuminavano la città notturna, cominciarono a spegnersi, mentre il chiarore del cielo mostrava l'inizio di un nuovo giorno. La piccola sveglia, riposta sul comodino, segnava le 07.00mt. Ancora agitata andò a rinfrescarsi e, guardando il suo volto riflesso nello specchio, accarezzò i suoi lineamenti delicati come a voler cercare una qualche somiglianza. "Ma a chi?" pensò sconvolta. Abbassò il capo e fissò insistentemente il lavandino, cercando di riprendersi da quello stato confusionale. La chioma purpurea le scese sui lati, accarezzandole il viso. Per un attimo provò un lieve sollievo ai sensi. Si recò in cucina, per prepararsi una tisana rilassante: i suoi nervi erano ancora tesi e le pulsazioni accelerate. Non ricordava bene l'incubo ma quelle parole "un padre... tuo padre..." martellavano ancora, come chiodi, la sua testa. Tornata in camera, con in mano una tazza fumante, si affacciò nuovamente alla finestra aperta, sorseggiò piano la bevanda e il suo sguardo si perse nel vuoto, in cerca di risposte. Osservò la gente che per strada camminava a passo svelto: la città cominciava ad animarsi e un gran numero di persone si affrettava spedita verso il proprio posto di lavoro. Guardò quella realtà e si sentì fuori luogo, lontana con la mente e con l'anima. Quel caos cittadino non le apparteneva. Doveva assolutamente capire dove il suo spirito voleva condurla e soprattutto il perché. Diede un'occhiata al suo letto sfatto, i numerosi cuscini riempivano il vuoto. Si sentì improvvisamente a disagio. Si rese conto che quell'ampio giaciglio a due piazze cominciava a essere un po' troppo grande per lei e che, nonostante fosse una ragazza attraente e ricercata, non era mai riuscita a portare avanti una relazione oltre i tre mesi. Scosse il capo, per allontanare quelle ridicole considerazioni. Non era il momento per certe debolezze. "Devo uscire" pensò scrollandosi di dosso il torpore che l'avvolgeva. Si vestì frettolosamente, senza badare tanto a ciò che metteva addosso: un jeans e un leggero saio dai colori orientali erano abiti più che accettabili per il luogo in cui era diretta. Prese la borsa in rafia e uscì di casa dopo aver lasciato un appunto a sua madre, appeso sul frigo con una simpatica calamita. La sua mente ora aveva preso una direzione differente. Pienamente intenta a voler capire ciò che le stava accadendo, decise di seguire il programma che avevano stabilito con Dorigo e di recarsi alla biblioteca in cerca di testi utili per la sua ricerca. La *New York Public Library*, che per gli studenti era ormai considerato fulcro di aggregazione e attività, era la più grande biblioteca pubblica di New York: tre piani con enormi sale per la consultazione, sala mostre e l'immancabile shop center con tanto di caffetteria. Era una vera e propria banca dell'informazione, inserita in un contesto dinamico e giovanile, le cui mura contenevano un tesoro di inestimabile valore. Milioni di libri; un database consultabile con l'ausilio di sistemi informatizzati; ampie sale per la lettura; spazi tranquilli e riservati; una grande sala centrale ricca di affreschi collocati tra migliaia di volumi a disposizione; postazioni per la consultazione in rete e navigazione su internet gratuita. Insomma una pietra miliare delle istituzioni per l'apprendimento a Manhattan. La sua collocazione era assai distante dal quartiere di Washington Square in cui Sally abitava. Anche se situata nella parte bassa di Manhattan, la *Public Library* si trovava nel quartiere di Midtown, nei pressi di Madison Square Garden, vicino a Times Square. Fortunatamente per Sally era accessibile grazie ai mezzi pubblici, infatti a pochi isolati dalla biblioteca si trovava il *Bus Terminale*, in cui confluivano tutte le linee metropolitane di Manhattan. La giovane era assorta, mentre attendeva il mezzo che l'avrebbe condotta alla stazione centrale e, anche durante l'intero tragitto, la sua mente intervallava immagini e visioni. Ripensò al sogno fatto, poi a Jack e con un nodo in gola ricordò i bei momenti passati, ripensò a quanto era forte l'affetto che aveva per lui e il rispetto, la stima, perfino la devozione che aveva avuto nei suoi confronti. Rivide in quei ricordi la sua famiglia, unita e felice, così serena e ammirabile. Dopo il terribile incidente, l'enorme vuoto l'aveva avvilita per parecchio tempo. Da quel momento lei e la madre avevano dovuto cavarsela da sole. Ma, riflettendo con lucidità, si rese conto che durante la sua intera esistenza c'era sempre stata anche una terza persona, considerata di famiglia: "Dorigo" rimuginò "è stato costantemente presente nella mia vita". Non capiva bene che ruolo ricoprisse ma sentiva per lui un affetto particolare "Se non fosse per la sua ormai attempata età" fantasticò "avrei quasi giurato fosse amore". Un amore innocente, casto, quasi platonico, come quello che una figlia sente per il proprio padre. Non poteva certo immaginare che ciò che sentiva era semplicemente il legittimo, quanto istintivo, richiamo del sangue. Un richiamo che non avrebbe potuto ignorare ancora per molto.

Capitolo 9

Giunta a destinazione, Sally si fece strada tra la fiumana di gente che attraversava l'immensa stazione, paragonandosi quasi a una carpa che cerca di risalire il torrente, mentre la corrente delle acque cerca di fermarla. Alzò lo sguardo e vide che la calca avanzava rapidamente verso di lei, comprimendola e spostando, con strattoni, la sua traiettoria. Cercò di caricare il peso nelle gambe per non farsi trascinare e poi spinse con la spalla, creandosi un varco. Ora immaginò di essere un giocatore di rugby che si deve far strada con forza, cercò quindi di raggiungere l'uscita e una volta fuori riprese fiato, riassettando il saio ormai stropicciato. Allentata la tensione e il leggero disorientamento, percorse il lungo viale a passi svelti. Era impaziente di arrivare a destinazione e cominciare la sua ricerca. Con una lieve vena di eccitazione pensò che "I grandi libri del sapere" l'avrebbe condotta certamente nella giusta direzione "forse essi nascondono la chiave di questo oscuro mistero" pensò, cominciando a percepire l'esistenza di un segreto custodito da questi antichi popoli europei. Un segreto che Sally avrebbe presto scoperto essere destinato a pochi prescelti. La giovane percorse la via adiacente al *Bryant Park,* che in estate era sempre affollato di visitatori e turisti, ma che ora brulicava di studenti. Tra gli enormi alberi e le comode panchine i giovani si incontravano li, soprattutto per la pausa pranzo. Sally raggiunse l'imponente edificio, disegnato dallo studio d'architettura Carrère & Hastings nel 1911: la magnifica costruzione in stile Beaux-Arts, in marmo bianco del Vermont, aveva colonne Corinzie e Statue emblematiche. All'ingresso della biblioteca vi erano collocati due maestosi leoni di pietra, guardiani del sapere: *Fortitude,* sulla destra (il coraggio) e *Patience,* sulla sinistra (la perseveranza). Entrata nell'edificio, si ritrovò in una vasta sala centrale. Il suo sguardo si perse nell'ampio spazio. Intorno a lei enormi scafali si innalzavano, disposti in modo parallelo, e illuminati da una luce tenue ma diretta che faceva risaltare dalla penombra migliaia di grossi volumi. Tutto infondeva mistero, cultura e conoscenza. L'enorme hall si snodava in molteplici e intricati percorsi che, come su un labirinto, conducevano in altre piccole sale di lettura attigue. Ognuno di questi corridoi era ottenuto dalla disposizione di alti scafali e, nella loro estremità, sul lato sinistro, vi erano disposti i cartelli di indicazione per i visitatori. I volumi erano catalogati per argomenti, anziché per autore o titolo, differentemente da come era solito essere in altre biblioteche. Dopo qualche minuto Sally avvistò il cartello che indicava la sua meta:

⇒

STORIA ANTICA

MITOLOGIA

ARCHEOLOGIA

SIMBOLOGIA

Si riversò con padronanza verso la direzione indicata dalla freccia e scese una piccola scaletta, dai gradini in marmo bianco, che la condusse in un'ala della libreria riservata solo ai possessori dell'apposito lasciapassare. Qui venivano custoditi manoscritti antichi e libri molto rari. Era quindi d'obbligo la *Card of Ammission* che veniva richiesta presso la stanza 316, un ufficio apposito per la registrazione degli utenti. Dopo la registrazione solo il direttore in persona poteva concedere la *Card*. L'utente veniva sottoposto a un'accurata serie di verifiche e, dopo la sua supervisione, il *pass* veniva rilasciato. I testi rari e annosi venivano così preservati e protetti. Un sistema che garantiva anche una vigilanza rigida ed efficiente su chi fruiva del servizio: ogni dossier veniva registrato nel cervellone elettronico, a cui solo il direttore poteva accedere; il riconoscimento avveniva in automatico, per mezzo della banda magnetica che trasferiva i dati del visitatore, annotando entrate e uscite. Sally passò con disinvoltura la card nel terminal ottico e di colpo la barra in acciaio si sbloccò per lasciarla passare. Percorse un lungo corridoio. I suoi passi erano illuminati dalla tenue luce ambrata proveniente da alcune lanterne appese sul muro, che proiettavano il loro bagliore al passaggio di qualcuno grazie a dei sensori a risparmio energetico. Le pareti sembravano ricavate dalla roccia stessa. L'impressione le fu suggerita da piccole ombre che si creavano nei ruvidi e irregolari blocchi presenti alle pareti. Ma la pietra non era vera pietra. Sally fece una smorfia, mentre assorta osservava l'austero fabbricato che era stato restaurato e ingrandito per dar spazio a nuovi sistemi moderni, in una cornice creata appositamente per riprodurre in modo artificiale l'atmosfera annosa adeguata ai reperti esposti. Arrivata finalmente in fondo all'androne si trovò dinanzi a una piccola porta, in robusto legno di faggio, che indicava l'entrata della saletta di consultazione. Un cartello sul lato sinistro le rammentò la sezione:

- SALA 3: CIVILTÀ ANTICHE -

Presentò la tessera di accettazione all'addetto e una volta dentro cominciò a guardarsi un po' intorno, con aria impressionata. Non era la prima volta che entrava nella sala antichità, ma solitamente sapeva cosa cercare e l'aiuto del custode non era quasi mai necessario. Ora, tra le migliaia di libri, sembrava dovesse individuare un ago in un pagliaio. Cosa chiedere al simpatico individuo in divisa che la guardava in attesa di un gesto esplicativo? Sally fece un passo in avanti, si sentiva ancora gli occhi addosso. "Su, avanti, conosci bene questo posto. Niente panico" si propose a denti stretti. Setacciò l'intero scaffale, che colmava l'ampia parete, di fronte all'ingresso. La mano scorreva lenta tra i volumi, mentre il suo indice indicava i titoli. Si soffermò su alcuni testi particolarmente invitanti, fosse anche solo per l'aspetto avvizzito, dalle copertine sfatte di pelle scura. Sfogliò le pagine ocra di carta ruvida e invecchiata, che emanavano un cattivo odore di stantio. Alcuni tavoli erano sistemati al centro della saletta, così da poter riporre il materiale scelto. Sally individuò una postazione appartata e cominciò a poggiare alcuni libri. Si muoveva avanti e indietro, completamente immersa nella ricerca. Ormai non si sentiva più a disagio e il custode si era già allontanato. Recuperato un po' di materiale, prese posto nello scrittoio. Davanti a lei numerosi testi di mitologia, dove antiche storie e leggende narravano la cultura di popoli collegati alle due misteriose isole europee. Alcune illustrazioni mostravano dei siti archeologici a lei già familiari e in questi la chiara presenza di segni degni di attenzione.

In quelle pagine così ben documentate vi erano raffigurate proprio le spirali che aveva visto nelle sue visioni. Un simbolo arcaico che accomunava numerose collettività primordiali e che rappresentava, nella sua emblematica essenza, un simbolo di identificazione e di appartenenza, ovvero la presenza tangibile di una cultura legata al culto della Dea Madre. <<il culto della Dea Madre?>> rimarcò sottovoce mentre leggeva alcuni paragrafi.

- Le spirali vengono interpretate come gli occhi della "Dea Madre" in un significato divino di venerazione. Probabilmente nell'espressione più ancestrale era visto dai suoi adepti come un simbolo di culto, legato a dei riti propiziatori, forse connessi all'acqua, dove tale elemento era considerato personificazione di ESISTENZA e quindi di VITA. L'acqua è una materia prima indispensabile per la sopravvivenza e per la vita della Terra Madre. Essa assume quindi un significato divino, poiché assieme agli altri elementi (terra, aria e fuoco) è parte dell'equilibrio cosmico. -

<<Le spirali che ho visto quindi sono legate al culto della Dea Madre>> pronunciò con un filo di voce, sovrappensiero. Fece poi scivolare lentamente l'indice sulle righe di quel grosso volume, mentre ne scorreva il contenuto:

- La spirale, spesso rappresentata con l'icona mitologica di un serpente o di un drago, non è altro che l'energia vitale della Dea Madre. -

Il suo corpo si irrigidì. <<Il serpente!>> "il serpente è il guardiano" richiamò alla mente. Con voce soffocata gioì per aver trovato il suo primo indizio <<Ma certo!>> esternò sotto lo sguardo infastidito di alcuni lettori che stavano poco distante da lei e che la ammonirono con un'occhiataccia. Sally si sentì arrossire leggermente in viso e cercò di contenere l'emozione. "Quindi le spirali che ho visto e i serpenti impressi nella cicatrice sono legati al culto della Dea Madre" pensò. Con il dito indice continuò a scorrere quelle righe preziose di storia e di sapere antico.

- La credenza dominante nell'Europa del V millennio a.C. constava sull'idea che tutta la vita nascesse dall'acqua. I simboli che richiamavano le fonti d'acqua, quindi, divennero parte integrante di questo culto e associate alla Dea Madre. A essa infatti, creatrice cosmica e dispensatrice di vita e di nascita, fu attribuito il potere miracoloso della procreazione. Nel periodo Neolitico, con la nuova economia agricola, la dea gravida del paleolitico si trasformò in una divinità della fertilità legata alla terra. Da questo momento la fecondità dell'uomo, l'abbondanza del raccolto e tutto ciò che riguardava la crescita e l'ingrasso, venne considerato sacro. Il simbolo del ciclo vitale della vegetazione (nascita, fioritura e morte) era rappresentato dal mutamento delle stagioni e quindi si identificò nei rituali dediti a esse (il ciclo della vita). Il parallelismo delle due funzioni, dare la vita e dare la morte, rende la divinità *dominante* e per tale *suprema*. La dispensatrice di vita e di nascita può quindi trasformarsi in una spaventosa immagine di dipartita. Tale personificazione la si trova spesso associata al serpente velenoso. In altri casi la maschera della dea della morte, presente nella metà del V millennio a.C., ha bocca larga, zanne e talvolta lingua penzolante. Questa ultima sembianza potrebbe aver generato la terribile testa di mostro dell'antica Grecia, che trasformava gli uomini in pietra. Ricordiamo inoltre che le più antiche gorgoni greche non erano figure terrificanti ma venivano rappresentate con ali di ape, antenne a serpente e decorate a nido d'ape: tutti chiari simboli di rigenerazione. -

Sally fece un profondo sospiro. Era invasa da una marea di sensazioni: entusiasmo, sconcerto, sbalordimento e trepidazione. Tirò fuori velocemente un blocco di appunti dalla borsa e cominciò a scrivere, talmente in fretta che la mano le si intorpidì. Un istante dopo il suo pensiero si spostò su Dorigo e sul desiderio di ragguagliarlo, il prima possibile. Concluse quella interessante raccolta di informazioni sottolineando, nel blocco, alcune parole chiave: "spirali, falci di luna, semicerchi, il serpente, l'albero della vita, la Dea antropomorfa (o il suo ventre gravido) sono simboli di energia e di sviluppo; vortici, croci e segni quadrangolari, sono simboli del dinamismo della natura. La Dea assicura la nascita e muove la ruota del tempo ciclico, rendendo l'esistenza eterna". Un tonfo secco rintronò nella saletta. Sally aveva chiuso il grosso volume. Ora, assorta e con un sorriso a fior di labbra, si ritrovò a meditare sulle incredibili rivelazioni.

Capitolo 10

Il sole splendeva alto nel cielo di Manhattan. Dorigo aveva deciso di recarsi allo studio quel sabato mattina, per sistemare un po' di lavoro arretrato. Era uno stacanovista ed era sua abitudine lavorare anche nel week end ma quel giorno, nella sua routine, qualcosa era cambiato: la sua mente era assorta in avviluppate riflessioni, vagava su quelle vallate lussureggianti come un'aquila sorvola la terra imponente e libera. Raggiunto il fabbricato che ospitava il suo studio, salì il gradino del pianerottolo che si estendeva lungo una superficie di pianelle grigiastre, lucide come specchi. Su di esso si affacciavano tre ingressi, ognuno dei quali portava la targhetta con il nome del medico e la sua professione. Oltre al suo studio, l'edificio era occupato da un dermatologo e da una odontoiatra. Dorigo vide la cassetta postale ricolma di lettere: da giorni non ritirava la corrispondenza. Ne recuperò il contenuto, mentre con il piede cercava di raccattare i numerosi volantini pubblicitari sparsi sul pavimento. Con il peso dei suoi anni fece una genuflessione sulle ginocchia per raccogliere la cartaccia. Con una smorfia si rese conto che non aveva più l'età per compiere movimenti di quel tipo e recriminò a se stesso quel gesto, afferrando la schiena dolorante con una mano e le ginocchia intorpidite con la mano colma di lettere. Si tirò su sostenendosi alla parete. Entrò in ufficio e fu pervaso da una insopportabile calura, un poco per via della stanza chiusa, un poco per lo sforzo fatto. Gettò i dépliant nel cestino e scaraventò la corrispondenza sulla scrivania, poi si riversò verso la finestra in cerca d'ossigeno e avvolse frettolosamente l'avvolgibile. La luce schermò il suo sguardo per un istante e, nell'aprire le ante, una leggera brezza lo invase dandogli un leggero senso di ristoro. Respirò a pieni polmoni quel piccolo momento di refrigerio e immaginò di essere su un'altura verdeggiante a ridosso dell'oceano. Ma il rumore del traffico, convulso e assordante, lo riportò immediatamente a una realtà meno affascinante. Davanti a lui sbarre alla finestra, per scoraggiare i malviventi, lo smog delle auto, il caos che giungeva dalla strada. In un istante si spezzò l'incantesimo. Si scostò e chiuse immediatamente gli infissi, quasi a voler smorzare quel fastidioso frastuono lasciando il mondo fuori dalla sua stanza. Si diresse verso la scrivania, accese il ventilatore e avviò il computer portatile per connettersi a internet. Una particolare sonorità persistente e tremolante segnalava il collegamento in rete e dopo qualche secondo la schermata del notebook rivelò in automatico il motore di ricerca preferito da Dorigo. L'uomo aveva deciso di fare qualche ricerca e digitò le parole chiave sperando di trovare qualcosa di utile.

I R L A N D A – storia
↵AVVIO

Dopo alcuni istanti apparve una sfilza interminabile di siti, il cui contenuto riportava le informazioni più inconsuete su questo Paese. "E io che non ne avevo nemmeno mai sentito parlare" si meravigliò lui sentendosi davvero ignorante. Fece scorrere la freccetta del mouse lungo la fila di link e ne scelse uno a caso. Dopo qualche secondo comparve una pagina che descriveva, a grandi linee, la storia dell'Isola di smeraldo.

- Storia del popolo irlandese: L'Irlanda, chiamata anche isola di smeraldo, è una terra dai paesaggi incontaminati, famosa per le sue verdi brughiere e le sue incredibili scogliere a strapiombo. Il tempo sembra essersi fermato da un secolo: la sua gente, semplice ed estremamente cordiale, rimane per lo più legata a tradizioni contadine. L'Isola era abitata già nel Neolitico, ma la sua identità è sempre stata strettamente legata alla cultura celtica. -

Dorigo continuò a leggere di popoli che si succedettero in quelle maestose terre, di temerari guerrieri, di sacerdoti, di abili costruttori di megaliti, fino a giungere alla sua storia più recente, in cui si rimarcava il bisogno di rivendicare la propria autonomia e libertà. Continuò la sua lettura con molto interesse.

- Ci fu una lunga sovranità da parte degli **Inglesi** la cui supremazia ha contrassegnato la storia recente di questo Paese. Ma, con coerenza e tenacia, la sua gente ha lottato con forza per preservare la sua antica identità e per questa libertà e indipendenza è stata protagonista di cruenti scenari politici. Anni di sanguinosi scontri, tra l'IRA e le truppe inglesi, portarono alla creazione di uno *Stato Libero d'Irlanda*, che solo nel 1948 divenne ufficialmente "Repubblica d'Irlanda". -

"Interessante" valutò "ma non c'è nulla che richiami le visioni di Sally o ricordi un legame con i simboli che abbiamo individuato" pensò l'uomo con una leggera smorfia. Tornò sul motore di ricerca e digitò:

S A R D E G N A – storia
↵AVVIO

Questa volta la schermata offrì limitate scelte e Dorigo le visionò, una per una, fino a trovare una scheda riassuntiva sulla storia di questo popolo.

- Storia del popolo sardo: La Sardegna, isola del Mediterraneo, conserva nella sua terra antichissima una cultura che si è definita nel tempo e che si tramanda ancora da secoli. È una terra multiforme, in cui si contrappongono coste rocciose e immense spiagge, estese pianure, colline e montagne ricche di foreste incontaminate. Una terra in cui il passato più lontano si fonde con quello più recente, in un museo a cielo aperto che racconta tutta la sua storia travagliata. *"Una terra considerata antica persino dagli antichi"*. Un trascorso che tuttora si identifica nelle tradizioni, negli usi e nei costumi presenti nell'Isola e nei cuori della gente. L'età Megalitica e l'età Nuragica, così come l'arrivo di altri popoli con cui i Sardi autoctoni stipularono alleanza, è solo una piccola parte del suo processo di arricchimento. La sua gente ereditò i saperi di un'antica cultura, le cui origini si perdono nei millenni. -

Dorigo continuava a leggere con vivo interesse. Non si era mai interessato prima di storia, tanto meno di antiche civiltà scomparse. Era un uomo pratico, volto al presente. Non si era mai girato indietro a contemplare da dove venissero i suoi antenati e non si faceva troppe domande nemmeno sul futuro. Ma da quando aveva cominciato ad ascoltare le storie di Sally tutto era cambiato e ora anche quel racconto gli scaturiva delle emozioni mai provate. Si rese conto che quella da lui considerata la propria Patria Americana non gli aveva mai regalato un vero senso di orgoglio. Si era anzi sempre disinteressato alle sue origini, non sentendo affatto il senso nazionalistico che invece molti suoi connazionali statunitensi provavano. Nelle sue vene scorreva davvero sangue Americano? Dorigo cominciò ad avere seri dubbi. Cosa gli stava succedendo? "Perché sento questo strano nodo in gola, mentre leggo la storia di queste terre così lontane da me?" pensò. Inizialmente volle considerare l'ipotesi più plausibile, ossia che la sua fosse solo suggestione. Questo è ciò che avrebbe pensato se si fosse trattato dei suoi pazienti. Ma dopo pochi istanti quel pensiero divenne convulso e irrazionale. Quella spiegazione non lo convinceva affatto "È lo stesso nodo in gola che provo quando sto con Sally" pensò "come ci fosse un legame di sangue" valutò poi "ma come può essere!". La sua mente era sempre più confusa. Per dissuadere questi pensieri riprese a leggere, cercando di scaricare la tensione. Concluse la lettura e notò delle similitudine tra la storia sarda e quella irlandese.

- La vera *legge* dell'isola era ancora regolata dall'antico codice d'onore. Molti anni più tardi, con la nascita del Partito Sardo d'Azione, l'Isola rivendicò la sua autonomia e nel 1948 riuscì a ottenere una certa autogestione, diventando finalmente una *Regione a Statuto Speciale.* Ancora oggi però, soprattutto in Barbagia, vige un sentimento di appartenenza che risulta più forte di qualsiasi autorità esterna e il desiderio di indipendenza è ancora molto forte. -

Le dita di Dorigo ormai battevano nervosamente sulla scrivania. Aspettava che la stampante portasse fuori i documenti appena letti, li avrebbe dati a Sally in giornata. Non poteva aspettare un attimo di più. "Devo incontrarla al più presto e raccontargli ciò che ho scoperto" pensò, in preda a un improvviso raptus di impazienza ed eccitazione. Prese quindi i fogli e racimolò la posta che stava sparpagliata sulla scrivania, quindi infilò tutto nella sua borsa di pelle marrone, increspata e scolorita dall'usura. Spense il PC ma prima di uscire prese il cellulare e selezionò il numero in rubrica.

Capitolo 11

Sally aveva chiuso il libro e meditava sulle letture fatte. A un tratto si accorse che, da dentro la borsa, sopraggiungeva una melodia famigliare: il suo cellulare stava squillando, si era scordata di spegnere la soneria, come suggerivano i numerosi cartelli sparsi per l'intera biblioteca, e arrossì vistosamente. Si riversò rapidamente, con imbarazzo, nel tentativo di chiudere la chiamata il prima possibile. Lo sguardo spazientito di alcuni lettori, presenti nella saletta, la resero ancora più impacciata. Stava per chiudere la chiamata quando prese atto che in linea c'era proprio Dorigo. Aprì velocemente, incurante delle lamentele <<Ciao Dorigo>> pronunciò sottovoce <<Ciao Sally, ti chiamo perché ho bisogno di parlarti urgentemente>> <<Anche io – asserì - ho scoperto alcune cose importanti>>. Sally alzò lo sguardo e vide che alcune persone la scrutavano in modo chiaramente incuriosito << Non posso parlare ora - riprese con voce soffocata – ti richiamo io tra qualche minuto>>. <<Va bene, aspetto la tua chiamata>> rispose la voce dall'altra parte. Raccolse tutte le sue cose e le rovesciò rapidamente dentro la grossa sacca rettangolare. Ripose i libri nello scaffale, riassettò la postazione e infine prese al volo la cinghia della borse e se la mise a tracolla. Mentre usciva dalla saletta, con un gesto quasi meccanico, passò la tessera nel terminal. Uno scatto sordo avvisò Sally che il dispositivo meccanico si era liberato per farla passare. Con la mano afferrò il freddo tubo di metallo e lo rimosse, schizzando via lungo il corridoio, prima ancora di poter sentire il successivo scatto di chiusura. Sally era ignara del fatto che proprio sopra la sua testa un occhio meccanico aveva registrato tutto.

Lo sguardo vigile aveva osservato attentamente il monitor, scrutando tutti i movimenti di Sally. L'ufficio del direttore sembrava una vera e propria postazione telematica e l'uomo, con il sussidio delle migliori tecnologie, era in grado di sorvegliare a distanza tutti quelli che stavano all'interno della biblioteca. L'incarico prestigioso alla *Public Library* era un'ottima copertura per portare a compimento i suoi subdoli scopi. L'infido desiderio di trovare "la chiave", che avrebbe portato alla luce il misterioso segreto del Graal, alimentava da tempo la sua ragion d'esistere. Da anni infatti il direttore conduceva indagini sull'esistenza del leggendario dono della vita eterna. I suoi successi, in questa strana crociata, gli avevano fruttato un grande potere, sia economico che sociale, mentre l'incarico da direttore lo aveva avvicinato nei più illustri ambienti intellettuali, in cui vi si celavano numerosi e impenetrabili gruppi appartenenti al culto di dottrine esoteriche, sette, in genere proiettate verso culti che veneravano il Dio denaro. Vladimir Leskov, oltre a essere un uomo indubbiamente ricco e potente, aveva uno strano accento americano d'adozione, acquisito dopo tanti anni di permanenza nella "grande mela" ma deformato da una cadenza indubbiamente est-europea, acquisita da genitori emigrati in America durante la guerra. A New York aveva portando avanti i suoi studi accademici, laureandosi in "Storia e tutela dei beni archeologici, archivistici e librari" conseguendo persino un master in storia antica, che gli permise di ottenere una cattedra nella nota New York University. Grazie a questi attributi, successivamente, riuscì a ottenere il prestigioso incarico di direttore nella *New York Public Library*. Ma fu durante un viaggio in Europa che Mr. Leskov apprese, con suo stupore, della reale esistenza del Sacro Graal. Nel lontano 1989 Mr. Leskov si recò in una piccola isola appartenente allo Stato Italiano, chiamata Sardegna. In questo luogo l'uomo ebbe un'esperienza davvero singolare. Era stato invitato nell'isola da un personaggio abbastanza influente nel ramo dell'archeologia locale. Lo aveva conosciuto grazie a internet e poi contattato e frequentato telefonicamente. Venne invitato a prendere parte ai festeggiamenti in occasione del solstizio d'estate. Ogni anno, in Sardegna, si svolgevano feste propiziatorie per la mietitura e Mr. Leskov, saputo che tali festeggiamenti erano profondamente legati agli antichi culti di origine pagana, non ci aveva pensato due volte ad accettare. Partecipò con entusiasmo, assieme a un gruppo di turisti e ricercatori desiderosi di conoscere meglio i segreti dell'isola. Di certo non si sarebbe mai aspettato di vivere un'esperienza così trascendentale, dalle origini effettivamente primordiali. Una solenne cerimonia sacra che gli cambiò la vita.

Capitolo 12

Sally, che era uscita dalla libreria in tutta fretta, ora digitava con impazienza il numero di telefono sulla tastiera del suo cellulare. Dall'altra parte l'uomo attendeva impaziente la sua chiamata. Il sole era ormai alto nel cielo. La giovane aveva trascorso parecchie ore in biblioteca, senza accorgersi del passare del tempo. <<Pronto Dorigo, sono Sally. Ero in biblioteca e non potevo trattenermi al telefono, scusami>>. <<Ciao cara, non preoccuparti. Ho chiamato solo per dirti che ho fatto delle ricerche su internet e ho trovato del materiale molto interessante sulla storia d'Irlanda e Sardegna. Voglio che tu lo veda al più pesto>>. <<Anche io ho scoperto qualcosa – rispose lei - voglio parlartene subito, non sto più nella pelle>>. Sally guardò l'orologio al polso <<Potremmo incontrarci per il pranzo – propose lei – se non hai già altri impegni>>. <<Per me va bene. Ci incontriamo alla tavola calda vicino alla biblioteca, sarò da te verso mezzogiorno e mezza. Ok?>>. <<Ok>> rispose. I due chiusero la conversazione. Mancava circa un'ora e mezza all'appuntamento e Sally valutò di ritornare in biblioteca, per proseguire la sua ricerca. Decise di visitare la saletta "antichità", in cui vi erano custoditi i testi più antichi, manoscritti, pergamene e papiri egizi di un certo pregio. Entrò con entusiasmo, oramai consapevole di cosa stesse cercando: "l'antica storia sarda e irlandese ha un passato comune, che affonda le sue origini nel culto della dea madre" pensò "comincerò da questo pezzo di storia. È evidente che è quello che le mie visioni stanno cercando di far riemergere. C'è sicuramente una spiegazione e la voglio trovare" si disse tra sé e sé. Entrò in Biblioteca e seguì la solita direzione indicata dalle frecce, scese la solita scaletta in marmo bianco e, percorso il lungo corridoio, arrivò nella saletta riservata

Passò la card nel dispositivo elettronico e la sbarra rotante si sbloccò. Entrò a passo svelto, guardò per un attimo il sorvegliante e con un cenno del capo lo salutò gentilmente. Si diresse poi, con passo sicuro, verso la parte sinistra della sala e percorse tutta la sua lunghezza. All'estremità di essa si trovava un'altra stanza, con ambiente ad atmosfera controllata. Entrò con un po' di timore, ma all'interno trovò un archivista che gentilmente le fece strada. La accompagnò, dall'anticamera verso la cupa sala principale la quale, povera di luce e realizzata in pietra basaltica e tufo, riproduceva un ambiente in completo stile medievale. Nella grande parte centrale vi erano conservati libri, pergamene e papiri, disposti su apposite teche e, sulla destra, vi erano tre piccole celle per la consultazione dei testi. Il cordialissimo giovane le spiegò come procedere e le indicò le varie ripartizioni: Ogni teca aveva un numero di riferimento e un colore che ne distingueva la tipologia. Era la prima volta che Sally entrava in una sala come quella: sapeva che i libri annosi, soprattutto pergamene e cartapecora, andavano conservati in ambienti ad atmosfera controllata per essere preservati dall'umidità e dalla luce, ma non si sarebbe mai immaginata di trovarsi davanti un'enorme vetrata suddivisa in teche accessibili solo da pochi privilegiati "Un bene così prezioso dovrebbe essere fruibile da tutti, in un museo" valutò. I libri più rari della *Public Library* erano infatti un patrimonio accessibile solo ai pochi possessori della *Card of Ammission*, rilasciata dopo un'accuratissima selezione del direttore in persona. Grazie ai suoi studi e al suo lavoro la giovane aveva ricevuto la Card anni prima, ma ignorava i rischi a cui ora questa l'avrebbe esposta. Sul lato destro dell'ingresso vi era un grosso ripiano di legno scuro su cui vi erano riposte riverse scatolette, contenenti guanti in lattice, e degli opuscoli, in cui venivano descritti i reperti presenti nelle teche. Sotto la mensola vi era un grosso cestino, contenente gli scarti dei visitatori recenti. Sally si infilò i guanti. L'addetto si era allontanato e lei cominciò a consultare l'opuscolo e a seguire il percorso descritto. Si avvicinò a una teca, contenente una pergamena scritta in una lingua a lei sconosciuta. A vederla pareva essere di suggestiva raffinatezza, decorata con bellissime miniature sui capilettera, ma non la incuriosì. Proseguì e vide un testo dalla rilegatura logora e dalla carta ingiallita, scritto anch'esso in una lingua incomprensibile. Con molta delicatezza aprì la teca e cominciò a sfiorare il vecchio scritto, come se volesse coglierne l'essenza. Lo prese in mano, aveva l'odore e l'aspetto sfatto di un tempo lontano. Lo ripose e nel farlo sfiorò un piccolo pezzo di carta ingiallito che non sembrava essere molto antico. All'improvviso ebbe un lieve capogiro e un principio di mancamento, che però cesso all'istante senza lasciar traccia di alcuna visione. Non ne comprese il senso ma quella pagina attirò la sua attenzione e continuò a osservarla come se fosse in cerca di un messaggio. Non successe nulla e ne fu un pochino delusa. Prese quindi il fascicoletto informativo che riportava, in tre lingue, le notizie sull'origine e parte della traduzione dei simboli riprodotti. Il numero di riferimento in apice corrispondeva al numero riprodotto nella teca, strinse le spalle e con aria incuriosita cominciò a leggere.

- Questa immagine mostra l'antica scritta ritrovata su una stele a *Nora*, in Sardegna (Italia). Si tratta del più antico documento scritto della storia occidentale, datato a cavallo tra il IX e VIII a.C. I simboli più rappresentativi sono quelli legati a queste sigle:

SR DN =   SAR – DAN
SR L = I - SRA - ELE
SR GN =   SAR – GON

Stele di Nora

Sally era sbalordita. Aveva trovato un documento che parlava di una stele antichissima, trovata proprio in Sardegna. Sfogliò delicatamente quella pagina e cercò di individuare, tra quei simboli, qualcosa che potesse avere un senso, ma sull'immagine vedeva solo linee incomprensibili. A un tratto sentì una presenza alle spalle, si girò di scatto e si trovò davanti il giovane archivista, che si era accostato con l'intento di offrirle il suo aiuto <<vedo che le interessa molto il contenuto di quel libro>> disse lui. <<Come, scusi?>>. <<È da una decina di minuti che lo fissa - le sorrise - se le interessa posso consigliarle qualche lettura inerente>>. Sally si accigliò in una espressione di sorpresa, poi gli sorrise compiaciuta <<Davvero può aiutarmi?>>. <<Certo. Sono qui anche per questo>>. <<Sa per caso quale sia il contenuto di questo scritto? Qui ci sono tante sigle per me incomprensibili>>. Il giovane sorrise, soddisfatto per essere riuscito ad attirare la sua attenzione <<Posso darti del tu?>> sorrise. Sally annuì compiaciuta <<Certo, ci mancherebbe>>. Il giovane quindi cominciò a spiegarle <<Questa è una lingua molto antica ed è sicuramente di origine semitica, dell'antica Mesopotamia. Devi sapere che le lingue semitiche comprendono sia quella assira

che quella babilonese. Questa in particolare sembra derivi dal sumero accadico>>. <<Sumero accadico? Cosa significa?>>. <<Storicamente la regione della Mesopotamia era sede delle antichissime civiltà, sumerica e babilonese, ma la nascita di Babilonia come Stato è attribuita agli Accadi (Akkadi) che dal 2450 al 2150 a. C. vissero in stretto contatto con i Sumeri, stabilitisi appunto in Mesopotamia. La popolazione semitica degli Accadi fondò anche il regno di Agade, nella parte meridionale della Mesopotamia e importanti città quali appunto Akkad. Insomma, si tratta di una lingua davvero arcaica. Quelle che hai chiamato sigle incomprensibili sono in realtà dei veri e propri vocaboli di un gergo ormai perduto. In questa lingua, come tu stessa hai potuto notare, le consonanti spesso variano di posizione mentre invece, per quanto riguarda le vocali, esse erano addirittura del tutto inesistenti>>. Il giovane prese in mano il testo e gli diede un'ultima occhiata, poi riprese fiato e proseguì <<Questa scritta per esempio... vedi? SRDN... corrisponde alla parola estesa SARDANA o SHARDANA>>. <<hai detto Sardana? >>. <<Be, si – rispose lui, sorpreso del suo appassionato interesse – hanno la stessa radice e come ho già detto le consonanti spesso cambiano suono, ma in ogni caso la traduzione, anche se può variare di poco, ha un contenuto analogo: si tratta infatti dello stesso popolo poiché gli SHARDANA erano gli antichi abitanti della SARDEGNA. A dimostrarlo è proprio questa antica stele ritrovata a Nora, nella Sardegna meridionale. La scritta SRDN fu erroneamente attribuita ai fenici ma in realtà indicava proprio la provenienza del popolo Shardana, visto che i Fenici non erano altro che i loro successori>>. <<Cavoli!>> fu la secca affermazione di Sally.

Intanto, vigile come una scaltra volpe, Mr. Leskov monitorava Sally dalle telecamere, incuriosito dal suo interesse per alcuni libri a lui cari. Aveva eseguito velocemente una ricerca in archivio, da dove risultavano le sue ultime consultazioni. Trovò assai anomalo il suo improvviso trasporto verso argomenti di cui non si era mai curata prima. Quando l'aveva vista rientrare e raggiungere la sala antichità e consultare annosi libri di esclusivo pregio, con l'aiuto dell'archivista, si era irrigidito e dal monitor ora scrutava con attenzione il suo dipendente, mentre consegnava alla giovane i migliori libri della collezione storiografica dell'antico mediterraneo. "Ma che fa? Cosa mai starà cercando, quella donna, da arrivare a consultare persino la stanza ad atmosfera controllata?" rimuginava tra sé, con grande disagio e agitazione. Mentre osservava i due sullo schermo, Mr. Leskov ebbe come un presentimento: e se la giovane fosse proprio la persona che aspettava da anni? Sapeva bene che prima o poi sarebbe successo, che ormai non mancava tanto al prossimo allineamento lunare e che presto l'eletto si sarebbe manifestato, per poter ottenere l'incarico designato dai Maestri del Tempio: il prescelto doveva decifrare i codici che lo avrebbero condotto alla sacra chiave, ma questo doveva avvenire prima che il Lunistizio cominciasse poiché, a tale congiuntura astrale, l'eletto avrebbe incontrato i Maestri diventando così il custode indiscusso, per diritto e virtù acquisiti. <<Che sia lei?>>. Mr. Leskov sbiancò in viso.

Capitolo 13

<<Vieni con me, ti mostro tutti i libri che puoi leggere su questo popolo>>. Sally lo seguì nella saletta adiacente, senza batter ciglio. Era una piccola cella ristrutturata e adornata da muri in pietra. Grandi mensole di legno scuro arredavano le pareti. Nel centro vi erano disposti alcuni grossi massi che fungevano da banco lettura, attorniati da alti sgabelli in legno. Le piccole finestrelle alle pareti erano finte, con sbarre in ferro battuto e imposte chiuse, e ricordavano i luoghi austeri dei vecchi castelli medievali. Sulle mensole vi erano alcuni libri, non troppo antichi ma comunque avvizziti e dal forte odore rancido. Il giovane si soffermò davanti alla parete, facendo avanti e indietro con l'indice puntato in avanti, intento a scegliere i volumi più significativi. Dopo qualche minuto Sally si ritrovò ricoperta da una pila di grossi libri, con un'espressione attonita ma anche molto soddisfatta. Il giovane le auspicò buona lettura <<se hai bisogno sono qui attorno. Spero tu riesca a trovare ciò che cerchi>> le disse strizzandole l'occhio. Sally lo ringraziò e prese posto sulla base in pietra levigata, cominciò a sfogliare il primo testo e subito trovò qualcosa di davvero interessante che si riallacciava al misterioso popolo menzionato dal giovane archivista.

- SHARDANA: Shrdn, Shardan, Sher-Dan. Principi di Dan, spesso indicati come i veri promotori delle invasioni che si ripeterono a ondate successive fin dal 1700 a.C. (Hiksos). Costituivano anche la flotta d'appoggio per il trasporto truppe e vettovaglie, non disdegnando ogni tanto di sganciarsi dal resto della coalizione per tentare imprese di pirateria sulle coste ricche d'Egitto e Grecia. Sono identificati con gli abitatori delle Isole sarde. [1] -

"Perbacco! Le mie visioni su quest'isola potrebbero essere collegate proprio a questo antico popolo" considerò Sally.

- Affiancano Ramessu (Ramses II) a Qadesh contro gli Ittiti. Possibile il loro inglobamento nella tribù di *Dan* da parte di Mosè. Gli antichi li chiamavano anche Eraclidi, Tespiadi, Tirrenidi, Pelasgi (ma quest'ultima denominazione potrebbe essere riferita ai loro cugini Pheleset, mentre Tirrenidi indicava anche i loro fratelli Tursha). Probabilmente erano i Danai citati da Omero nell'Iliade insieme a Tjeker (Teucri), Likku (Lici) e Akawasa (Achei). Per gli autori greci discendevano da Danao, esule dall'Egitto, ma è più probabile che emigrassero in Sardegna verso il 2300-2000 a.C. dall'Asia Minore (durante l'Impero accadico?) in seguito a una carestia durata più di trecento anni.[1] -

Sally prese frettolosamente il blocco di appunti dalla borsa e cominciò a trascrivere tutto quanto. Poi proseguì e lesse di un'altra tribù

- DENEN: Danen, Danuna, Danai (gli stessi Sher-Dan), probabilmente si unirono agli Ebrei nell'Esodo, formando o aggiungendosi alla tribù di *Dan*, dalla quale si staccarono per andare a "vivere sulle navi" una volta arrivati in Palestina e scomparendo poi misteriosamente. Ma è probabile che salpassero per la Sardegna per poi colonizzare le terre del Nord-Europa, da dove ripartivano coi loro alleati per imprese di conquista e di pirateria. Forse i fantastici Iperborei spesso nominati dai Greci altri non erano che i Danen abitatori delle Isole del Settentrione. Ricordiamo infatti che i primi

[1] Fonte: Dal libro *"Shardana, i popoli del mare"* di Leonardo Melis

colonizzatori dell'Irlanda furono, secondo la mitologia, i Túatha Dé Dánann e che la Grande Madre di tutti gli Dei era in Irlanda Danu e in Inghilterra Dona.[1] -

<<Incredibile! Qui spiega il legame tra Sardi e Irlandesi. Ecco perché le mie visioni hanno a che fare con entrambi le isole. Hanno discendenze comuni>> bisbigliò entusiasta. Sally afferrò tra le mani un testo dopo l'altro e lesse, vorace e instancabile.

- I Sardi di 3mila anni fa erano esperti architetti e ottimi idraulici. Lo dimostrano gli oltre 250 templi a pozzo dell'isola: cisterne sotterranee per la raccolta dell'acqua, alle quali si accedeva da lunghe gradinate. Forse in quello di Santa Cristina a Paulilatino (Oristano), verso il 1000 a.c. si celebrava proprio una sorta di "capodanno lunare" che univa simbolicamente Luna e acqua.[2] -

<<Oh... mio... dio!>> esternò Sally sbalordita. Tra le righe di quest'ultimo testo c'era una esplicita testimonianza del culto dell'acqua legato alla luna. Aveva trovato finalmente l'aggancio tra queste civiltà e il suo tatuaggio "il culto dell'acqua, la Dea Madre, i serpenti, il disco lunare" pensò Sally "tutto è collegato". E il popolo Shardana, che in quel tempo abitava l'isola sarda, praticava il culto dell'acqua e che aveva costruito i pozzi sacri, era la chiave per comprendere le sue visioni. Tali rituali, dediti alla Dea, erano ricchi di forti simbolismi. Ricordò le letture fatte la mattina, il significato propiziatorio dell'acqua, della spirale e del serpente. Si sfiorò il ventre coperto dalla leggera veste e sentì la protuberanza: la cicatrice era lì, a ricordarle la sua missione. E Sally ora cominciava a capire. Scrollò le spalle, intenzionata a riprendere la sua lettura.

---

[2] Fonte: periodico *Focus Storia*

- Accurate misurazioni hanno mostrato che, una volta ogni 18,6 anni la luna arriva a illuminare l'acqua in fondo al pozzo, creando incredibili giochi di luce. Nella loro suggestiva meraviglia questi vanno a riprodurre, nelle pareti del pozzo, il profilo della Dea Madre. –

Sally sgranò gli occhi <<il Lunistizio, come supponevo!>> esultò con voce soffocata, guardandosi poi attorno: per fortuna nella sala non c'era nessuno e il giovane si era allontanato. Nessuna seccatura all'orizzonte. Continuò quindi a leggere, inconsapevole dell'occhio indiscreto della telecamera.

- Antichissime credenze popolari sarde affondano le proprie radici in questi culti pagani. Fino a pochi anni fa, per esempio, nella Sardegna interna si usava immergere, in una notte di luna nuova, un numero dispari di teschi in un corso d'acqua, nella convinzione di scongiurare così la siccità e, ancor oggi, la notte di S. Giovanni Battista (23-24 Giugno), in alcuni paesi, si va di casa in casa a chiedere dell'acqua: raccolta nel più assoluto silenzio avrebbe poteri curativi. [...] I Sardi erano anche esperti navigatori. In tutto il mediterraneo, da Gibilterra all'Egeo, si incontravano le loro imbarcazioni con la prua a testa di cervo che trasportava le merci scambiate con gli Etruschi o il lontano Egitto. Eppure non conoscevano, pare, la scrittura: la loro parlata, tra le più antiche, è imparentata solo con quella dei Baschi [...]. I Sardi erano evoluti, ma la scrittura degli antichi Shardana rimane comunque ancora un mistero, fitto quanto quello della loro fine. Cancellati dal mare? L'ipotesi più recente, ma anche la più controversa, è quella della catastrofe naturale. Un maremoto devastante avrebbe colpito l'isola attorno al XIII-XII secolo a.C. Tra le prove geologiche ci sarebbero i sedimenti alluvionali che circondano alcuni nuraghi [...] chi sostiene la tesi del maremoto ha però anche un'altra certezza: proprio quel cataclisma avrebbe ispirato ai Greci il mito della "Madre" di tutte le civiltà scomparse, la mitica Atlantide[3]. -

Sally era sempre più sbalordita: "Atlantide?" sorrise "qui si sta andando decisamente oltre" pensò "cosa centra adesso Atlantide con la civiltà sarda?". Si soffermò in un istante di riflessione "non ci posso credere" si crucciò sospettosa. "Shardana, chi siete?" si chiese "Da dove venite?". Se era vero quel che le aveva detto l'archivista, essi risalivano già dai tempi della Mesopotamia. Un popolo così antico non poteva non essere conosciuto a livello mondiale, non poteva non essere presente sui libri di scuola. La storia di questa antica e potente tribù era stata cancellata da qualcosa di grande. "Da cosa?" si chiese "un cataclisma non può spazzare via una civiltà" considerò "forse qualcosa di più grande e terrificante". Abbassò lo sguardo e finì di leggere.

- Gli Shardana, stabilitisi in Sardegna durante l'esodo del 2000 a.C. circa, furono poi costretti a tornare in Egitto come profughi in cerca d'asilo intorno al XII-XIII sec. a.C, per cause ancora da accertare ma probabilmente riconducibile all'attestata tragica fuga dall'isola sarda in seguito a un grande maremoto, forse dovuto a un cataclisma senza precedenti o addirittura alla caduta di un grosso meteorite avvenuto proprio intorno al XII-XIII sec. a.C. -

La fronte della giovane sudava freddo, era notevolmente tesa. Si schiarì la voce. Ma l'agitazione stava prendendo il sopravvento. "Sì, forse questa catastrofe spiega la loro improvvisa migrazione". Travolta da quelle vicende non si era resa conto del tempo ormai trascorso. Mancava mezz'ora all'appuntamento con Dorigo. Sfogliò velocemente un altro libro e trovò riferimenti molto interessanti, accompagnati da

---

[3] *Fonte: periodico Focus Storia, articolo di Aldo Carioli*

immagini a lei familiari. Capì subito di aver già visto quelle possenti pietre megalitiche in uno dei suoi viaggi astrali. Erano grossi Dolmen: *Sa Coveccada,* a Mores, nel Sassarese, Sardegna; altri in Irlanda, nel nord dell'isola, come *Legananny* o il *Browne's Hill.* Poi improvvisamente scorse un'immagine ancor più familiare: il *Newgrange,* l'imponente tumulo pre-celtico a nord di Dublino, in Irlanda: l'affascinante simbologia riprodotta in quei possenti massi, disposti secondo un disegno contemplativo e ancestrale, la implosero in un turbine di sensazioni; le spirali, profondamente incise su quei massi, erano le stesse spirali che aveva visto nelle sue visioni "le stesse che ho visto a Montessu, in Sardegna" richiamò alla mente le immagini, mentre fissava le pagine ingiallite di quel grosso volume. Un improvviso capogiro, la vista leggermente annebbiata, un leggero malore, che la costrinse a raccogliersi in un respiro affannato, mentre la sua mente fu improvvisamente tempestata da nuovi flash e catapultata in quei luoghi lontani. I battiti erano irregolari e il viso impallidito. Ma la cosa ancor più inconsueta era lo sguardo, perso nel vuoto come quello di una medium appena entrato in uno stato di trance. Era una nuova visione, più potente di quelle avute finora. Immagini lucide e veloci cominciarono a passargli davanti, come la visione di un filmato che sai di aver già visto "forse da qualche parte, forse in un tempo passato, forse in un'altra vita" considerò. Gradini di pietra, ripidi ma non sconnessi, che conducevano a un cunicolo buio, leggermente rischiarato dai sottili raggi di luce che a malapena riuscivano a entrare dalla fessura d'ingresso. Sopra la sua testa travi di pietra, conficcate tra le pareti, create con massi squadrati. L'immagine, inizialmente un po' confusa, era quella di un pozzo sacro che si materializzò davanti a lei in modo sempre più chiaro. "Il pozzo sacro di Santa Cristina!". Sally sentì come se il suo corpo si fosse improvvisamente disgiunto, proiettandosi in quei luoghi lontani ma ormai familiari. Inaspettatamente, in maniera del tutto inconscia, strane parole uscirono dalla sua bocca, con voce soffocata e in una lingua a lei ignota. <<*Alalà intruppa, alalà intruppa, nois non tenimus ne ossu e nen purpa. Nosich'hana 'ettau a intrue unu fossu*>> ripeté la cantilena con tono sostenuto, più volte. Poi un altro turbine violento di sensazioni la invasero, impadronendosi non solo della sua mente ma dell'intero corpo. Non le era mai capitata una tale incapacità di autocontrollo: di solito le sue visioni erano come una sorta di "conoscenza" intrinseca, come immagini di ricordi lontani o di un sogno appena fatto; persino la visione che aveva avuto nel parco, mentre passeggiava con Dorigo, non era stata così impetuosa. Ora Sally era posseduta da una forza che non riusciva a controllare. Di nuovo, in pochi secondi, le immagini presero un'altra forma, diventando dapprima figure disordinate e in seguito forme sempre più nitide e chiare: possenti blocchi di pietra delimitavano un passaggio, un lungo cunicolo buio, che conduceva a una camera centrale di forma circolare. Riconobbe subito il posto. Si trattava proprio del luogo che aveva descritto a Dorigo, la mattina al parco; lo stesso che aveva appena visto nelle foto del libro appena sfogliato. New Grange. Inizialmente osservò il vasto perimetro esterno: immenso e maestoso, in un diametro di circa novanta metri. Si ritrovò poi proiettata nell'ingresso, su cui scorse una piccola fenditura, nella parte superiore dell'accesso, che le parve una sorta di finestrella di cui inizialmente non ne comprese l'utilizzo. Ci volle un istante per concepirne la misteriosa funzione. Questa, infatti, serviva a convogliare i raggi del sole lungo tutto il corridoio, fin sul fondo della camera funeraria, ma solo in un preciso giorno dall'anno. Quando la giovane si trovò all'interno del tumulo capì che quel raggio solare sarebbe corso lungo il buio corridoio solo durante il solstizio d'inverno, arrivando fino alla sala centrale e illuminando come per magia l'altare in pietra, usato probabilmente per qualche culto pagano. V'era una incredibile genialità architettonica in quella possente struttura, vecchia di cinquemila anni. Il soffitto, a cesto capovolto, era fatto di piccole lastre disadorne, che si erano dimostrate del tutto impermeabili. Esternamente, invece, i blocchi di roccia erano riposti in posizione orizzontale e accuratamente affiancati in cerchio per tutto il perimetro. La facciata del tumulo era rivestita da chiari ciottoli, quasi perfettamente rotondi, di quarzo e granito, alternati fra loro. L'apertura del tumulo era un tempo bloccata da una grossa pietra, ora riposta sul lato destro. Nella parte frontale della struttura, in linea con l'apertura, vi era la pietra più elaborata, ricca di spirali e simboli propiziatori. L'immagine era un po' confusa ma Sally la riconobbe. Fece per toccarla, ma, improvvisamente, il collegamento con quella terza dimensione fu spezzato: qualcuno irrompeva tra le sue visioni in modo impetuoso. Le immagini si offuscarono repentinamente, al contatto di una fredda mano che cercava di scrollare Sally da un presunto malessere. Le immagini scomparvero all'istante, risucchiate da un vortice di nitidezza che prese il sopravvento. Sally sentì dietro di se l'eco di una voce conosciuta, che la riportò a una più ordinaria lucidità. Era il giovane archivista. <<Ti senti bene?>> continuava a sbraitare. Sentì poi in sé un'altra inspiegabile sensazione: la presenza di un altro occhio che la stava fissando, come se qualcuno, non presente nella stanza, la tenesse d'occhio, vigile e furtivo.

Capitolo 14

Sardegna, 02 febbraio 1989

Mr. Leskov era enormemente colpito dalla ritualità che si celava nelle gesta dei danzatori. Capì immediatamente che si doveva trattare di qualcosa di primordiale, connesso a mistici riti pagani legati al culto verso la madre terra. Riti di fine inverno, attinenti alla vita agro-pastorale. Era il 2 Febbraio 1989 e in tutta l'isola si festeggiava la candelora, la festa della grande Madre, la Madonna nella religione Cristiana. Tra i paesi dell'entroterra cominciavano le festività carnevalesche, il cosiddetto *Carrasegare*. Quel giorno in particolare il sole rimase alto nel cielo più del solito e quando si nascose, tra le colline lussureggianti, sprigionò dei bagliori e dei colori amaranto, di incredibile suggestione. Il chiarore diffuso pervase l'intera volta celeste e quando il sole scomparve del tutto, dietro le alture, le stelle parevano sbucare da una coltre lucente e velata, che trasformava il paesaggio in uno scenario quasi surreale. Il riverbero di una bellissima luna piena, enorme e seducente, rianimava le ombre della notte facendole danzare come fate incantatrici. La regina della notte ormai giunta, stava là, alta nel cielo, possente e aggraziata come una dea. La sua iridescenza illuminava le campagne e le vallate circostanti, creando altresì incantevoli bagliori provocati dallo scintillio degli ulivi tutti intorno. Mr. Leskov, assieme al resto degli ospiti presenti, fu condotto, dalle genti del luogo, nei pressi di Paulilatino, un paesino della Sardegna, ma in una zona di campagna un po' distante dal paese. Si trattava di un vecchio villaggio abbandonato, in una necropoli nuragica in cui si ergeva, autorevole, tra i massi arroccati, un magnifico pozzo sacro del I millennio a.C. Allo scoccare della mezzanotte

Vladimir Leskov assistette a qualcosa di indimenticabile: una cerimonia propiziatoria della fertilità.

Pozzo sacro di Santa Cristina - Sardegna

Con tale cerimonia si annunciava il nuovo inizio della luce, la fine dell'inverno, il periodo in cui il raccolto e il bestiame erano una necessità predominante per la vita dell'intera comunità. Mr. Leskov vide una catena umana di donne e uomini, alternati e disposti in cerchio lungo l'intero perimetro della costruzione nuragica a forma ovale simile a un cranio ovino. Erano presi sottobraccio e, a pugni stretti, ballavano una danza lenta e fluttuante. Un piccolo falò era sistemato al centro del complesso. Il rogo fungeva da simbolo propiziatorio e il suo scoppiettio rilevava la forza generatrice della natura stessa. Il gruppo di ballo, abbigliato con i tradizionali abiti dell'alto campidano, ostentava un portamento austero. Le loro mani si stringevano in una presa rigorosa; i loro pugni, congiunti, stavano all'altezza del cuore come in un solenne atto di fierezza in cui simbolicamente i danzatori accoglievano il messaggio trascendentale, proveniente dall'energia mistica creatasi in quel rituale sacro. Il cerchio dei danzatori si allargava e si restringeva, a seconda del loro movimento ascendente o discendente. Ondeggiando a piccoli passetti donne e uomini, a turno, venivano spinti all'interno del cerchio senza mai mollare la presa del proprio compagno che, a braccia tese, conferiva loro lo slancio in avanti per poi ripiegare le membra e riavvicinare il compagno al proprio fianco, riprendendolo nuovamente sottobraccio in un portamento inflessibile. La coreografia di questa antica danza, chiamata *su ballu tundu* (il ballo tondo), girava in circolo orario e antiorario alternato, a seconda dell'andamento musicale dettato dal ritmo scandito dai *tenore's di Bitti* (cantori a tenore di un paesino dell'entroterra chiamato appunto Bitti). Mr. Leskov osservava attento i quattro cantori: si trovavano al centro del cerchio, ma disposti nei quattro lati della scalinata. Questo gruppo di anziani intonavano un particolare canto di incomprensibili parlate dialettali. Quando Mr. Leskov chiese spiegazioni al suo conoscente Giovanni, Nanni per gli amici, gli fu detto che si trattava di un canto popolare chiamato *mutu o mutettu*, una sorta di versi in rime, di complessa costruzione. I quattro *tenore's* (cantori a tenore) simboleggiavano i quattro punti cardinali, nonché i quattro elementi della vita (terra, fuoco, acqua e aria). Il più anziano del gruppo dava il via alla cantata, proponendo il tema principale, *sterrimentu* (stesura), nonché la proposta di un argomento di discussione. Gli altri, a turno, rispondevano con delle rime cantate, *coberimentu* (copertura o completamento), che fungevano da risposta alla conversazione. Dopo che tutti i membri del gruppo diedero la propria risposta in rime, più o meno complesse, improvvisamente un contrasto di quattro voci corali si alzò alto nel cielo provocando una suggestiva risonanza: erano gli stessi cantori che intonavano ora *su canto a tenore's* (il canto a tenore). Ogni voce del gruppo emulava l'energia della natura, in una simbolica rievocazione di ritmi ancestrali. Nel bel mezzo del rituale la luna fu improvvisamente avvolta da piccole nubi velate, mentre le voci dei *tenore's* si facevano più alte e coinvolgenti. Quella che fu una uniformità iniziale di parole intervallate e rime spontanee, divenne a un tratto una espressione raffinata di un gergo antico i cui ritmi erano guidati solo dal suono contrastante delle vibrazioni delle loro voci. Improvvisamente il canto cessò e le voci caddero in un silenzio assordante. Mr. Leskov e altri ospiti, a lui prossimi, si guardarono incuriositi. Pochi secondi e nell'aria si alzò una bellissima melodia di strumenti a fiato. Mr. Leskov richiamò alla mente il suono delle cornamuse scozzesi, ma vedendo la forma di quegli strani strumenti fu sorpreso nel constatare che invece si trattava di tutt'altro. Erano *launeddas:* così infatti, l'amico Nanni, chiamò quello strano strumento a fiato composto da tre canne di diversa lunghezza, di cui due unite da fibre vegetali e una, quella più corta, disgiunta e libera nel movimento. Il suono vibrante delle *launeddas* giungeva dalla parte opposta della gradinata, dove sporgevano alcuni sassi disposti in cerchio e che proteggevano il foro situato al di sopra del pozzo sacro. Quel foro non era altro che una piccola fessura dalle dimensioni di una palla, da cui la luna, ogni 18 anni e mezzo, poteva specchiarsi nell'acqua sottostante durante il Lunistizio. La stessa cavità sacra veniva illuminata dal sole nel giorno dell'equinozio di primavera, quando i raggi scendevano sul vano scala arrivando incredibilmente fino all'acqua per creare suggestivi bagliori. Il suono delle *launeddas* continuava ad accompagnare il rituale con la sua splendida melodia trascendentale: la posizione del suonatore di *launeddas* fungeva anche da perno per chiudere il cerchio dei quattro elementi. Con lui infatti i quattro cantori formavano il solenne pentacolo. *Muttettu's* e *launeddas* avevano creato a quel punto una strana e seducente armonia ammaliatrice, facendo venire la pelle d'oca a chi li stava ad ascoltare. Intanto, *su ballu tundu* girava intorno al sacro fuoco e ai cinque anziani ostentando meravigliosi abiti che, soprattutto nelle donne, offrivano colori vivaci arricchiti da stupendi gioielli in filigrana. Nessuno dei turisti riusciva a destarsi, tanto meno Mr. Leskov, che ne rimase stregato. A un certo punto, dietro le loro spalle, sentirono dei boati improvvisi che echeggiarono nell'aria. Questo suono terrificante destò i partecipanti e spaventò gli ignari. Erano suoni sordi di campanacci, dal ritmo cadenzato e possente. Apparvero dall'oscurità come terrificanti creature antropomorfe: una maschera nera, *sa bisera*, di legno d'ontano o pero selvatico; in testa *su bonette* (copricapo maschile) e *su muncadore* (fazzoletto femminile) di colore scuro; vestiti con *sas peddhes* (mastruca nera di pelli di pecora, senza maniche) sopra un abito di fustagno o velluto (*su belludu*); calzavano *sos husinzos* (scarponi del pastore); sulle larghe spalle portavano *sa garriga* (30 chili di campanacci) tenuti insieme da un intreccio di cinghie di cuoio; appesi al collo un altro gruppo di campanacci più piccoli, legati anch'esse da altre cinghie. Mr. Leskov venne a sapere dall'amico che si trattava di maschere tipiche del carnevale barbaricino e che tali personaggi facevano parte dell'importante attrattiva folkloristica dell'isola. Erano i *Mamuthones* di Mamoiada: dodici, come i mesi dell'anno. Erano disposti su due file parallele, che creavano un largo spazio centrale in cui sfilavano *sos Issohadores* un'altra maschera tipica del *carrasegare* di Mamoiada. Le due fila di Mamuthones procedevano a passi lenti, in modo ritmico, quasi ipnotico, con salti e colpi di spalla, ricurvi sotto il peso dei campanacci avvinghiati nella loro schiena che risuonavano cupamente. Una di queste file si muoveva andando avanti, col piede sinistro e retrocedendo col piede destro. La fila opposta, avanzava col piede destro e retrocedeva con quello sinistro. Entrambi le file tenevano il ritmo di dodici passi singoli eseguendo poi una variante di tre piccoli passi effettuati più velocemente. Nello spazio interno gli *Issohadores* si muovevano con balzi più agili, sincronizzati con quelli dei *Mamuthones*. Gli *Issohadores* erano anche quelli che davano il via ai *Mamuthones* e ne trasmettevano il ritmo. Erano otto: vestiti con una camicia di lino bianca e una giubba rossa, *su guritu*; a tracolla una cintura di cuoio ornato con broccato e sonagli, *sos sonajolos*; portavano calzoni bianchi, *su cartzone*, di lino o tela, infilati dentro i calzari *sas cartzas*; uno scialle femminile (*s'issalletto*) era infine annodato sui loro fianchi. Anche loro portavano una maschera antropomorfa, ma bianca, austera, spesso inespressiva o dal sorriso enigmatico. Nel capo *sa berritta* (antico copricapo del vestiario sardo maschile) era sostenuta da un fazzoletto colorato annodato sotto il mento. Mr. Leskov era esterrefatto dal portamento di queste maschere. Gli *Issohadores* avevano in mano *sa soha* (fune di giunco) che dava il nome al personaggio (*Issohadores*, colui che lancia la fune). La corda era annodata e veniva spesso lanciata tra la folla per catturare una persona tra gli spettatori. Il pegno per la loro liberazione era un bacio o un bicchiere di vino a seconda del sesso. Improvvisamente Mr. Leskov fu catturato dalla *soha* e, come di consuetudine, dovette offrire un bicchiere di vino al *sohadore:* gli porse quindi la fiaschetta di *cannonau* (vino rosso tipico sardo) che aveva accanto a sé. Lo strano individuo, con un sorso, brindò alla sua salute. Intanto, mentre il gruppo si sistemava su un lato del pozzo, davanti al gruppo di ballo si fecero avanti tra la folla altre figure agghiaccianti. Erano i *Boe's* e *merdules*, maschere tipiche di Ottana. Tre di queste erano simili ai *Mamuthones*, ma vestiti di pelli bianche e con maschere cornute dalle fattezze bovine. La quarta invece aveva sul viso una maschera nera (*sa corazza*) dall'espressione deforme, con una strana bocca storta e denti in evidenza. La sua deformità e bruttezza generava paura tra la folla e simbolicamente serviva a spaventare lo spirito del male e allontanare così le sfortune della vita. Questa maschera teneva in mano un bastone (*su mazzoccu*), simbolo di potere, e una frusta di cuoio (*sa soca*) per domare i suoi buoi. Non aveva campanacci e rappresentava il pastore. Nella tradizione sarda, infatti, si suppone che il suo nome, *merdule*, provenga da: "mere" (padrone) e "ule" (bue), di origine nuragica. I *Boe's* rappresentavano quindi indubbiamente le sue bestie. Questo gruppo riassumeva allegoricamente quella che anticamente era la vita pastorale, quando avere un giogo di buoi significava essere benestanti. Il rituale, chiamato "culto del bove" risale ai riti apotropaici delle antiche civiltà neolitiche, in cui l'anno rinasceva a primavera, risvegliando la terra e la vegetazione: tale cerimoniale propiziatorio era, secondo le credenze popolari, indispensabile per ottenere piogge e raccolti prosperosi. I toro, le sue corna, erano simboli di forza, vitalità e fertilità. Mr. Leskov notò che una fune li legava inesorabilmente. "Uomo e bestia, uniti dal giogo della vita – pensò - che nasce, si spezza per poi rinasce: la dualità della dea madre nella ciclicità di nascita e morte". Un rituale, questo, che esorcizzava l'eventuale trasfigurazione tra uomo e bestia, realtà quotidiana per il pastore che stava giorno e notte con il proprio pascolo, rischiando di scindersi in un'unica identità. Anche i *Boe's*, come gli *Issohadores*, si riversavano sulla gente in cerca di un bicchiere di vino. A pochi metri da queste figure Mr. Leskov notò un personaggio, alquanto bizzarro, che prima gli era passato inosservato. <<È *sa filunzana* (la filatrice)>> gli disse Nanni indicando con l'indice puntato. Una maschera emblematica, raffigurante una lugubre vecchietta gobba, tutta vestita di nero, avanzava lenta verso di lui, intenta a filare un grosso gomitolo di lana grezza. <<Minaccia di tagliare il filo che pende dalla conocchia, il filo della vita, invocando così la morte se non le si offre da bere>> spiegò l'amico. Con suo grande sgomento la *filunzana* gli si avvicinò. Il filo di lana, che rappresentava la vita di Mr. Leskov, ondeggiava ora di fronte ai suoi occhi spaventati. Rimase impietrito. Quella figura risultò essere per lui la più terribile. Vedendosela di fronte l'uomo raggelò, poiché questa maschera era indubbiamente molto temuta per il suo significato infausto. Con mano tremolante Mr. Leskov prese la fiaschetta di vino e la porse verso la maschera ma essa, con suo grande stupore, rifiutò il suo vino e, guardandolo negli occhi, fece una risata maligna <<non hai bisogno di offrirmi da bere per salvarti la pelle>> pronunciò l'uomo travestito da vecchietta <<la tua vita è comunque appesa a un filo>> continuò fissandolo con aria lugubre <<lo senti il fracasso? È *su carru' a cocciu*>> sorrise beffarda. Dopo una breve pausa, sotto il volto impallidito di

Mr. Leskov, la maschera riprese a parlare con voce sinistra, come se stesse pronunciando un fatale presagio <<solo la chiave ti potrà salvare e dal *carru' a nannai* così liberare>> rise con voce penetrante. Mr. Leskov, sbiancato in volto, si guardava attorno disorientato. Persino l'amico era sparito e non gli rimase che abbassare lo sguardo per far ordine nella sua mente. Di scatto si voltò verso la maschera in cerca di spiegazioni, ma questa si era già allontanata tra la folla, mischiandosi tra le altre maschere terrificanti. L'uomo rimase immobile, con la fiaschetta che gli penzolava dalla mano. Inerme e spossato, come chi ha appena capito di essere stato inserito nella lista nera della malasorte. I suoi battiti, sollecitati dall'angoscia, gli causarono un leggero capogiro. Dopo qualche minuto Nanni gli si affiancò nuovamente, riapparso dal nulla, con in mano la sua inseparabile Reflex. <<Ho fatto qualche foto>> pronunciò l'uomo, prima di vedere il viso impallidito dell'amico. <<Che ti succede? Hai visto un fantasma?>> si mise a ridere. Mr. Leskov lo guardò con espressione ancora provata ma accennò un sorriso forzato, per non attirare a sé inutili battute, odiava essere oggetto di scherno. <<Cos'è il *carru' a nannai*>> gli chiese. L'amico, un pochino stupito per la strana domanda, cercò di spiegare il tutto in modo semplice. <<Secondo una credenza popolare molto diffusa si dice che anticamente, durante la notte, passasse *su carru' a cocciu* o *carru'a nannai,* il carro dei dannati, che la morte raccoglieva in giro per la città. Questo carro faceva un gran fracasso e raccoglieva le anime in pena, come faceva *Caronte* con la sua barca, nella divina commedia, portando le anime dall'altra sponda del fiume dopo il trapasso. Quando eravamo piccoli ci dicevano che non potevamo stare fino a tardi in strada, perché passava su *carru'a cocciu.* In realtà credo lo raccontassero solo per farci spaventare>> sorrise Nanni. Mr. Leskov si irrigidì <<La *filunzana* ha detto che sono sulla lista>> disse ingenuamente. Nanni lo guardò inizialmente serio poi scoppiò in una sonante risata <<Ahah! Ma che dici? Non crederai a queste storie? Il *carru' a cocciu* non era altro che un carro con dei grossi catenacci appesi, il cui terribile fracasso serviva per spaventare la gente, soprattutto noi bambini, in modo che rispettassimo il coprifuoco imposto ai tempi della guerra>>. In quel momento Mr. Leskov si sentì uno sciocco credulone ma il suo viso non si rilassò al sollievo, non riuscì comunque ad allentare la tensione che ormai lo attanagliava e suo malgrado, nella mente, aveva ancora impressa la spietata figura della *filunzana* e del suo sortilegio. Le danze proseguivano, dietro l'espressione incuriosita dei partecipanti. Alzando lo sguardo Mr. Leskov si accorse che le nubi, che dapprima avevano oscurato la luna, si erano ormai dissolte. Un improvviso battito di tamburi sopraggiunse, dal viale ciottolato, sovrastando la melodia delle *launeddas* e chiudendo così il corteo. Erano *sos Tamburinos* (i tamburini): il loro incessante battito, nel cuore della notte, richiamava il battito ancestrale della terra. Mr. Leskov ne rimase affascinato e sedotto, dimenticando per un attimo la spiacevole disavventura. Vide il gruppo dirigersi verso il pozzo e distribuirsi intorno alla gradinata. Un gruppo di loro continuava a percuotere la pelle tesa di capra, con *sos mazzuccos* (le bacchette) dando il ritmo alla danza sacra del ballo tondo. Altri collocarono i loro tamburi, quelli più grossi, ai piedi del suonatore di *launeddas* che ormai si trovava al centro del cerchio de *su ballu tundu*. "Un gesto strettamente simbolico" considerò Mr. Leskov "Il battito della terra al centro del cerchio umano". A quel punto il rullo dei tamburi cessò improvvisamente. Mr. Leskov non capiva esattamente cosa stesse succedendo, ma sentì delle voci riecheggiare. Si spostò per cercare di avere una miglior visuale, facendosi spazio tra la calca. Notò che i *tenores* avevano ripreso a cantare una preghiera di invocazione, mentre uno strano personaggio si calava nel pozzo dalla gradinata. Era *su Bundu*, creatura spaventosa, che evocava la forza della natura con i suoi ululati e voci stridule, nate dal vento e dalle forze primordiali del bene e del male. <<L'uomo non può amare la natura senza prima averla domata>> sussurrò una voce familiare alle spalle di Mr. Leskov <<con *sos Bundos* dalla nostra parte placheremo gli spiriti inquieti, invocando la benevolenza dalle possenti forze della natura e propiziando quindi la fertilità della terra>>. Nanni si era avvicinato a Mr. Leskov e gli stava parlando sorridendo << è solo una tradizione per invocare la benevolenza della natura e garantirsi un buon raccolto>> gli strizzò l'occhio, per tranquillizzarlo. <<Mi spieghi una volta per tutte a cosa stiamo assistendo?>> reclamò Mr. Leskov, con tono contrariato. <<Osserva>> ribatté l'amico. <<Cosa devo vedere?>>. <<Sei una persona troppo impaziente, Vladimir>> lo ammonì lui. Così Mr. Leskov riprese a guardare la scena, in cerca di un qualsiasi segnale. La grossa figura de *su Bundu*, vestito con il caratteristico abito antico del contadino, si era fermato sull'ultimo gradino del pozzo sacro. La maschera terrificante e cornuta, fatta di sughero, gli conferiva un'aria autoritaria e rigorosa, tipica di un capo tribù. Le sue braccia, alzate verso il cielo, invocavano la dea. <<personifica il *Sardus Patter* (Padre dei Sardi)>> pronunciò Nanni. Ma Mr. Leskov non capiva. Improvvisamente riecheggiò nell'aria il battito dei tamburi, creando un frastuono coinvolgente e penetrante. In quel momento Mr. Leskov si accorse, grazie all'ammiccare dell'amico, che l'incantevole luna era perfettamente allineata sopra la cavità del pozzo e in quel momento capì che stava assistendo a qualcosa di estremamente mistico: il riverbero della luna piena si stava specchiando nell'acqua del pozzo sacro, annunciando agli uomini l'inizio del solstizio d'estate e l'avvenuta del nuovo ciclo lunare dei nodi. La possente costruzione, innalzata con incredibile maestria e conoscenza da popoli antichissimi, non era altro che un incredibile osservatorio astronomico, concepito, con impressionante ingegno e sapienza, ben tremila anni prima, in onore alla grande madre, per calcolare il tempo del suo arrivo. Mr.

Leskov era allibito e affascinato. Nanni sorrise << L'acqua è il simbolo per eccellenza della Dea. In Sardegna si praticava il suo culto già nel 4000 a.c.>> gli spiegò. <<Perché si continua a farlo?>> chiese lui. <<Si ripercorrono le orme del passato, per rievocare lo spirito dei nostri antenati, poiché loro possiedono "la chiave" dei tesori del nostro popolo e, ogni diciotto anni e mezzo, scelgono il custode che ne preserverà i segreti>>. Mr. Leskov si voltò di scatto verso l'amico. <<Hai detto la chiave?>> sgranò gli occhi. Tutto ora appariva più chiaro. Il messaggio della *filunzana* era inequivocabile, non si trattava affatto di una leggenda popolare. Stava assistendo a una cerimonia in cui si sarebbe consacrato il prossimo eletto, il nuovo custode della chiave. Nanni lo guardò con espressione seria ma poi, intento a smorzare la strana tensione, si mise a ridere sotto il suo sguardo attonito <<Ciò che ti racconto sono leggende, solo racconti popolari>> minimizzò, divertito. Ma Mr. Leskov ormai non aveva più dubbi, qualcosa di importante stava accadendo davanti ai suoi occhi. <<Non prendermi in giro Nanni>> lo ribatté serio. <<*Ajooo*! non prendertela Vladimir! Amico mio! Qui in Sardegna tutto è visibile alla luce del sole ma i veri significati non sono percepibili da tutti, è solo una questione di fede, di istinto primordiale. Non tutto viene detto. Se hai il dono, allora certe cose le capisci da te. Se no, sarai solo un semplice spettatore. Non aspettarti, quindi, che qualcuno ti spieghi cosa c'è oltre ciò che vedi>> sorrise infine strizzando l'occhio con espressione complice. Mr. Leskov riprese a osservare il culto. La sua mente era confusa, ma uno strano presentimento lo avviluppò e fece contrarre i suoi nervi: ciò che aveva davanti, era ovvio, non era solo una rappresentazione folkloristica per sedurre i turisti presenti. Dinanzi a lui la terra vibrava. Era percepibile il battito energico dei tamburi che riproducevano l'energia cosmica e il battito vitale della dea madre. Quelle terrificanti maschere celebravano un credo profondo, esorcizzavano il male, comunicavano con gli spiriti antenati. Il cerchio del ballo tondo, evidente metafora della vita delle comunità agropastorali, si allargava e si restringeva secondo la fatalità, cercando di ritardare il più possibile la malasorte, laddove la *filunzana* filava il fragile filo della loro sopravvivenza. Lui meditava, su tutti questi simbolismi, angosciato dalla voce che echeggiava ancora nella sua mente "solo la chiave ti potrà salvare...". I tamburi, che avevano ripreso a battere, rendevano l'aria carica d'energia. Mr. Leskov si destò dai suoi pensieri, alla visione improvvisa di una luce che saliva dal pozzo verso il cielo. Si spaventò e indietreggiò di un passo. Non credeva ai suoi occhi, più volte cercò di sfregare le palpebre per mettere meglio a fuoco, convinto di avere le allucinazioni. L'amico gli sorrise, ma lui non ebbe coraggio di chiedere spiegazioni. Rimase immobile e senza parole. <<Ora il grande spirito *Sardus Patter* è tra noi>> gridò la grossa voce del *Bundu*. In una frazione di secondo, quasi impercettibile a occhio umano, Mr. Leskov intravide una strana sagoma iridescente "forse è un bagliore riflesso" volle convincersi "provocato dalla luna che si specchia vanitosa". Non tutti sapevano cosa stesse accadendo: lo spirito antenato era in cerca dell'eletto. Erano trascorsi 18 anni e mezzo esatti, dall'ultima volta. Il *Bundu* vide riflessa nell'acqua la figura esile della nuova eletta. Il suo viso aveva tratti mediterranei e il suo cuore era puro e fiero. L'eletto avrebbe appreso la missione e ricevuto i segnali della chiamata durante il proprio compleanno, prima del prossimo Lunistizio. Sarebbe stata iniziata ai misteri dell'universo e istruita sulla storia del suo popolo; avrebbe acquisito i codici e, una volta decifrati, avrebbe trovato "la chiave" per poter varcare il labirinto, di cui sarebbe stata la custode per i successivi diciott'anni, assieme ai suoi numerosi fratelli di luce sparsi in tutto il mondo; avrebbe tramandato la chiave, quella era la sua missione, proprio come per tutti gli eletti. Ora *Su Bundu* immergeva il proprio bastone nelle acque limpide e illuminate, pronunciando una formula propiziatoria di fertilità, cancellando così la figura riflessa. La preghiera era stata invocata e la profezia si sarebbe compiuta. In quel luogo enigmatico calò un lungo silenzio e una strana oscurità velata. Nessuno avrebbe mai ammesso ciò che l'occhio aveva appena visto: chi per timore d'esser preso per pazzo, chi per una sorta di devozione, chi per incredulità. La maggior parte pensava di aver assistito a una rappresentazione folkloristica. In pochi avevano una vera consapevolezza sull'accaduto. Così la vicenda venne avvolta da un naturale muro di omertà e tacito riserbo. Anche la luna, con discrezione, si congedò, avvolta da piccole nubi passeggere. Le luci delle lanterne crearono così lunghe ombre tra la folla. Mr. Leskov si girò più volte tra la gente, con la speranza di estorcere velati cenni d'intesa o timidi commenti espressi in modo discreto ma nulla. Ognuno sembrava essere ormai distratto dalla festa, che continuava con musica e cibo. L'euforia della gente spezzò ogni traccia del rituale appena visto. Ma Mr. Leskov aveva bisogno di conferme. Nanni si accostò e gli sorrise, il suo sguardo era stranamente serio, la sua espressione prudente << So che tu stai cercando delle risposte, che però io non posso darti. Nessuno può sapere chi sarà l'eletto>>. Mr. Leskov rimase immobile, cercando di scrollare la tensione accumulata. A un certo punto, raccogliendo un po' di coraggio, cominciò a formulare delle domande dirette. <<La chiave... dove si trova?>>. << Solo gli eletti possono trovarla>> rispose Nanni. <<Cosa apre?>>. <<I segreti più sublimi: si tratta di un tesoro di incommensurabile valore, identificato spesso con la triade: ovvero la conoscenza, il potere e l'immortalità. C'è chi lo chiama...>>. <<il Graal>> azzardò Mr. Leskov sotto lo guardo sorpreso dell'amico. <<Conosci le storie sul Graal?>>. Mr. Leskov sorrise annuendo << ma scusa, il Graal non era il sangue reale della discendenza di Cristo?>> replicò. <<Diciamo che tale interpretazione è incompleta. Il Graal è la discendenza di Cristo sì, ma non solo. Lo stesso Cristo è discendente di una precisa dinastia di eletti. La leggenda sulla discendenza di

Cristo è solo la punta di un grande iceberg – spiegò – La verità è che il Graal affonda le sue radici in un passato ancor più remoto. È stato identificato persino con "L'Arca dell'alleanza", custodita da Mosè durante il grande esodo. Era scortata dalla tribù di Dan, una stirpe primordiale composta da Shardana e altri popoli del Mare. Si dice che anche Mosè fosse un custode della "chiave" e come lui molti altri figli di DAN>>. <<La tribù di Dan sorvegliava L'Arca dell'Alleanza? Quindi l'Arca e il Graal sono la stessa cosa? Parliamo di templari *ante litteram*? Accidenti, sono un po' confuso>> affermò Mr. Leskov, perplesso. <<Non so se il Graal e l'Arca siano esattamente la stessa cosa, ma ciò che è certo è che entrambi fanno parte dell'incredibile tesoro della Tribù di Dan. Si è detto così tanto sul Graal e sul suo legame con Maria Maddalena, ma spesso si tralascia l'importante ruolo che ebbe invece Gesù il Nazzareno, ossia il fatto che anche lui fosse un Grande Maestro del Tempio di Gerusalemme e quindi *custode della chiave* e dei misteri gnostici. E i templari sì, anche loro erano custodi. Ma questo si sa>>. <<Anche Gesù era un custode?>> chiese perplesso Mr. Leskov. <<Il custode. Uno tra i più illuminati della storia. Proprio come lo fu Siddhārtha, meglio noto come il *Budda Śākyamuni,* che giunse prima di lui. Ci sono stati molti grandi custodi, conosciuti per la loro grande saggezza. Hanno tramandato la chiave fino ai giorni nostri, anche grazie ai loro tanti discepoli e seguaci>> sospirò Nanni, con una leggera vena malinconica. <<Anche crazie alla Chiesa, giusto?>> azzardò Mr. Leskov. <<mmm... no, non proprio... per lo meno, non grazie alla Chiesa Romana. Hai mai sentito parlare della *Chiesa di Sardi*? dovresti, se hai sentito parlare di Templari>> specificò l'amico. <<Beh, ho sentito tante storie sui templari, ma non ho idea di cosa sia la *Chiesa di Sardi*>>. <<Ah! Caro mio, non starò qui a raccontarti tutto, togliendoti così il gusto della ricerca – sorrise Nanni – ma ti consiglio di leggere attentamente la Bibbia e i Vangeli, soprattutto quello sull'Apocalisse. Molte risposte che cerchi sono nascoste tra le

righe di questi antichi scritti>>. <<Non capisco, si può sapere perché tanti misteri?>> insistette inasprito Mr. Leskov, alzando la voce. Nanni lo esortò a calmarsi << Posso solo dirti che la città di Sardi era una grande città dell'Asia Minore. Era situata su un monte, con uno strapiombo di 500 metri e aveva un unico accesso, attraverso una strada stretta. Ciò la rendeva una fortezza quasi inespugnabile. Gli abitanti di Sardi si sentivano così sicuri da non aver bisogno di guardie, ma peccarono di presunzione poiché, nel 549 a.C., fu presa d'assedio e cadde nelle mani di Ciro. Non avendo imparato la lezione, il futuro gli riservò la stessa condanna. Di nuovo la città cadde, perché non era stata sorvegliata. Così, si racconta, Gesù chiese all'angelo, custode della Chiesa di Sardi, il perché la sua chiesa fosse caduta e lo fece con una lettera, raccolta nel vangelo dell'Apocalisse (Apoc. 3:1-6). La storia della *Chiesa di Sardi* è stata colei che ha ispirato i Templari a costituirsi "Vigilanti" del segreto di Cristo. Furono guardiani e custodi. Nessuno può sapere *chi* o *cosa* sia la chiave, tanto meno quali segreti essa contenga, perché ne andrebbe della sua stessa incolumità. Solo i custodi possono conoscerne i misteri e tramandarla in tutta sicurezza, affinché non venga perduta irrimediabilmente. E per farlo si avvalgono dell'aiuto di valorosi e fedeli guardiani>>. <<Hai detto *chi* o *cosa*? Vuoi dire che la chiave potrebbe essere anche una persona?>> azzardò Mr. Leskov sempre più curioso. Quella frase gli si insinuò come una pulce nell'orecchio "la chiave potrebbe essere una persona" pensò, ma qualunque cosa fosse doveva trovarla al più presto. Probabilmente ne andava della sua stessa vita. Storse il naso al pensiero della terribile vecchietta vestita di nero che lo aveva maledetto. A quel punto avrebbe voluto rivolgere all'amico mille altre domande, ma in un batter di ciglia Nanni si dileguò tra la folla. Finito il rituale, infatti, la gente si era riversata verso le casette caratteristiche fatte in pietra, che all'occasione erano state adibite con tavolate di prodotti enogastronomici tipici del luogo. Ogni ben di dio, dal bere al mangiare, gratuiti per tutti. Mr. Leskov scrollò le spalle, seguì l'amico e si ritrovò immerso tra la gente, a bere, mangiare e scambiare risate. Quella notte i due non ripresero più l'argomento e da allora la vita di Mr. Leskov cambiò radicalmente: tutte le sue energie, infatti, le avrebbe spese alla ricerca della "Chiave".

Capitolo 15

Manhattan, sabato 03 marzo 2007

<<Tutto bene signorina?>> echeggiò dietro di lei una calda voce dal particolare accento straniero. La figura maschile continuava a toccarle la spalla, in cerca di conferma. Sally si girò di scatto. Il suo battito, ancora accelerato, rivelava la sua spossatezza. Le ciocche rossicce le scendevano, umide, sul viso pallido e minuscole goccioline traspiravano dalla sua fronte. <<Si sente male?>> ripeté nuovamente il giovane. Nel riprendersi Sally si rese conto che dinanzi a lei c'era l'affascinante archivista che l'aveva aiutata con i libri. Il volto del giovane aveva una evidente espressione preoccupata. Sally scosse la testa, il fiato era ancora corto tuttavia cercò di tranquillizzarlo <<Non è niente, è passato. È stato solo un leggero capogiro>>. Lui sorrise, rincuorato. Sally si sentì improvvisamente in imbarazzo. Notò le piccole rughette che circondavano il suo profondo sguardo: aveva occhi cristallini color cielo, piccoli e allungati, con ciglia rossicce e delle minuscole lentiggini che rivestivano gli zigomi. Si sentì attratta e ne fu spaventata. Il giovane cercò di minimizzare l'accaduto <<Sarà sicuramente colpa del poco ossigeno. Qui l'aria viene regolata dall'esterno e distribuita con moderazione, per non danneggiare i reperti. Spesso può capitare che l'atmosfera non sia del tutto compatibile con il nostro organismo. È successo anche a me di risentire della mancanza d'aria: una vera seccatura! Ancora oggi, dopo tanti anni, non ci ho ancora fatto l'abitudine>> sorrise. Sally lo osservava incuriosita <<Da quant'è che lavora qui?>> gli chiese. << Da dieci anni. Ma ti prego dammi del tu. Mi chiamo Cormac>> sorrise. E prima che lei riuscisse a riformulare la domanda successiva, il

giovane la anticipò, riuscendo a penetrare tra i suoi confusi pensieri. << Forse non ci siamo mai incontrati prima di oggi, perché io sono sempre rintanato in questa sezione della biblioteca: mi occupo di catalogare i testi antichi e organizzare i restauri necessari. Non eri mai scesa in quest'ala della biblioteca, o sbaglio?>>. Seguitò un imbarazzante silenzio e Sally cercò di rimediare presentandosi <<Già. Comunque io sono Sally>> fu l'unica cosa che riuscì a proferire. Pian piano si era ripresa dal malessere e ora, con suo stupore, guardava quel giovane affascinata e incuriosita "Cavoli, certo che sei proprio un bel tipo – pensò – e dall'accento si direbbe che non sei nemmeno di queste parti" suppose tra sé e sé. I pensieri gli si ingarbugliarono nella mente, con mille potenziali discorsi inespressi che alla fine riuscirono a proferire un solo misero <<Accidenti!>>. Il giovane accennò una risata divertita, fissando intensamente il suo sguardo, poi la schernì <<Tutto qui? Accidenti! Beh, sei di poche parole! >>. Sally si accigliò e storse il naso, irritata "che arrogante" pensò prima di rivolgergli la parla. <<Scusa ma ora devo proprio andare, si è fatto tardi e non ho proprio tempo da perdere con te>>. Il giovane cercò di rimediare <<Scherzavo! Non volevo certo essere scortese. Se avessi saputo che sei anche così suscettibile non avrei infierito in quel modo>>. Qualcosa però, nello sguardo di lei, gli suggerì di aver sbagliato ancora peggiorando la situazione. Sally, ancora più seccata, gli voltò le spalle e si accostò al tavolo per ritirare le sue cose. Vi erano numerosi fogli di appunti e la giovane si accinse a ritirarli frettolosamente, sistemandoli nella borsa. Qualche secondo dopo, dietro di lei, la calda voce maschile le sussurrava rasente all'orecchio << Hai preso molti appunti! Si direbbe decisamente che hai trovato ciò che cercavi>> Sorrise. Poi, dopo una piccola pausa di silenzio, il giovane cercò di attirare nuovamente la sua attenzione <<Spero che i testi che ti ho consigliato non siano stati troppo impegnativi>>. Sally si spostò di scatto <<Non ho mai conosciuto una persona così

arrogante come te. Mi hai preso per una stupida?>> lo guardò con aria minacciosa <<Pensi veramente che non possa essere in grado di capire questi testi? Non sarai un po' troppo presuntuoso? E poi non credo di averti autorizzato a darmi del tu... non ti conosco nemmeno>> mugugnò infine arrossendo e cercando di districarsi da quella stravagante conversazione. Accatastò i grossi volumi che aveva visionato e li riversò sulle braccia del giovane, magre e muscolose, forti quanto bastava per reggerne il peso. Lo esortò con un cenno di testa a darsi da fare per rimetterli nella loro giusta ubicazione. Poi buttò i guanti in lattice nel bidone apposito e fece per andarsene. <<A tal proposito possiamo rimediare>> propose lui a gran voce. Sally si voltò di scatto con aria interrogativa <<Prego?>>. <<Conoscerci meglio intendo...>> avanzò lui con un sorrisetto intrigante. Sally sorrise "maledizione, sei tanto affascinante quanto dannatamente sfacciato" pensò. <<Sai che quando ti arrabbi ti si formano delle curiose pieghette sul lato superiore del naso? Sono molto buffe!>> la schernì il giovane. Sally, che stava per valutare l'idea proposta dal giovane, ripiombò in un'incontenibile irritazione. Prese le sue cose e con uno scossone lo spostò dalla sua traiettoria e si fece strada per andar via. <<Ehi! volevo essere solo gentile>> cercò di sdrammatizzare senza alcun risultato. <<Dai, scusami! Tregua! rincominciamo da capo! >> ribadì seguendo i suoi passi. Sally uscì dal piccolo vano e si riversò lungo la sala centrale che ospitava le teche. Il giovane poggiò i libri sul piano in pietra e la rincorse. Dopo aver percorso entrambi un breve tratto della sala, Sally si fermò e si girò di scatto, con aria sempre più ostile, guardandolo dritto negli occhi <<Ricominciare cosa? Non è mai iniziato nulla. Hai proprio sbagliato persona sai, non sono qui per giocare, non vengo in biblioteca per farmi abbordare dai ragazzi e tanto meno ho intenzione di farmi deridere da uno come te>> sostenne a gran voce. <<Mi arrendo! Non era mia intenzione... non volevo affatto abbordarti e neppure metterti a disagio. Scherzavo

solamente. È tipico di noi irlandesi. Cercavo di distrarti in seguito al malessere che hai avuto>> disse lui serio e mortificato, replicando infinite scuse. Sally si bloccò improvvisamente "irlandese?" pensò. Poi richiamò alla memoria le visioni che aveva avuto e ripensò a quell'insolito malessere. Rivide per un istante lo sguardo allarmato del giovane e percepì la sua onestà. Decise di proporgli una tregua e dargli una seconda *chance*. Cominciarono così una più civile e rilassata conversazione e il giovane si dimostrò perfino gentile, premuroso e divertente. Sally dovette ricredersi sul suo conto e in breve tempo si ritrovo a ridere e scherzare con lui, davanti a un fresco aperitivo, presso la caffetteria ubicata nei piani alti della biblioteca.

Lo sguardo vigile e indiscreto di Mr. Leskov aveva memorizzato ogni loro movimento, nella sala ad atmosfera controllata, grazie alle telecamere situate a ogni colonna e tra le incavature ricavate nella pietra. Aveva memorizzato il *file* video nel suo portatile, per poterlo rivedere ogni volta che voleva. L'uomo digitò il nome del video dall'archivio multimediale

```
Play: Sally.wmv
```

L'accesso era consentito solo tramite una password riservata, accessibile solo a lui. "Sembrano molto intimi" considerò irritato, riguardando la registrazione. I due, infatti, parlavano affettuosamente come se si conoscessero da tempo. "Devo tenerli sott'occhio" convenne tra sé Mr. Leskov, facendo poi un *rewind* per riguardare la registrazione: con un clic lo riesaminò dall'inizio e constatò che la giovane, a un certo punto della lettura, pareva essere stata colta da uno strano malore "Sta scrivendo qualcosa" osservò sbalordito, zoomando l'immagine il più possibile. Sally ignorava di aver scritto delle parole, di getto, sul suo blocco, durante lo stato di trance. Il direttore cercò di leggere, dal foglio inclinato. Con una serie di passaggi ritoccò e corresse le distorsioni, la gradazione di luce e la sfocatura, in modo da ottenere un'immagine il più possibile nitida. Dopo pochi secondi, sul suo schermo, apparve una scritta, in una lingua incomprensibile.

Alalà intruppa, alalà intruppa,
nois non tenimus ne ossu e nen purpa,
nosich'hana 'ettau a intrue unu fossu.

"Sembra una forma arcaica di sardo – pensò – forse Nanni sarà in grado di decifrarla". Entrò immediatamente in chat e cercò di contattare l'amico sardo:

```
- Caro  amico,  come  stai?  Se  sei  in  linea  ho
una  cosa  interessante  per  te.
- Eccomi,  sì,  sono  in  linea!  Che  si  racconta
nell'oltreoceano?
- Ho  una  news
- qualcosa  per  me  o  per  te?
- per  me
- Ti parriada!  (Ti  pareva!)
- Sai  a  cosa  sto  lavorando...
- Eja  (si)!  Ajò  (dai),  vieni  al  dunque
- Si  tratta  di  un  ritornello,  scritto  in
un'antica  lingua...  credo  sia  sardo...
- Ajò  non  tenermi  sulle  spine
- Ok!
```

Passarono alcuni secondi

```
- ?
- aspetta  un  attimo
- deu seu innoi  (io  son  qui;  aspetto)
- "Alalà  intruppa,  alalà  intruppa,  nois  non
tenimus  ne  ossu  e  nen  purpa...  nosich'hana
```

'ettau a intrue unu fossu" Ti dice qualcosa?
- Certo! È sardo di sicuro. È un'antica
filastrocca che accompagna una delle tante
leggende locali.
- Cosa vuol dire?
- Bè, se ti serve una traduzione letterale ho
bisogno di qualche minuto ma, a grandi linee,
si tratta di un canto proveniente dal mondo
dei morti.
- Come? Sei sicuro?
- *Eja*! "nois non tenimus ne ossu e nen purpa"
Non abbiamo ne ossa ne polpa... sono spiriti
che parlano! Poi la frase "nosich'hana 'ettau
a intrue unu fossu" mi dà da pensare... ci
hanno gettato dentro un fosso... come se
rivendicassero la loro morte. Ma non sono
sicuro che vada interpretato in modo così
letterale.
- Pensi che ci sia una qualche allusione
all'antica storia del tuo popolo?
- Forse! Dovrei analizzarla meglio ma
servirebbe conoscere il contesto in cui è
stata pronunciata o scritta. Hai qualche
indizio in più?
- No, la mia era solo una curiosità. Sai come
sono... Grazie, non voglio farti perdere altro
tempo.
- *Cummenti no!* (Come no) ☺ Se hai bisogno sai
dove trovarmi. *Si bieusu!* (Ci vediamo)
- *A si biri* (arrivederci) Nanni e ancora
grazie mille
- ☺

Il collegamento si interruppe. Mr. Leskov non aveva voluto
approfondire la questione con il suo amico Nanni ma era
notevolmente agitato, perché aveva capito che in quel
ritornello si celava qualcosa di importante. <<Ci hanno gettato

dentro un fosso>> rilesse, "hanno affossato l'intera storia di questo popolo: forse è proprio questa la giusta interpretazione. Il canto è certamente legato alla profezia, me lo sento" pensò ritornando con la mente indietro di 18 anni. "Sardus Patter" ricordò "gli avi hanno scelto il custode. Gli avi – meditò - i maestri del tempio – gli avi... rivendicano la loro morte... la loro..." Mr. Leskov ebbe un improvviso colpo di tosse, poi un altro e un altro ancora. Si piegò tra sé, per attutirne il dolore "è lei... ne sono certo... è lei l'eletto..." tossì nuovamente <<Sta decifrando i codici... maledizione! ed è già molto vicina alla verità>> affermò tra sé, prima che un ultimo, violento, colpo di tosse lo contorcesse in tremendi spasmi. Prese dalla tasca un candido fazzoletto di cotone e cercò di mitigare il rumore: non voleva essere disturbato dal personale adiacente che, sentendolo tossire, sarebbe giunto di corsa per prestargli soccorso. Rivolse lo sguardo al fazzoletto e vide una piccola chiazza di sangue <<Ormai non mi rimane più molto tempo>> espresse con voce soffocata alla vista di quelle tracce sempre più frequenti.

Nel Bistrot, Sally e il giovane irlandese scambiavano due chiacchiere, davanti a due bicchieri ormai vuoti. <<Ti devo le mie scuse - esternò Sally con un certo imbarazzo - ti sono andata addosso come una iena. Non so che mi è preso, di solito non sono così aggressiva. Non avevo alcun diritto di trattarti in quel modo>> si ammonì mortificata, arrossendo un poco. Il giovane sorrise <<Non preoccuparti, è comprensibile dopo un malessere come quello che hai avuto. Semmai io sono stato troppo invadente. Non dovevo stuzzicarti in quel modo, ma credimi, l'ho fatto solo con l'intenzione di distrarti un po'>>. Sally ripensò al mancamento e alla visione che aveva avuto, storse il naso e cercò di scacciare quel pensiero. Osservava il giovane mentre parlava e non riusciva a distogliere lo sguardo dal chiarore profondo dei suoi occhi. Incantata, ammirava le leggere rughette che circondavano i suoi occhi e delineavano un'espressione dolce e matura. Aveva il viso squadrato, larghe mascelle, lineamenti ben definiti circondati da lunghi capelli ramati che scendevano mossi, su un collo nerboruto. Le spalle erano ampie e scolpite. Sul suo mento, leggermente appuntito, una piccola e seducente fossetta appariva ogniqualvolta il giovane sorrideva. Sally la trovò seducente e si sforzò per non far notare al giovane il suo leggero imbarazzo, quando si riscopriva a fissarlo per qualche minuto in più senza proferir parola. Lui intanto scrutava lei e ogni parte del suo viso olivastro, ricoperto da delicate lentiggini che si posavano alla base dei suoi splendidi occhi castani. Improvvisamente si rese conto di essere pervaso da un incontenibile desiderio che cercò di placare. La calda voce di Cormac, pacata e rassicurante, aveva altresì stregato Sally che dal canto suo cercò di scrollarsi di dosso certi pensieri, convenendo che ora non poteva certo permettersi distrazioni del genere. "Non ora, non in questo momento particolare della mia vita" pensò. Il giovane non poté far a meno di manifestare la sua gioia per averla convinta a fermarsi qualche minuto con lui. Avevano parlato di tutto, dal lavoro, alla famiglia, alle loro passioni personali. Lui, studioso di archeologia e simbologia antica, si stava per laureare presso la facoltà *Art History and Archaeology* dell'*Institute of Fine Arts* della *New York University*. Assunto part-time, presso la *Public Library,* lavorava da dieci anni come archivista e grazie a quel modesto stipendio, e alla borsa di studio, era riuscito a mantenersi anche se ormai fuori corso. Era indipendente e viveva senza grandi difficoltà. Lei, studentessa presso l'*ISP* della *Whitney Museum of American Art,* una rinomata accademia d'arte nei pressi di Madison Avenue, si considerava un'artista sperimentale. Aveva una grande passione per la fotografia e amava l'arte contemporanea, frequentava l'ateneo e lavorava, saltuariamente, per una importante Galleria privata d'Arte. Il suo sogno era poter aprire, un giorno, un suo studio d'arte, potersi esprimere liberamente e far conoscere la sua arte al mondo. Al contrario del giovane, lei non si poteva considerare economicamente indipendente. Proveniva da una famiglia facoltosa e, da sempre, aveva vissuto nel benessere, in un confortevole appartamento di *Washington Square*. Ora, dopo la morte di Jack, ci viveva con la madre. Cormac indipendente lo era da quando, diciottenne, decise di andar via da casa per vivere a Manhattan. Di umile famiglia irlandese immigrata in America nel Long Island, aveva solo sei anni quando partì dall'Irlanda assieme alla sua famiglia, lasciando amici e compagni di scuola, parenti e nonni paterni, assieme a tantissimi bei ricordi. La vita in America non fu facile e il giovane, terminata la scuola dell'obbligo, dopo la morte del padre, aveva deciso di andare a vivere oltre la baia, dove avrebbe trovato sicuramente migliori opportunità di lavoro. Solo in un secondo momento decise di proseguire gli studi e iscriversi all'università. Abitava in affitto, presso un piccolo appartamentino nella E 42nd St., vicino al *Grand Central Station* e per mantenersi aveva dovuto svolgere i più duri e avvilenti lavori, fino a quando, studente della *New York University*, trovò l'ottimo incarico alla *Public Library* che gli diede la possibilità di proseguire gli studi e, finalmente, giungere alla tesi. Durante la loro conversazione il tempo sembrava essersi fermato finché Sally, a un certo punto, scrollò le spalle e scorse l'ora, rendendosi conto che mancava poco all'appuntamento con Dorigo. <<Io devo proprio andare. Ho un appuntamento per il pranzo, con un caro amico di famiglia che mi sta aiutando a risolvere un grattacapo>> si giustificò alzandosi per andar via. Tirò fuori dalla borsa il portafogli e prese alcune banconote. Il giovane respinse con impeto <<Ma scherzi? Offro io. Come minimo, concedimelo. Dopo quello che ti ho fatto passare>> rise divertito. Sally sorrise, compiaciuta per tanta galanteria e ringraziò, conservando le banconote. <<Ti rivedrò da queste parti? Se non hai concluso le tue ricerche non esitare a chiedermi aiuto, io sono qui. Scusa la domanda

un pochino indiscreta ma, come mai sei tanto interessata alla storia delle antiche civiltà Indoeuropee?>>. Sally si irrigidì improvvisamente. Non poteva certo svelare al giovane, appena conosciuto, una vicenda così delicata. Cercò di raggirare l'ostacolo rimanendo sul vago <<Devo fare una tesina, per l'esame di storia antica, una ricerca alternativa. Niente di enigmatico>> sorrise. <<Interessante>> asserì storcendo un poco il naso, senza aver creduto a una sola parola di quel che la giovane gli aveva detto. Anche lui aveva dato esami sulla stessa materia e sapeva bene che non c'era grande possibilità di sfuggire ai canoni classicheggianti. Persino grandi realtà come quella "micenea" e "fenicia" erano state create a pennello per rafforzare la tesi delle conquiste e togliere dignità ai popoli autoctoni, senza mai permettere che si supportasse la tesi che queste civiltà fossero nientemeno che i discendenti dei "popoli del mare", tra cui appunto i temerari Shardana. Ogni tentativo di dare dignità ad altre civiltà era sempre risultata vana, questa ostinazione le avrebbe solo tolto punteggio. Non la credeva così ingenua. No, doveva esserci qualcos'altro dietro. Era visibilmente agitata, forse un po' impaurita al pensiero di essere scoperta. Ma lui, garbatamente, lasciò decantare l'argomento, enunciando solo un piccolo commento d'intesa che però irruppe come una freccia <<Ognuno di noi possiede qualche piccolo segreto, no?>> poi strizzò l'occhio e le sorrise in modo complice. Sally rimase senza parole sopraffatta da mille pensieri nella testa "ha sicuramente capito che mento" considerò. Ma il cordiale temperamento di Cormac la conquistò ancor di più: sentiva una strana morsa che le chiudeva lo stomaco e fu invasa da intensi brividi di trepidazione. <<Tutto bene?>> si accertò il giovane, vedendola assorta da troppo tempo. <<S...sì. Sì, certo>> mentì con un nodo in gola. <<Ora si è fatto tardi, devo proprio andare, sono in ritardo>> asserì dopo aver riguardato per l'ennesima volta l'orologio da polso. <<Sì, è meglio andare. Prima che si accorgano anche della mia assenza. Non

vorrei compromettere il mio posto di lavoro ahah!>>. Sally sorrise <<Spero davvero che tu non abbia problemi a causa mia. Non me lo perdonerei mai se ti licenziassero>>. Il giovane lasciò soldi e mancia nel piattino, poi si mise a ridere <<Tranquilla. Sono troppo prezioso qui, non credo proprio che al mio capo convenga farmi fuori>>. Si diressero verso le ampie scale, ridacchiando, e prima ancora di scendere il primo gradino Sally si bloccò, istintivamente, invasa da una bizzarra sensazione. Sentì come degli occhi puntati addosso, come se qualcuno la stesse osservando. Si guardò attorno ma non v'era alcun viso noto. Continuava a percepire occhi indiscreti ma non ne capì il motivo "Che strano" pensò un poco turbata. Scrollò poi il pensiero con un sospiro e scese le scale fiancheggiata dal giovane, lentamente, in silenzio, come se nessuno dei due volesse metter fine a quel piacevolissimo incontro, mentre le loro mani di tanto in tanto si sfioravano per via dell'ondulazione. I loro cuori ormai si appartenevano, anche se non volevano ancora ammetterlo. Arrivati nell'atrio della Hall, si salutarono, spezzando quel dolce incantesimo, con una stretta di mano. Poi ognuno si diresse per la propria strada. Sally si girò più volte in cerca del suo sguardo, mentre si dirigeva verso l'uscita, ma non ebbe fortuna e se ne andò amareggiata. Non poteva certo immaginare che anche lui, un attimo dopo, si sarebbe voltato con la sua stessa speranza, pensando di poterla intravedere ancora, per un ultimo istante. Ma anche per lui non rimase che il rammarico di non averle nemmeno chiesto un recapito telefonico, per poterla contattare. "Prima o poi tornerà, per continuare le sue ricerche. Sì, tornerà!", pensò lui fermamente convinto. Sally raggiunse il luogo dell'appuntamento, dove Dorigo la stava aspettando con ansia. Si rincuorò al pensare che, in fondo, era solo all'inizio delle sue ricerche e senza dubbio sarebbe tornata in quella biblioteca.

Capitolo 16

Mr. Leskov continuava a riguardare dal monitor la registrazione eseguita poco prima e osservava quella giovane donna con occhio vigile, fiducioso che finalmente qualcosa stava per accadere. Ormai mancava poco al prossimo Lunistizio. "I prescelti che vennero eletti durante il Lunistizio precedente – meditò –acquisiranno l'incarico di custodire la chiave e tramandarla". Lo aveva appreso durante i suoi lunghissimi anni di studio e ricerche. Aveva trovato vecchie testimonianze, su questi custodi, che venivano chiamati al loro destino spesso in modo del tutto inaspettato e senza alcuna consapevolezza. Durante l'arco di tempo, che intercorreva tra la chiamata e il Lunistizio, gli eletti venivano iniziati ai grandi saperi per poter decifrare i codici e tramandare la chiave ai prossimi eletti. "Mancano solo tre mesi al prossimo Lunistizio. Sono certo, lei è una custode, sta decifrando i codici per compiere il suo viaggio iniziatico" pensò, con sorriso infido "Devo mettere in atto il mio piano, per recuperare la chiave prima del Lunistizio". Mr. Leskov continuava a meditare con ansia "Una volta trovata la chiave, lei dovrà aspettare che abbia inizio il cerimoniale del Lunistizio, per poterla tramandare, ma troverà me ad attenderla al varco. Quando il portale si aprirà io me ne impossesserò e metterò finalmente fine alle mie sofferenze" auspicò con fervore "quella sarà la mia unica occasione, non posso fallire! Ormai non mi rimane più tanto tempo da vivere". Tossì più volte, con sofferenza, camminando avanti e indietro nella stanza mentre, con la mano destra, si accarezzava il mento. "Il potere, la conoscenza e il dono della vita eterna" ricordò le parole dell'amico sardo. Dopo anni di ricerche, studio e militanza, avanti e indietro tra i due grandi continenti, a investigare sulle tante leggende che riguardavano il mito del sacro Graal, finalmente aveva trovato la sua grande occasione. Uno tra i misteri insoluti della storia dell'umanità, il Graal, descritto e raffigurato da sempre come la coppa con cui Giuseppe di Arimatea raccolse il sangue di Gesù in croce, fonte di grande potere e dispensatore di vita eterna. Espressione simbolica di una ingegnosa allegoria che nascondeva, in realtà, significati più sublimi e arditi. Le nuove teorie lo davano persino come un calice sacro metafora di discendenza reale, in cui il calice sarebbe stato il grembo di Maria Maddalena, sposa di Gesù e madre del suo erede. Secondo molti infatti *Graal* era l'elaborazione empirica della parola *Sangreeal* da cui *SanGraal* e *Sang Real* (Sangue Reale), la diretta discendenza di Cristo appunto. Mr. Leskov sapeva bene che la discendenza del *Sang Real* era ben più remota. Gesù stesso ne fu custode, lui stesso fu un *Maestro del Tempio*. Ricordò gli studi, le indagini, i viaggi fatti alla ricerca di prove, che confermassero tali teorie. La verità che stava emergendo vedeva il Graal come la metafora di un processo alchemico sulla vita e la storia di un'antichissima civiltà ormai scomparsa. Estremo tentativo, quello dei custodi, per non dimenticare le loro gesta e quelle verità ancestrali di discendenza, di origine primordiale, di conoscenza eccelsa, tramandate prima oralmente e poi riportate dai custodi, nelle sacre scritture e nei vangeli, ma spesso celate o demonizzate durante l'inquisizione per ordine della Romana Chiesa. Mr. Leskov fece un profondo sospiro al pensiero dell'importantissimo ruolo dei Templari, che *in primis* erano riusciti a tramandare la scomoda verità sulla discendenza di Cristo e dei Sacerdoti del Tempio di Gerusalemme. I Templari riuscirono nel loro intento di tramandare e proteggere quel pericoloso segreto, mascherato dall'abile congiura dottrinale imposta dalla Chiesa tramite il concilio di Nicea. Da quel momento il Graal venne tramandato con simbolismi e codici crittografati, che solo pochi eletti potevano decifrare e tramandare nel tempo. E così i custodi poterono sfuggire alle persecuzioni. Infuocati diverbi contesero il ruolo di Cristo nella storia: da una parte un uomo, maestro di vita, ma pur sempre un uomo; dall'altra il Dio fatto uomo e sceso in terra per liberare tutti dal peccato originale, come la Chiesa propinò per millenni. La nuova rivelazione che vedeva Gesù di Nazareth sposato con Maria Maddalena fu un affronto inaccettabile per la Curia. Ma le prove confermavano il fatto che in Israele la legge, molto severa a riguardo, obbligava i discendenti della stirpe reale di Davide a sposarsi e procreare per garantire la continuazione di eredi della casa regia. Questo spiegava anche la grande predilezione di Gesù verso Maria Maddalena che, infangata e diffamata dalla Chiesa e considerata una prostituta, era invece una dei suoi appostoli più vicini e compagna fedele e ottemperante. Non fu mai accettata poiché incarnava il peccato del desiderio, inaccettabile per un Dio che, a loro avviso, doveva essere rigorosamente casto e puro. L'incredibile rivelazione creò una spaccatura d'opinione. Le nuove teorie avvaloravano la tesi di Maria Maddalena, gravida del seme della discendenza di Cristo. Mr. Leskov sapeva bene che le antiche conoscenze ancestrali vennero tramandate per millenni dal popolo di Dan, Shardana, dai sacerdoti del Tempio e infine trasmesse grazie al Messia con le sue dottrine, tramite la tradizione sacerdotale di Israele, giungendo fino ai nostri giorni grazie ai templari e poi ai custodi. Saperi gnostici, che affondavano radici nell'antica cultura Accadica, da Ur dei Sumeri fino ai Babilonesi, tramite Abramo fino all'antica civiltà Egizia, grazie a Mosè, egiziano d'origine. Mr. Leskov fu colto da un nuovo violento colpo di tosse, il volto vistosamente provato. "La chiave mi darà il potere di guarire – pensò - e un potere immenso. Ma devo essere cauto. I guardiani affiancheranno il custode in questo suo percorso – ripensò alla profezia appresa anni prima – loro possono diventare un serio pericolo e ostacolarmi". La tosse non gli dava tregua. "La vita eterna" rimuginò. Prese dal cassetto le sue pillole e con un sorso d'acqua le buttò giù d'un fiato. Sullo schermo del suo PC cercò poi la sagoma del suo dipendente, mentre si allontanava dalla Hall e tornava nella Grande Sala "Dovrò tenere d'occhio Cormac. Non so ancora quale sia il suo ruolo, ma l'istinto mi dice che mi darà filo da torcere".

Capitolo 17

Sally si recò all'appuntamento con Dorigo. Durante il pranzo, i due si raccontarono le loro incredibili rivelazioni ed entrambi rimasero esterrefatti dai numerosi progressi fatti. A quel punto Sally, tirando un profondo sospiro, mentre rifletteva sulle vicende, espresse le sue considerazioni <<Le mie visioni e la cicatrice incisa sulla mia pelle sono collegati in qualche modo con i culti di questi antichi popoli Europei. Shardana e Túatha Dé Dánann n sono eredi della stessa antica stirpe, quella del popolo di Dan, figli della dea Dana, la Grande Madre. Le mie visioni sono sempre più incentrate su luoghi di culto, megaliti in cui venivano praticati i riti propiziatori. Questi erano sempre disposti secondo un disegno preciso, strettamente legato all'osservazione degli astri e al ciclo di rotazione della luna e del sole. Non è un caso. Dobbiamo capire su quali megaliti sarà celebrato il prossimo Lunistizio>>. Dorigo era affascinato dalla consapevolezza che stava crescendo in lei. Sally continuò assorta <<Questi popoli, grandi conoscitori dei misteri dell'universo, avevano indubbiamente un grande segreto da tramandare. La loro cultura è giunta fino a noi per un motivo e voglio scoprire quale. Si tratta solo di imparare a leggere e interpretare i numerosi indizi, sparsi per il mondo. Non è certo un caso che abbiano costruito, nell'intero continente, migliaia di megaliti, luoghi di energia, realizzati con tecniche che oggi farebbero invidia ai migliori ingegneri, nonostante le tecnologie in possesso nella nostra era>>. Dorigo ascoltava con attenzione mentre Sally raccontava tutto ciò che aveva scoperto sul legame tra il popolo Megalitico e la Tribù di Dan, dall'esodo degli Shardana in Europa, intorno al 2500 a.C., data stimata dallo studioso sardo Lawrence, secondo il quale essi raggiunsero le terre del Nord passando per il Danubio. Quel popolo della dea Dana, che raggiunse infine le terre irlandesi e divenne noto con il nome di Tuatha the Danann. <<L'ipotesi dell'esodo spiegherebbe la parentela tra Sardi e Irlandesi, Shardana e Túatha Dé Dánann n, e il perché questi due popoli si alternano nelle tue visioni>> convenne l'uomo. Sally annuì <<Già! Quello che non mi è ancora chiaro è come mai i popoli autoctoni, presenti in Europa, hanno accolto i nuovi arrivati come fossero dei parenti a cui affidare antichi saperi e non come a degli invasori. Pensa al culto dell'acqua, legato alla Dea Madre. Se fossero arrivati degli invasori ci sarebbero state delle lotte cruenti per l'occupazione e il conseguente sradicamento culturale invece le loro tradizioni erano affini, praticavano gli stessi rituali e invece di distruggersi a vicenda si scissero, accrescendo e generando un'ondata di progresso>>. Dorigo annuì <<Sì, in effetti. Forse si conoscevano già, facevano parte della stessa stirpe. Magari il popolo Megalitico era la Tribù di Dan arrivata in Europa tanto tempo prima durante un altro esodo che ignoriamo>> ipotizzò Dorigo. <<Hai ragione – ammise Sally – questo spiegherebbe perché conoscessero così bene il percorso da intraprendere, dal Danubio alle terre galliche, fino alle più estreme terre celtiche e scandinave. Ricordi che ti ho parlato di ciò che ho scoperto sul culto della Dea Madre nell'età megalitica? Del fatto che in Sardegna veniva già venerata la Dea molto prima dell'arrivo degli Shardana? Anche i culti praticati successivamente sono legati alla stessa identica credenza, anche se sotto diverse forme riadattate. Insomma, Shardana e Nuragici professavano un unico credo. Ti sembra così strano che potessero provenire dalla stessa civiltà? che dire poi dei megaliti irlandesi, simili a quelli sardi, datati anche prima dell'esodo e dell'arrivo dei Túatha Dé Dánann in Irlanda. Dolmen e Menhir praticamente uguali, in Sardegna come in Europa. Pensa che il pozzo di Santa Cristina di Paulilatino, in Sardegna, è del tutto simile ai pozzi sacri sparsi in Bulgaria. Si dice che furono costruiti dalla Tribù di Dan proprio durante l'esodo e, naturalmente, tutti dediti al culto della Dea Madre. Non vi è alcun dubbio che

questi popoli abbiano avuto una civiltà comune. Forse è proprio dall'incontro tra il nuovo popolo di Dan e i suoi antenati Europei che nacquero culture come quella Celtica, Gallica, Finnica, Germanica e Nuragica. Culture che conservarono, ognuna a loro modo, saperi millenari che li accomunava. <<Un ricongiungimento>> rimarcò Dorigo annuendo. Sally sorrise e annuì <<Si! Popoli legati dallo stesso sangue, da antiche conoscenze comuni, da culti ancestrali legati ai ritmi della natura e alla ciclicità della vita, guardiani dell'energia che è sorgente di vita. Forse addirittura onniscienti. Conoscevano l'astronomia, costruivano luoghi sacri disponendoli secondo importantissimi allineamenti astronomici e calcoli matematici di periodicità, prendendo come riferimento proprio la periodicità delle stagioni, della luna, del sole, delle stelle e dei pianeti. Conoscevano i segreti della vita e della morte. Conoscevano il potere della natura da cui attingere benessere. Praticavano riti sciamani di purificazione. Fu una grande civiltà, che si sparse per tutto il continente e oltreoceano, per poi scomparire improvvisamente>>. Dorigo ascoltava attento, mentre sorseggiava la sua bibita e addentava l'ultimo pezzo del suo hamburger. Sally prese fiato, tra un piatto di patate e l'insalata mista. <<Ho trovato delle letture interessanti che ipotizzano la scomparsa del popolo megalitico dovuta, si dice, a importanti cataclismi e carestie in seguito all'assestamento della terra dopo l'ultima glaciazione. Probabilmente migrarono, verso il mediterraneo e verso continenti più miti. Da qui probabilmente la storia dei popoli del mare e della Tribù di Dan, che raggiunse la Mesopotamia e l'Egitto>>. <<Sì, teoria interessante>> intervenne l'uomo. <<Io credo fortemente che siamo davanti a una vera rivoluzione storica>> sorrise Sally. Dorigo annuì. La giovane a questo punto fece un sospiro, incerta se rivelargli o meno l'ipotesi, letta la mattina, che vedeva il popolo di Dan come l'erede della stirpe atlantidea. Sorseggiò nervosamente dalla cannuccia, prendendo tempo per riflettere. Decise poi che Dorigo doveva sapere tutto, solo così avrebbe potuto aiutarla nella sua ricerca della verità <<C'è un archivista, alla Public Library, che forse può darci una mano. L'ho conosciuto stamani. È una persona affidabile. Mi ha parlato di un possibile collegamento tra il popolo di Dan e il mito di Atlantide>>. Dorigo la interruppe all'istante, senza badare minimamente a ciò che la giovane cercava di rivelargli. <<Hai parlato in giro delle nostre ricerche? Non avrai mica rivelato... Sally! Sei impazzita?>> sobbalzò il medico. <<Tranquillo Dorigo, per chi mi hai presa? Ho detto solo ciò che potevo e ho inventato la scusa che stavo facendo delle ricerche per un esame, anche se dubito che mi abbia creduto>> ammise poi storcendo la bocca. Dorigo si accigliò <<Dobbiamo essere cauti>> rimarcò con apprensione. Sally sorrise. Era felice di averlo come amico: così protettivo, proprio come un padre. Si velò improvvisamente di malinconia, ripensando alla perdita avuta in famiglia, ma scrollò quel pensiero con forza. Non poteva permettersi distrazioni. Riprese a raccontare a Dorigo l'incontro con il giovane archivista e di aver letto di Atlantide. L'uomo espresse inizialmente un po' di perplessità ma pian piano ammise a se stesso che, in fondo, non v'era nulla in quella vicenda che si potesse considerare *normale* o razionale. Tale rivelazione poteva avere un fondo di verità. <<Sai Dorigo, non mi era mai capitato di avere un così forte richiamo nelle mie visioni>> gli raccontò ricordando la vicenda del malessere avuta in biblioteca <<Era come un vortice che mi risucchiava dentro un'altra dimensione. E quel luogo, sentivo di conoscerlo bene>> affermò. Dorigo si destò <<Hai avuto una visione in biblioteca? Accidenti! Come stai? Ti ha vista qualcuno?>> le chiese preoccupato. Sally lo rassicurò, ma sorvolò sul fatto che il giovane bibliotecario l'avesse soccorsa. Non voleva si preoccupasse più di quanto già lo fosse. Finirono il loro pranzo e chiesero il conto. Il volto della giovane appariva ora visibilmente provato e riflessivo, era consapevole che oramai qualcosa di importante stava per emergere. Improvvisamente, con tono secco e risoluto, informò l'uomo della sua decisione. <<Dorigo, io devo partire. È giunto il momento. Le risposte che cerco sono in Europa>>. Le sue parole giunsero pesanti come un macigno alle orecchie di Dorigo. Una doccia fredda, inattesa, da cui non poté sfuggire. Ne rimase spiazzato. Sally era consapevole del fatto che questa era la sua lotta, la sua strada e sarebbe partita anche senza di lui, se avesse osato metterle i bastoni tra le ruote. Ma con lui si sentiva protetta e sperava tanto di convincerlo a seguirla. << Dorigo parti con me! >> gli propose senza mezzi termini. L'uomo, silenzioso, meditava su tale pazzia. << Devo dare una svolta a questa vicenda! Parti con me>> ripeté impaziente. Ma il silenzio di lui sembrava fin troppo lungo. Un terzo tentativo, ancora più supplichevole, prima della reazione infuriata di lui. <<Ti rendi conto di cosa comporta un viaggio del genere Sally? È una vera e propria pazzia. Tutta questa storia è una pazzia>> sbottò l'uomo, assalito dal panico. <<Ma... ma... Dorigo...>> cercò di articolare lei, incredula. <<No Sally, pensaci bene>> la interruppe lui <<Io non sono mai stato così lontano. In realtà non ho mai preso nemmeno un aereo in vita mia. L'Europa è così lontana e io... io qui ho un lavoro, delle responsabilità verso i miei pazienti...>>. Parole spezzate e frasi convulse di autoconvincimento uscirono dalle labbra dell'uomo, profondamente turbato. Non era ciò che Sally si aspettava. La giovane chinò la testa, avvilita. L'uomo guardò la figura esile e delicata che le stava davanti, fragile solo in apparenza. Sally possedeva un forte carisma ma sapeva anche che, sebbene fosse ormai una donna forte e determinata, aveva bisogno di lui. Concluso lo sfogo, che gli permise di allentare la tensione iniziale, Dorigo continuò il suo discorso <<A ogni modo, non mi lasci molta scelta>> sorrise <<So che andrai con o senza di me e non mi perdonerei mai se ti capitasse qualcosa di male. Insomma, non ti sarà facile liberarti di me>> concluse con tono ironico, mentre le spettinava i capelli. Uscirono dal locale con il sorriso in volto, pronti a vivere quella nuova avventura in terre straniere. Sally era soddisfatta. Avrebbe avuto vicino Dorigo, non poteva sperare di meglio. Con leggeri colpetti scherniva allegramente l'uomo stuzzicandolo, divertita. Nel volto traspirava tutta la sua euforia. Dorigo ricambiava, anche se, in cuor suo, avvertiva uno strano presentimento. Non sarebbe stato un viaggio di piacere, tantomeno una vacanza. Chissà quali pericoli avrebbero dovuto affrontare! Sperava di sbagliarsi. Allontanò quei pensieri e si concentrò sugli aspetti tecnici e organizzativi <<Dovrò disdire tutti gli appuntamenti dei prossimi mesi, organizzare il viaggio, decidere la meta precisa e...>> all'istante si ricordò di un particolare importante e poco piacevole <<Dobbiamo parlare con tua madre>>. Solo l'idea lo sconvolse <<È una pazzia Sally! Accidenti, che spiegazione posso dare a Claire? Lei non capirà, disapproverà sicuramente>>. Si fece prendere nuovamente dal panico e i suoi pensieri si accavallarono in banali afflizioni del tipo "chissà se in quei luoghi potrò collegare il mio PC"; "chissà se il cellulare prenderà"; "chissà com'è il cibo"; "meglio portare una scorta di pasti pronti?" e via dicendo. La paura dell'ignoto stava prendendo il sopravvento su di lui, sul suo temperamento generalmente controllato e riflessivo. Ma come biasimarlo? Aveva trascorso un'intera vita cullato dalle più fuorviati agiatezze. Sally lo rincuorò. Avrebbe pensato lei alla madre e a organizzare ogni cosa. Dorigo sapeva bene che su di lui vigeva una grande responsabilità, che andava oltre l'amicizia. Non avrebbe abbandonato la sua bambina. Ora, in un modo o nell'altro, avrebbe potuto recuperare quel ruolo che gli era sempre appartenuto di diritto ma non aveva mai potuto reclamare. Anche Sally, inconsciamente, iniziava a percepire il suo temperamento paterno. Ancora non ne capiva il senso e spesso si era ritrovata a costruire mentalmente i passaggi della loro amicizia cercandone l'origine, attraverso i ricordi più remoti. Avvertiva il profondo legame, ma non ne giustificava la ragione. Ora questo legame l'avrebbe accompagnata verso il suo destino. Dorigo, intanto, si era messo il cuore in pace promettendo a se stesso di vivere quella pazzesca avventura con audacia. Parlarono ancora, nella via del rientro. Una decisione così importante aveva bisogno di maggiori ricerche e una buona pianificazione quindi, dopo essersi scambiati i loro punti di vista, stabilirono di incontrarsi il lunedì mattina alla *Public Library* per fare gli ultimi approfondimenti sui luoghi da visitare.

Capitolo 18

Manhattan, lunedì 05 marzo 2007

Sally entrò nell'ampio atrio della *Public Library* e si guardò attorno, sbirciando tra i tanti presenti, in cerca del volto di Dorigo. Si diresse quindi verso i corridoi, con sguardo continuamente vigile, ma senza alcun risultato. Nessuna sagoma conosciuta. Dovette aspettare qualche minuto e improvvisamente una voce nota, alle sue spalle, richiamò la sua attenzione. Con piacere notò che si trattava di Dorigo. <<Scusa il ritardo>> disse mortificato.

<<Non preoccuparti, non aspetto da molto>> sorrise, mentre con un gesto lo invitò a seguirla verso la grande sala munita di computer. I cartelli lungo il percorso ne indicavano la direzione

⇒

SALA DI LETTURA

CONSULTAZIONE TELEMATICA

PRESTITO LIBRI

<<Questo posto è immenso>> disse lui. Sally si fece strada, tra banchi illuminati da grosse lampade al neon, la cui luce creava uno strano riverbero sul piano d'appoggio, a forma di stella. I suoi passi erano sequenziali e sicuri, come di chi conosce bene il posto.

<<Ecco una postazione libera>> indicò davanti a lei. Poi con voce tenue, per non voler spezzare il silenzio autoritario tipico di quei luoghi, Sally spiegò a Dorigo che nelle postazioni era possibile consultare la rete web gratuitamente e accedere anche alla rete interna, dove erano custoditi i vasti archivi. Si potevano anche ordinare i libri, tramite un codice personale,

per poi andare a ritirarli con comodità direttamente al bancone centrale o, se si preferiva, aspettare che l'addetto facesse il giro di consegne direttamente ai banchi. <<Gli addetti alla supervisione sono molto gentili e pronti a prestare aiuto, per qualsiasi tipo di ricerca>> spiegò lei. Nella vicina parete vi erano disposti larghi scafali ricolmi di altri libri, più commerciali, accessibili a una consultazione libera. Si trattava perlopiù di materiale generico di basso valore letterario e storico, nulla che valesse la pena proteggere dalle grinfie di scaltri ladruncoli. Mentre gran parte dei testi, più annosi o importanti, erano protetti da un sistema di consultazione digitale, che segnava ogni richiesta e ogni uscita, tramite codici a barre e cip inseriti nelle tessere. Molti testi, noti ma poco accessibili, erano stati addirittura riprodotti digitalmente per poter essere consultati on-line dalla propria postazione telematica, non consultabili dal vero per preservarli dal logorio o per via del loro già alto stato di deterioramento. <<Vi sono libri antichissimi e rari, in pergamena o cartapecora, che vengono conservati in ambienti ad atmosfera controllata, per garantirne la conservazione e preservarli dall'umidità, dalla luce e dalla polvere>> spiegò lei. Dorigo era affascinato da quel sistema così pragmatico, la tecnologia accostata all'apprendimento tradizionale, tutto predisposto a sostegno e non in sostituzione del libro, il vero protagonista indiscusso. <<Questo è un vero tempio del sapere, fruibile da tutti >> considerò l'uomo. <<Sì, in parte>> rispose storcendo le sopracciglia al pensiero di quanto fosse rigido il regolamento riguardo i libri più antichi. I due presero posto, accesero il computer, inserirono il codice di identificazione di Sally e cominciarono a digitare alcune parole chiave, che avrebbero circoscritto la loro ricerca nel sistema interno, il cui vantava un infinito archivio di titoli. <<Proviamo con... /Sardegna/>> propose Sally. Dall'archivio venne fuori una sfilza lunghissima di titoli. <<Troppo generico – disse Dorigo - Prova ad aggiungere anche... /periodo nuragico/>> suggerì. Sally e

Dorigo ebbero uno strano sospetto: c'erano fin troppi libri dedicati alla Sardegna. Vollero verificare, per curiosità, se l'archivio contenesse altrettanti libri sulle altre regioni Italiane e così digitarono diversi nomi: Veneto, Lombardia, Sicilia, Campania, Toscana, Marche. Ma con loro stupore constatarono che di ogni regione italiana vi erano al massimo un paio di testi, perlopiù guide turistiche, mentre sulla Sardegna vi erano libri di ogni genere, sia storici che culturali, su tradizioni, mitologia, archeologia, racconti popolari, in Inglese, in lingua Italiana, persino in lingua sarda. <<È proprio strano. Questa biblioteca ha un'attenzione spudorata per l'isola sarda>> considerò Sally.

<<Sì, veramente molto curioso. Ma ora torniamo alla nostra ricerca>> sorrise minimizzando.

SARDEGNA – PERIODO NURAGICO

Tra la lunga lista di titoli, i due scelsero con cura quelli più interessanti. Accumularono, di volta in volta, nel carrello virtuale e infine inviarono, al terminal centrale, la loro richiesta. Tutto era registrato. I libri venivano cercati dagli archivisti e dagli operatori disponibili. Dopo non molto si presentò un giovane incaricato alla consegna. Si trattava di un apprendista che Sally non aveva mai visto prima: figura alta e snella, con spalle e muscolatura spigolosa. Spingeva il pesante carrello ricolmo di grossi volumi e pareva spezzarsi a ogni passo. Si fermò più volte, lungo il tragitto che portava alla loro postazione, per riprendere fiato e, quando finalmente li raggiunse, era visivamente provato. Consegnò il materiale e si incantò alla vista di Sally, del suo sorriso. Gentilmente le offrì la sua piena disponibilità, per qualunque altra occorrenza. Dorigo, impegnato a guardare un interessante sito web, non fece molto caso al giovane. Il ragazzo stava per andar via quando Sally, sbirciando sul suo tesserino spillato nel petto, pronunciò il suo nome <<Samuel vero? Non ti ho mai visto>>

sorrise. <<Lavoro qui solo da qualche settimana>> spiegò lui. <<Bene, ti auguro buon lavoro>>. <<La ringrazio signora>>. <<il mio nome è Sally! E ti prego dammi del tu>> sorrise. Il giovine arrossì vistosamente e annuì, poi salutò timidamente e si allontanò, spingendo il carrello ormai quasi vuoto. Si voltò più volte, per osservala e, a ogni sguardo incrociato, il suo viso arrossiva repentinamente. Ormai era distante e consegnava altri libri in fondo alla sala quando Sally, divertita, si rivolse a Dorigo <<Hai visto che gentile quel ragazzino? Aveva uno sguardo molto dolce. Mi ha fatto una tenerezza vederlo spingere quel pesantissimo carrello ricolmo di libri. Certo che potevano anche aiutarlo, visto che è qui da poco>> sostenne, facendo spallucce. Dorigo non riuscì a farsi sfuggire un improvviso risolino <<Sei unica. Non hai mai amato le ingiustizie e non manchi mai di osservare chi intorno a te ha bisogno di aiuto>> la guardò impressionato. <<Dai Dorigo, non esagerare. Non sono certo una santa. Però hai ragione su una cosa: odio le ingiustizie. Non ci posso far nulla>>. Dorigo sorrise <<Ora mettiamoci al lavoro>>. A quel punto lei gli porse uno dei numerosi testi e lui, afferrato il libro, cominciò a sfogliare e leggere alcuni passaggi. Smorzò poi la sua voce, per non disturbare i tanti lettori presenti.

- Anticamente, dal Mediterraneo fino al nord Europa, esisteva ciò che molti studiosi definiscono una cultura condivisa, estesa in uno spazio enorme, dall'isola di Malta alla Sardegna, dalla Spagna all'Irlanda fino alla Gran Bretagna. Era la civiltà megalitica [4] -

<<Beh, non fa una piega! Fin qui c'eravamo arrivati. E questo avvalora la nostra tesi secondo cui Sardegna e Irlanda erano imparentate da una comune civiltà megalitica>> annuì l'uomo. <<Sì. E devo dire che fa un certo effetto leggere su un testo che le nostre teorie non erano poi così bizzarre. Ora ne abbiamo le prove>> convenne lei. Dorigo riprese a leggere.

- Essa ebbe la sua massima espansione nel periodo Neolitico, nonostante si abbiano delle importanti tracce già dal Paleolitico. La cosa più sorprendente è che, dopo millenni, questa cultura scomparve improvvisamente. La prima sparizione avvenne alla fine del 3°millennio a.c. a Malta, poi successivamente, verso l'inizio del 2°millennio a.c., in cui ci fu il buio più totale: l'improvviso tracollo di una millenaria cultura, dalla *Li Lolghi* sarda alla *Carnac* in Bretagna, fino in Inghilterra a Stonehenge. Mentre nel Nord Europa perdurò molto più che nel mediterraneo, addirittura fino all'invasione Romana.[4] -

Sally sorrise <<Come vedi le cose semplici sono spesso invisibili all'occhio poco attento e noi senza saperlo avevamo tutte le risposte davanti. Qui viene tracciata accuratamente il passaggio di questa civiltà primordiale. Ma è evidente che la loro scomparsa fu in realtà una massiccia immigrazione. Si unirono ai popoli del luogo, cambiarono nome nei secoli e nei millenni, ma non abbandonarono le loro origini e la loro cultura radicata, anzi la trasmisero>> avanzò. <<Già. Fu solo protagonista di una normalissima evoluzione>> ribadì l'uomo. Sally sorrise, sentiva di avere in sé le risposte che cercava <<La Mesopotamia non era la vera terra d'origine della Tribù di Dan. Essi facevano parte di quel popolo primordiale che dall'Europa giunse nel Mediterraneo e nell'Asia Minore durante la migrazione, avvenuta a ondate dopo l'ultima glaciazione. Una civiltà che aveva origini antichissime, che si spinse in Sardegna e nell'isola di Malta per poi raggiungere l'Asia, disseminandosi dalla Mesopotamia all'Egitto. Una civiltà la cui cultura primordiale rimase fondamentalmente intatta, arricchendosi di nuovi principi e costumi ma senza mai mutare nello spirito. Ecco chi erano i figli di Dan, i

---

[4] *Inchiesta trasmessa sul programma televisivo "Stargate"*

discendenti di Atlantide, seguaci di Danau, Dana, la grande Dea Madre>>. A quel punto Sally si era fatta prendere da un eccessivo impeto e Dorigo la esortò ad abbassare la voce. Si guardarono entrambi intorno: nessuno sembrava averli notati. "Fortunatamente non abbiamo attirato la curiosità di nessuno" era ciò che pensarono ignari che le telecamere, intanto, avevano registrato ogni loro movimento. L'occhio elettronico memorizzava ogni loro espressione. Sally riprese con tono più sommesso ma vistosamente impaziente. Dorigo guardò il testo e scorse alcuni punti interessanti. <<Senti qui>> sobbalzò sbalordito.

- La potenza della natura avrebbe cambiato l'aspetto del bacino del mediterraneo, stravolgendo il processo naturale del cammino delle civiltà e quindi la vita stessa dell'uomo. Un terribile cataclisma che costrinse le genti a migrare. Cataclisma simile al leggendario Diluvio Universale. La leggenda diventa storia, tra oscurità e controversie: dopo millenni cominciano a trapelare i primi frammenti di verità, emersi dagli scavi archeologici. [4] -

Sally sorrise << Lo sapevo che era la pista giusta>> affermò entusiasta. L'uomo annuì <<Quindi in sostanza il secondo esodo, quello degli Shardana che dalla Mesopotamia si spostarono in Europa, è in realtà un ritorno a casa!>> convenne lui, sfregandosi la folta barba. Un gesto che Dorigo faceva sempre nei momenti di riflessione più profondi. Sally annuì. Stava per afferrare un altro libro quando, improvvisamente, una voce conosciuta la fece sobbalzare. <<Ci sono dei recenti studi condotti da ricercatori italiani che stanno cercando di far luce sui molti aspetti enigmatici di queste civiltà>> affermò la calda voce. La giovane tirò su lo sguardo, mostrando un sorriso spontaneo: aveva riconosciuto la cadenza inconfondibile di Cormac. <<Salve! scusatemi se vi ho interrotti così, ma quando ti ho vista…>> disse rivolto a

Sally <<...sono stato colto da un'immensa gioia e non ho potuto far a meno di avvicinarmi a salutarti. Poi, senza volere, ho sentire i vostri discorsi. Perdonate la mia intromissione>>. Con un sorriso folgorante, Cormac si rivolse alla giovane <<Non immaginavo di rivederti così presto>> esternò strizzandole l'occhio. I loro sguardi, elettrizzati, esultavano dalla gioia di essersi finalmente ritrovati. Dorigo compariva stranamente imbarazzato. Guardava quel giovane con aria diffidente, indiscreto e anche impiccione direi. Spero solo non abbia sentito troppo" pensò con ostilità "E poi cosa sono quegli occhi dolci verso Sally?" continuò a pensare, infastidito e con un velo di apprensione paterna. Per Dorigo l'idea che un uomo corteggiasse sua figlia era un colpo basso e gli sembrò di impazzire, fu assalito da uno strano sentimento di gelosia che non aveva mai provato prima. Non riusciva a tollerare che uno sconosciuto facesse il cascamorto con la sua bambina. E in un modo così spudorato. Oltretutto in sua presenza. Si schiarì la voce e con un colpo di tosse cercò di spezzare quella loro incalzante attrazione. Il giovane a quel punto volse lo sguardo verso l'uomo, che lo stava folgorando con aria minacciosa. Si scusò con lui per non essersi presentato, allungò il braccio e gli strinse la mano <<Salve, io sono Cormac Sheridan. Lei deve essere un parente. Noto la somiglianza. È un vero piacere conoscerla>> sorrise. Un imbarazzante silenzio piombò improvvisamente, paralizzando Dorigo in un vistoso disagio, come di chi è stato appena colto in fragrante con le dita dentro un barattolo di nutella. Anche Sally ne fu leggermente turbata. L'affermazione del giovane sopraggiunse in modo incalzante, creando un vortice di sensazioni e di sospetti reconditi che da tempo cercava inconsciamente di occultare "Un parente?" pensò "Come fa a vedere una somiglianza tra me e Dorigo?" rimuginò assorta. Il silenzio sembrò più lungo del previsto e fu il giovane a prender nuovamente parola cercando di spezzare quel mutismo. Con un leggero rossore sul viso, dovuto all'imbarazzo, intervenne con titubanza <<Ho detto qualcosa

di sbagliato? Spero di non essere stato troppo indiscreto...>>. Il giovane aveva intuito che qualcosa non andava: Sally guardava Dorigo in cerca di conferme, ma lui scrollò le spalle e, con un sorriso forzato, diede un taglio a tali insinuazioni <<Siamo solo stupiti che tu abbia notato delle somiglianze tra noi dato che siamo solo buoni amici di famiglia. Nessuna parentela!>> spiegò mentendo spudoratamente, mentre sfuggiva al suo sguardo cercando di tenere un impeccabile autocontrollo. <<Comunque io sono Dorigo Mag Aonghusa>>. Sally sospirò udendo le sue parole. In fondo perché avrebbe dovuto mentire. Conosceva Dorigo da sempre, era sempre stato presente nella sua vita, ma non ricordava nulla che potesse farle sospettare un suo ruolo nella famiglia. Non aveva mai sentito dire, da sua madre, che Dorigo fosse un parente anche se da piccola lei lo chiamava spesso zio. La giovane cercò di allontanare quei bizzarri pensieri, intanto il giovane aveva ripreso a parlare con Dorigo sottolineando la strana fatalità <<Anche Lei ha origini irlandesi?>>. Dorigo si accigliò in cerca di spiegazione <<Come scusa?>>. <<Anche Lei è irlandese?>> ribatté Cormac. <<No, non direi proprio. Sono nato qui e anche i miei genitori, pace all'anima loro, erano americani. Perché diamine mi fai una domanda del genere? Giovine>> rispose contrariato. Cormac fece spallucce <<Mag Aonghusa è un cognome irlandese, di nobile casato per giunta>> spiegò. Sally si irrigidì "troppe coincidenze tutte assieme" pensò immediatamente. Anche Dorigo si era contratto in una tensione improvvisa e il giovane ravvisò nei loro sguardi un certo sbigottimento. Non capiva esattamente il motivo di quel loro atteggiamento, si comportavano in maniera proprio strana, cercò quindi di indagare <<Magari i suoi nonni erano irlandesi>> ipotizzò sorridendo. <<No no, ti posso assicurare che anche i miei nonni erano americani. Così come lo erano i miei bisnonni. Ammetto di non conoscere l'origine del mio cognome ma posso assicurarle che la mia famiglia è americana da lunghe generazioni>> puntualizzò infine. Cormac era incuriosito da quella strana reazione, ma non volle girare il coltello sulla piaga e, sorridendo, scrollò le spalle cambiando argomento. Dorigo rimase profondamente turbato per qualche minuto, quella incredibile rivelazione avrebbe potuto chiarire il legame tra Sally e i suoi antenati. Ma, se da un lato, questo avrebbe costituito finalmente un grande passo avanti verso la verità, d'altro canto la notizia avrebbe provocato ciò che Dorigo temeva più di ogni cosa: dover rivelare a Sally il proprio segreto. "Le mie origini irlandesi spiegherebbero perché Sally sia stata scelta". Cormac intanto chiacchierava con Sally, sopraffatto da un'intensa emozione che cercò di contenere <<Quindi stai preparando l'esame?>> sorrise con aria provocatoria, ricordando la scusa che lei aveva raccontato. Sally si irrigidì. <<Mi incuriosisce molto il tema che stai trattando>> la punzecchiò <<Se volete posso aiutarvi, ci sono dei libri a cui nessuno può accedere>>. Sally si voltò verso Dorigo che la guardò con aria espressione sospetta. Era spazientito dalla sfacciataggine di quel giovane e scattò senza pensarci <<No guarda, non ci serve...>>. Ma la mano di Sally afferrò il suo braccio e lo interruppe di colpo. <<Sai che ti dico? Forse potresti veramente esserci utile. Stiamo cercando del materiale proprio sull'Irlanda. Stiamo facendo delle ricerche sul confronto culturale tra Sardegna e Irlanda>> gli sorrise, guardando poi Dorigo con espressione rassicurante. La giovane aveva visto in Cormac un potenziale spiraglio di luce e scavalcò Dorigo con grande maestria. <<Non c'è bisogno che mi diate spiegazioni sul motivo delle vostre ricerche, ognuno ha i suoi motivi per fare ciò che fa>> aggiunse. <<E tu Cormac, che motivo hai per aiutarci?>> lo incalzò Dorigo. Sally abbassò lo sguardo, imbarazzata. Il giovane sorrise. <<Lo faccio con piacere. Dovresti imparare a fidarti di più delle persone>> lo ammonì con tono beffardo. Dorigo era furente: non aveva mai conosciuto una persona così presuntuosa. Non avrebbe voluto coinvolgere un estraneo nelle loro indagini. Non capiva perché Sally ci tenesse tanto.

Ma doveva aver fiducia in lei "Non rivelerà certo il suo segreto" considerò. Sally sorrise, decisa a smorzare la tensione <<Hai detto di sapere chi fossero gli Shardana, quindi conoscerai certamente la storia sui popoli del mare!>> lo interpellò. <<Sì, mi hanno sempre affascinato. Credo di potervi essere utile>> ribadì con espressione seria, rivolto anche a Dorigo che lo ascoltava con interesse "mi chiedo fin dove si vorrà spingere Sally" pensò sfregandosi il mento. Sally spiegò al giovane le loro teorie riguardo il legame tra il popolo irlandese e quello sardo. <<Teorie interessanti. In effetti lo spostamento del popolo megalitico è ben documentato. In Europa si hanno ritrovamenti antichissimi, anche più delle piramidi d'Egitto e dei megaliti trovati a Malta>> considerò lui. <<Sì. Abbiamo trovato alcuni riferimenti a tal proposito>> seguitò lei. Dorigo continuava a non capire "Non abbiamo bisogno di lui, è solo un buffone" continuava a pensare spazientendosi. Sally volse un'occhiataccia verso Dorigo che con stupore intuì la sua nuova capacità di leggergli la mente. La guardò e tra i due nacque uno strano dialogo tra le righe "lasciami fare Dorigo, può esserci utile". Dorigo a quel punto cominciò a riflettere sulle singolari coincidenze: l'arrivo di Cormac e la sua origine gaelica; la storia del suo cognome di ipotetica derivazione irlandese; il loro improvviso potere telepatico in sua presenza. Forse l'incontro con quel giovane non era affatto casuale. Cominciò a osservarlo con occhi diversi, percependo una particolare energia. Che fosse un arcano disegno del destino? Dorigo era ormai consapevole che nulla, in tutta quella storia, succedeva per caso. "Ok Sally, forse lui può veramente aiutarci a trovare le risposte che cerchiamo" ammise. In quell'istante la gelosia paterna di Dorigo si mitigò e cominciò a emergere in lui un più ragionevole buonsenso. I due coinvolsero il giovane senza più remore, cauti comunque di non sbilanciarsi troppo sulle reali motivazioni delle loro ricerche: non erano ancora sicuri di potersi fidare totalmente, d'altronde lo conoscevano appena.

Capitolo 19

Mr. Leskov osservava, con scrupolosa attenzione, l'intera registrazione. Il monitor del suo PC mostrava una serie di finestrelle aperte e in ognuna di esse vi scorrevano immagini collegate a ogni telecamera situata nella biblioteca. Il direttore esaminò tutte le espressioni esternate da Sally, ogni discussione avuta con i suoi due interlocutori, ogni manifestazione di meraviglia durante le letture. Aveva tenuto d'occhio la giovane dal primo momento che aveva rimesso piede nella libreria quel giorno e si chiedeva cosa sapesse sulla strana filastrocca che aveva appuntato nel suo quaderno. Ma non trovò nulla. Nulla che potesse destare sospetti, tranne lo strano interessamento di Cormac in tutta quella faccenda e la presenza di quel vecchio che accompagnava la giovane come fosse il suo mentore. Aveva ingenuamente pensato di trovarsi dinanzi a una novellina ma presto capì di essere stato frettoloso e sprovveduto. La giovane aveva trovato i suoi guardiani, non v'era dubbio. Si avvicinava alla verità più in fretta del previsto. Era giunto il momento per Mr. Leskov di attuare il suo losco piano. Da anni si preparava a questo momento. L'uomo cliccò sul fermo immagine, ingrandì al massimo l'inquadratura e fissò lo sguardo di Sally "avrò la chiave, a ogni costo". Fece poi una zoomata veloce sulle figure maschili che la affiancavano, soffermandosi su Cormac a cui riservò un'espressione delusa "avevo tanti progetti su di te, stupido ragazzo. Saresti potuto sedere al mio cospetto, avere potere e ricchezze, affiancarmi durante la cerimonia. Averti preparato per tutti questi anni è stato un grosso sbaglio. Dovevo immaginarlo! Sangue irlandese... Voi e la vostra stupida causa".

Improvvisamente qualcuno bussò alla porta e l'uomo

istintivamente schiacciò *Esc* dalla tastiera, per nascondere la schermata. Qualche secondo dopo un fattorino gli consegnò un piccolo pacchetto. Il direttore sghignazzò, "Finalmente è arrivato" pensò elettrizzato. Rivolse un rapido sguardo alla facciata del pacco:

MITTENTE:
BIBLIOTECA PROVINCIALE DI CAGLIARI
VICO XIV SAN GIOVANNI 8/12
CAGLIARI
SARDINIA - ITALY

Il mittente, scritto in Italiano, riportava la dicitura di un'importante biblioteca Italiana. L'espressione compiaciuta dell'uomo attirò la curiosità del corriere, che cominciò a fissare con insistenza il pacco. Con una brusca occhiataccia Mr. Leskov scostò il pacco dal suo sguardo indiscreto e irritato poggiò il pacco sulla scrivania, mise una firma sul foglio, pagò il contrassegno e lo congedò con sgarbo. Quando finalmente fu solo scartò frettolosamente e rimase in contemplazione per qualche minuto alla vista di quel grosso volume "qui troverò le informazioni che mi servono" pensò. Il pesante tomo, dalla morbida copertina bianca, riportava un titolo significativo che illuminò lo sguardo dell'ambizioso uomo: *Le colonne d'Ercole, un'inchiesta*[5]

Capitava spesso che le Biblioteche adoperassero il sistema di prestito inter-bibliotecario: una speciale richiesta per poter avere a disposizione libri da biblioteche anche straniere. Bastava sostenere le relative spese, nonché il costo dell'eventuale perdita o deterioramento dell'opera. I costi, naturalmente, variavano a discrezione delle singole

---

[5] *"Le colonne d'Ercole, un'inchiesta: Come, quando e perché la frontiera di HeraKles/Milqart, dio dell'occidente, slittò per sempre a Gibilterra" - di Sergio Frau.*

biblioteche: per l'invio dei volumi infatti spesso pretendevano una somma extra a parziale rimborso, per le spese di restituzione. Un progetto tuttavia ambizioso che annunciava una vera e propria cooperazione culturale a livello internazionale. Lo sapeva bene il direttore della *Public Library* che, per uso personale, usufruiva di tale servizio da anni. Dopo aver appreso l'esistenza dell'incredibile testo su Atlantide, scritto da un autore sardo, lo aveva rintracciato in rete e ordinato dall'archivio: un modo funzionale e rapido, utile per chi aveva bisogno di svolgere particolari letture di non facile rintracciabilità "Il signor Frau è strato particolarmente arguto, se non a dir poco geniale. Spostando le Colonne d'Ercole e dimostrando che queste erano situate nello stretto di Sicilia, molto prima che a Gibilterra, l'autore ha cambiato l'intera visione del mediterraneo antico. Ora il racconto di Platone ha una sua logica e finalmente anche l'esistenza di Atlantide è dimostrabile. È stata decifrata finalmente la sua reale ubicazione, nell'isola sarda: *Tarshish, l'isola dalle vene d'argento*" pensò fissando la copertina e ricordando le note parole di Platone.

Capitolo 20

Intanto Sally e Dorigo, sotto lo sguardo attento di Cormac, esposero a turno le loro teorie sull'origine del popolo irlandese e sul loro legame con quello sardo. Il giovane ascoltò attentamente ma poi, perplesso, intervenne <<Si narrano tante storie sulle nostre origini. Congetture, leggende, storie mitologiche che però non sono supportate da prove e spesso rimangono solo banali teorie che vanno in contrasto con la storia ufficiale, ormai riconosciute a livello mondiale. Certo è anche vero che nelle leggende, nella mitologia, nei racconti popolari, c'è sempre un fondo di verità. Bisognerebbe analizzare il tutto con occhio critico e attento, capire cosa si cela dietro ogni riga scritta o racconto narrato. Molto improbabile che riuscirete ad andare verso questa direzione>>. Sally condivideva l'opinione del giovane ma era comunque convinta di essere sulla pista giusta, non poteva fermarsi ora. Cormac sorrise alla giovane, tranquillizzandola, per poi continuare con la sua idea <<Nel *Libro delle invasioni d'Irlanda*, scritto verso il XI-XII secolo, si parla di cinque principali invasioni: vengono narrate una serie di battaglie leggendarie, disputate per il dominio dell'isola. Tali invasioni sono confermate anche da molti altri testi antichi, come per esempio su *"Cronaca degli Scoti"*, risalente alla seconda metà del XII secolo, quindi questo consolida la veridicità delle narrazioni. In queste note invasioni si parla anche di Túatha Dé Dánann, il popolo che state cercando. Potremmo cominciare da li>>. Sally annuì incuriosita <<Sì, mi piacerebbe saperne di più>>. Dorigo ascoltava attento e partecipe. A quel punto Cormac propose ai due di seguirlo, nella sala antichità, proprio là dove alcuni giorni prima il giovane aveva conosciuto Sally. <<Nella sala ad atmosfera controllata? C'è un piccolo problema. Dorigo non ha la card, per potervi

accedere>> affermò lei esitante. <<Nessun problema, sono il responsabile di quella sezione quindi posso farlo accedere con un piccolo sotterfugio. Passerà le sbarre con la mia tessera. Tranquilli, seguitemi pure>>. Dorigo e Sally si guardarono con un chiaro segno d'intesa e sorrisero. Andarono dietro al giovane, scendendo fin giù, nel ventre della *N.Y.P. Library*. Percorsero il lungo corridoio e infine Cormac aprì la sbarra di passaggio con il suo *pass*, facendo entrare i due. Il loro passo era svelto e deciso, il loro atteggiamento guardingo. Attraversarono la grande sala e giunsero finalmente nell'anticamera. Dorigo si girò più volte, per verificare che nessuno gli stesse seguendo poiché ebbe più volte la strana sensazione di essere osservato. Ma non vi era anima viva. Dopo qualche secondo i tre si ritrovarono in una delle celle limitrofe alla sala ad atmosfera controllata. Nessuno era presente e i tre poterono consultare il materiale, liberamente. <<Qui abbiamo una copia tradotta del *"Libro delle invasioni d'Irlanda"*. È uno scritto recente, non aspettatevi nulla di pregiato>> aggiunse. <<Come mai lo avete custodito quaggiù, se non è un volume antico?>> chiese incuriosito Dorigo. Cormac storse il naso <<Diciamo che questo è uno dei tanti misteri che girano attorno all'ambiguo carattere del nostro direttore. Ha un debole per tutti i libri che trattano argomenti sui popoli Indoeuropei, sull'epoca megalitica, la cultura celtica, il culto della Dea Madre, sull'antico Egitto ecc... Spesso ha delle pretese stravaganti, mi chiede di catalogare libri contemporanei e affiancarli ad antichi scritti di cui spesso non capisco il nesso. A volte ho quasi l'impressione che la sua sia, piuttosto, una collezione personale legata a una sua passione. È un grande seguace delle saghe che narrano storie sul Graal e i Templari, anche se molti dei libri qui dentro non credo abbiano nulla a che fare con tale argomento. Pensandoci bene, semmai, molti di questi libri hanno una forte analogia con le vostre ricerche>> spiegò sorridendo e facendo spallucce. <<Comunque Mr. Leskov è una persona enigmatica e

bizzarra, questo è certo>> concluse sorridendo. Dorigo si acciglò in una smorfia di apprensione: percepì un improvviso sospetto che Sally comprese al volo condividendolo. Non poteva essere un caso. <<Cosa hai detto?>> si irrigidì Sally. <<Beh sì, c'è una matrice comune che lega la maggior parte dei libri presenti qui ed è proprio la storia degli antichi popoli irlandesi e sardi. Cultura, provenienza, miti e leggende, legami con altre civiltà...>>. Dorigo e Sally sbiancarono. <<Avete per caso una qualche idea del perché questi libri siano qua giù, nascosti e quasi inaccessibili, disponibili solo ai pochi possessori della *card* che lo stesso direttore rilascia solo dopo approfondite indagini?>> chiese Cormac, cercando di capire cosa si nascondesse veramente dietro i loro studi, apparentemente banali ma troppo simili a quelli di Mr. Leskov. Dorigo si sfiorò la barbetta con aria preoccupata mentre Sally guardava in basso con aria pensierosa. <<Mi nascondete qualcosa che dovrei sapere? Ho la strana sensazione che non sia affatto una coincidenza e, se non mi renderete partecipe, non potrò aiutarvi seriamente>> avanzò lui serio. Cormac era un giovane molto sveglio e aveva un forte sesto senso. Sally guardò Dorigo in cerca di consenso. <<Come posso aiutarvi se non vi fidate di me?>> li ammonì Cormac con un certo disagio. Dorigo fece due passi, avanti e indietro, nervosamente, mentre sfregava con forza il mento. A un certo punto Sally, con tono soffocato, cercò di indagare maggiormente <<Se questa fosse veramente una raccolta personale perché farla in una biblioteca pubblica? Perché non farsela in casa propria?>> chiese a Cormac. <<Sai quanti libri si possono recuperare solo per il fatto di essere destinati a una biblioteca di tale livello? E sai quanti soldi vengono stanziati proprio per l'acquisto di questi testi? Non aggiungo altro>> sorrise lui. <<Che vile, usare la biblioteca come suo tornaconto personale>> considerò lei. Cormac annuì <<Ora che mi ci fai pensare... gli Shardana, anche i testi su questo popolo sono classificati secondo un suo schema personale, non ordinario

>>. <<Sii più chiaro>> sollecitò lei incuriosita. <<Qui da noi tutte le pubblicazioni sono solitamente esposte secondo la *classificazione decimale Dewey* e quindi dovrebbero seguire una suddivisione per materia: solitamente infatti basta seguire l'indicazione delle targhette, poste sui vari scaffali. In questa sala invece non c'è schema apparente, la classificazione avviene per mezzo di parole chiave, non materie. Parole come Graal, Atlantide, Templari, Shardana, Túatha Dé Dánann, dea madre, sardus pater, serpente, spirale, drago, albero della vita, celti, semiti, ebrei... queste sono solo alcune delle chiavi usate da Mr. Leskov per classificare gli argomenti e sono tutti connessi tra loro in qualche modo>>. <<Hai detto serpente?>> si irrigidì la giovane. <<Sì, i testi sono connessi in modo apparentemente insensato, per esempio la cultura Ebraica possiede richiami con la cultura Celtica, con il popolo sardo e addirittura con l'antico Egitto. Tutti hanno a loro volta dei piccoli richiami agganciati ad altre parole chiave. Serpente per esempio è spesso legato sia con dea madre ma anche con Shardana, e così via>> osservò il giovane. Dorigo e Sally continuavano a scambiarsi occhiate reciproche, cercando di non farsi prendere dal panico. A un certo punto Sally fece un passo avanti, raccolta in un profondo sospiro. Si voltò verso Dorigo per rassicurarlo della decisione presa e si rivolse poi al giovane, con voce tremolante <<Sì, è vero, queste non sono coincidenze>>. Dorigo, allarmato, usò la forza del pensiero per cercare di farla ragionare, "che hai in mente Sally? Non puoi farlo, non lo conosci nemmeno. Non puoi rivelargli ogni cosa". Ma lei era ormai determinata a coinvolgere Cormac, in lui vedeva un nuovo alleato.

Capitolo 21

Le piccole telecamere, nascoste sopra le larghe colonne in pietra, continuavano a riprendere tutto. Mr. Leskov zoomava sui loro visi, per carpire informazioni. Aveva notato una certa tensione nei loro visi ma non capiva di cosa stessero parlando. Purtroppo per lui il dispositivo non registrava l'audio ma solo i filmati. L'espressione di Sally si faceva sempre più sbigottita mentre Cormac additava i volumi e continuava a parlare, e parlare, come se stesse svelando qualcosa di importante. Ma cosa? Cosa poteva sapere, il suo giovane pupillo, di così sconcertante?

Sally fece una domanda secca al giovane, per testare la sua apertura mentale <<Se ti dicessi che Shardana e Túatha Dé Dánann hanno un legame profondo con la civiltà di Atlantide?>> gli chiese improvvisamente. Cormac sorrise ma Sally era troppo seria, non era in vena di scherzare. Questo lo allertò. <<Stai parlando seriamente? Sì, sei decisamente seria>> constatò allarmato. Forse era giunto il momento di mettere le carte in tavola. Sally non stava facendo una semplice ricerca scolastica, lui lo sapeva bene. Cercavano qualcosa che Mr. Leskov forse conosceva, qualcosa di importante, che andava ben oltre le teorie e le leggende sul Graal, sui Templari e su... Atlantide. <<So che Mr. Leskov ha una grande ossessione in materia. Di certo lui lo crede. È evidente che sta seguendo questa pista. E vedo che non è l'unico>> avanzò. <<Cosa sai sul Graal>> gli chiese lei. <<Si dice fosse il simbolo della discendenza di Cristo, frutto della sua unione con Maddalena>> rispose. <<E se fosse il simbolo di una discendenza ancora più arcaica? >> azzardò lei. Dorigo e Cormac la guardarono con stupore. <<Forse Mr. Leskov vuole scoprire chi siano i discendenti. Forse sa che il Graal lo

può condurre alla stirpe di Atlantide e crede che arrivando a essi potrà accedere al loro potere, alla loro conoscenza. Atlantide era nota per la grandezza della sua gente. Si dice fossero dei semidei, che avessero doni come la telepatia, che sapessero come guarire. Molti li attestano come esseri proveniente dal futuro>> concluse, sotto l'espressione ammutolita dei due. "Se Mr. Leskov cerca i discendenti, per noi può essere un grande pericolo" considerò Dorigò con la consapevolezza di essere proprio nella tana del lupo. Cormac rifletteva, avanti e indietro per l'intero scafale. <<Una cosa mi chiedo però... in tutto questo, cosa c'entra il serpente? Che relazione ha con Atlantide e con il popolo di Dan?>> chiese Sally. Il giovane rispose con movenza professionale <<Beh, il serpente è un chiaro simbolo del culto della dea madre, come lo è anche la spirale. La dea Madre era venerata, sin dalla notte dei tempi, considerata la dea primordiale, colei che generava la vita. Sin dalle prime civiltà "evolute", organizzate, incentrate in una comunità, il culto per la dea ha proliferato ed è diventato un credo planetario direi. Considera che stiamo parlando di migliaia di anni fa e con il tempo, questa divinità, venne trasformata in molti modi, rappresentata con molti simbolismi. Anche il serpente appunto. Divenne persino un dio e nel passaggio tra paganesimo e cristianesimo tale trasfigurazione conservò molte caratteristiche basilari. Sia il dio che la dea sono sempre state considerate, nell'immaginario collettivo, essenzialmente creatori, fecondatori e rigeneratori, legati ai ritmi della natura, dove nascita e morte sono la completezza della vita stessa. Insomma, due facce della stessa medaglia, come l'unione dei due contrapposti che generano la vita. La dea feconda, il dio creatore. Tutto insomma era incentrato su questo: la vita come continuità, la vita come impronta indelebile e immortale. Atlantide si dice fosse una civiltà molto evoluta, sempre se sia esistita veramente – sorrise – nulla di strano quindi che sia stata incentrata su tali credenze. La loro necessità primaria era probabilmente

riuscire a tramandare il loro messaggio di continuità e i loro saperi. Il serpente drago era simbolo di questa continuità ed è stato usato da molti popoli, per millenni. Sì, anche dal Popolo di Dan>>. Sally cominciava a capire quale fosse il suo compito: era l'affidataria della loro immortalità. Questi popoli avevano lottato per non essere dimenticati. <<Molto si dice su Atlantide ma in sostanza nulla di certo, solo teorie. Si dice, per esempio, che ci abbia trasmesso i suoi saperi con un linguaggio talmente avanzato che in parte ancora non è stato possibile decifrare. Molti codici sono stati scritti sulla pietra, poiché era considerata la superficie più longeva. Pensa alla carta, facilmente deteriorabile, pensa ai nostri supporti digitali che hanno una vita di nemmeno un quarto di secolo>>. Ora anche le visioni di Sally avevano un senso: tutti quei siti archeologici, massi arroccati, nuraghe, menhir, dolmen, spirali incise. Erano tutti messaggi da decifrare, una scrittura indelebile, creata da questa che per millenni era rimasta viva grazie a quelle testimonianze fatte di pietra.

Capitolo 22

"I due serpenti sono i guardiani" ricordò Sally "il disco lunare aspetta il suo tempo". La mente della giovane era tempestata da una valanga di domande, ancora senza risposta: perché un'americana era stata coinvolta da popoli europei? Perché era stata scelta proprio lei? E come mai la profezia parlava di due serpenti? Cosa doveva accadere durante il prossimo Lunistizio? E che ruolo aveva, quel giovane irlandese, che cercava in ogni modo di rendersi utile come se tenesse a lei più di quanto non tenesse al suo posto di lavoro, poiché li aveva fatti entrare li furtivamente. Sally non aveva mai creduto nelle coincidenze e sentiva profondamente che l'incontro con Cormac non era stato casuale. Forse anche lui, come Dorigo, faceva parte di quel suo misterioso cammino iniziatico. Era sempre più convinta di dover rivelare al giovane la verità. Sentiva di doverlo fare. Sentiva in lui una strana forza, una positività e un'energia che l'avrebbe sicuramente aiutata ad andare avanti. Il destino li aveva fatti incontrare e lui ora stava davanti a lei, con quella strana luce negli occhi. Ormai il meccanismo si era innescato: ogni cosa muta e le scelte di ognuno cambiano il destino di ogni individuo, repentinamente e costantemente; ogni porta che si apre conduce verso una nuova via, proprio come in un labirinto. Perché così è la vita: un labirinto. C'è un tempo per seminare e un tempo per raccogliere, un tempo per perdersi e uno per ritrovarsi, uno per piangere e uno per gioire. Così ora Sally percorre la sua strada e fa le sue scelte: una di queste è dire a Cormac tutta la verità. Il giovane aveva notato una certa tensione ma non riuscì ad afferrarne il motivo e cercò di lasciar correre: se c'era qualcosa sotto, sarebbe stata lei a parlargliene senza che lui forzasse la mano. Improvvisamente i tre furono disturbati da alcuni rumori, provenienti dalla sala maggiore. Erano passi veloci e venivano verso di loro. Cormac non fece a tempo a dirigersi verso la porticina che si vide piombare davanti la sagoma di un uomo: con sollievo notò che si trattava del suo collega. L'uomo li fissava incuriosito, in maniera anche un po' troppo insistente. Come se fosse stato mandato a controllare che tutto fosse apposto. Cormac era il responsabile di quel reparto e a lui facevano capo una squadra di giovani bibliotecari, per lo più apprendisti e tirocinanti. Era libero di muoversi là dentro in piena libertà, ma non aveva mai fatto entrare nessuno sprovvisto di *pass*. Si auspicò che questo non avesse attirato la curiosità del collega. <<Qualche problema?>> chiese Cormac, innervosito. <<Assolutamente no capo>> rispose il giovane che, con occhio vigile, compì una panoramica dell'intera stanza e scrutò in modo indiscreto i due ospiti dalla testa ai piedi. Sally e Dorigo cercarono di distogliere lo sguardo dal giovane, per non attirare troppo la sua attenzione. Dopo qualche secondo il collega di Cormac se ne andò, augurando loro buon lavoro e scusandosi del disturbo. Nel frattempo Sally continuava a meditare sulle strane vicende e tutto cominciava ad apparirgli sinistro. Non sapeva bene che pensare sul direttore ma aveva un bruttissimo presentimento "Se Mr. Leskov sta cercando disperatamente il Graal, questo prima o poi lo condurrà da me" un brivido le percorse la schiena "sono in pericolo" riconobbe. Dorigo intanto ebbe nuovamente la strana sensazione d'essere osservato <<Queste mura hanno occhi>> disse con tono cupo. Sally raggelò, non si sentiva tranquilla. Ormai era consapevole d'essere in un luogo ostile ed ebbe un fremito. Con grande sforzo cercò di non far trapelare quell'angoscia ma le sue mani sudavano e il suo viso cominciava a impallidire. Fece un profondo respiro e riuscì a ottenere un leggero sollievo ai sensi. Cormac, ignaro di ciò che stava accadendo, cercava il testo di cui aveva parlato e, con gesto sicuro e deciso, prese dalla mensola in legno la copia del *il libro delle invasioni d'Irlanda* <<Eccolo!>> affermò passando il libro a Sally

<<Dagli pure un'occhiata>> sorrise. La giovane lo prese in mano, visionandone attentamente le pagine.

Scorse una cronologia e la lesse.

- **2956 a.c.** 40 giorni prima del Diluvio Universale sbarcarono in Irlanda le Genti di Cesair. Esse discendevano dal quarto figlio di Noè. Queste genti scomparvero travolti dal cataclisma e non lasciarono alcuna traccia del loro arrivo, se non la memoria della loro esistenza, tramandata dall'immortale *Fintan mac Bóchra*.

2678 a.c. 300 anni dopo il Diluvio, arrivarono i Partoloniani. Discendevano da *Aithecht*, figlio di Magog, figlio di *Iafeth*, figlio di *Nóe*. Fuggiti dalla loro terra d'origine, Migdonia, la Piccola Grecia (o Scizia), perché il loro capo *Partholón* si era macchiato di parricidio. I Partoloniani combatterono contro i Fomoriani, un popolo di giganti deformi provenienti dal mare. Furono poi sterminati da una pestilenza, ma la memoria delle loro gesta venne trasmessa dall'immortale *Tuan mac Cairill*.

2348 a.C. Per 330 anni, l'Irlanda rimase disabitata, finché vi giunsero i Nemediani. Come i Partoloniani, anche essi discendevano da *Aithecht*, figlio di Magog, figlio di *Iafeth*, figlio di *Nóe*, ma al contrario di Partholón, che era fuggito dal suo paese per un delitto, il loro capo *Neimed* era un uomo libero. Combatterono anch'essi contro i Fomoriani una serie di battaglie che vinsero, ma poi furono sottomessi e resi schiavi. Quando infine si ribellarono vi fu una battaglia così terribile che entrambe le razze furono sterminate. I pochi Nemediani superstiti si divisero in vari gruppi e dovettero allontanarsi dall'isola.

1932 a.C. Dopo 416 anni, giunsero i Fir Bólg a popolare l'Irlanda. Questa nuova ondata arrivò in tempi diversi e divisa in tre tribù: i Fir Domnainn, i Gaileóin e i Fir Bólg, e con il nome di questi ultimi finì con l'essere chiamata. Discendevano da uno dei gruppi dei Nemediani, tornati nella loro terra d'origine che, resi nuovamente schiavi, erano fuggiti e tornati in Irlanda. Furono i Fir Bólg a dividere l'isola in cinque province e le diedero un'organizzazione militare e politica. I re dei Fir Bólg furono i primi sovrani che regnarono sull'isola.

1895 a.C. Probabilmente dalle Isole Settentrionali del Mondo, giunsero poi i Túatha Dé Dánann. Era una stirpe di druidi e guerrieri, dotati di poteri soprannaturali. Anch'essi discendevano dai Nemediani, anche se da un gruppo diverso da quello che aveva originato i Fir Bólg. Si opposero gli uni a gli altri in una sanguinosa battaglia, nella quale i Fir Bólg vennero sconfitti dai Túatha Dé Dánann che si impossessarono definitivamente dell'isola. Nel corso della loro permanenza nell'Isola di Smeraldo, tuttavia, i Túatha Dé Dánann dovettero scontrarsi anch'essi con i Fomoriani e riuscirono a sconfiggerli in una seconda epica battaglia.

1698 a.C. Per ultimi i Milesi, giunsero in terra irlandese dalla Spagna. Anch'essi vantavano una comune discendenza con i Nemediani, la cui origine era tuttavia assai più lontana. Dopo una serie di battaglie, combattute con la forze delle armi e della magia, essi sconfissero i Túatha Dé Dánann e li cacciarono nel sottosuolo. I Milesi s'impossessarono dell'isola e le diedero il nome che ancora perdura: "Ériu", nome della dea del popolo dei Túatha Dé Dánann e la loro ultima regina d'Irlanda. I Milesi diedero quel nome alla terra, in onore della regina dei Danann. I discendenti dei Milesi, i Gaeli, ancora permangono nell'isola. [6] -

<<Ci sono delle cose che non mi sono chiare>>. <<Cosa intendi Sally?>> intervenne Cormac incuriosito. <<Beh,

---

[6] *www.bifrost.it (portale di mitologia nordica)*

esaminando la cronologia saltano all'occhio diverse incongruenze, per esempio la vera origine di questi popoli. Solo i Fomoriani pare siano sempre stati là. Gli altri giungono da terre lontane e pare abbiano sempre una discendenza comune>>. I due guardarono la giovane incuriositi e Sally cominciò a puntualizzare:
<<Seguitemi nel discorso:

Le Genti di Cesair discendevano dal quarto figlio di Noè e fin qui ci siamo. Ma anche i Partoloniani discendevano da Nóe e arrivarono dalla Piccola Grecia o Scizia, quindi dal Mediterraneo Antico.

I Partoloniani combatterono contro i Fomoriani, un popolo di GIGANTI. Chi erano questi? Sembra vivessero già sull'isola, forse anche prima delle genti di Cesair. Forse erano i superstiti della civiltà scomparsa dopo l'ultima glaciazione. So che dei Giganti abitarono anche la Sardegna. I giganti vengono citati nella mitologia e nelle leggende di molti popoli ma pare che in Sardegna abbiano persino trovato dei reperti. Poi, andando avanti con la lettura, lo scritto sottolinea che le genti giunse dal mare e che fossero dei grandi combattenti. Arriviamo poi ai Túatha Dé Dánann, che anch'essi si scontrarono con i Fomoriani e riuscirono a sconfiggerli in una seconda epica battaglia. Certo che questi Fomoriani non erano mica tanto mal organizzati, combattere una battaglia così importante implica non poche conoscenze logistiche e strategiche. Tornando ai Pantoloniani, essi scomparvero e dopo un bel po' di tempo giunsero i Nemediani che, guarda caso, discendevano come loro dalla stessa stirpe, "da Aithecht, figlio di Magog, figlio di Iafeth, figlio di Nóe".

Oh ma guarda che coincidenza, anche i Fir Bólg discendevano da uno dei gruppi dei Nemediani "tornati nella loro terra d'origine" che quindi era la stessa dei Pantoloniani. La

Migdonia, la Piccola Grecia, Scizia... Quindi tutti loro giunsero dal Mediterraneo Antico? Non potrebbero essere i famosi Popoli del Mare? i Fir Bólg divisero l'isola in cinque province, non vi ricorda qualcosa? i 5 giudicati sardi? e le diedero un'organizzazione militare e politica. Questi erano guerrieri e certamente imparentati con gli Shardana.

Giunsero poi i Túatha Dé Dánann. Una stirpe di druidi e guerrieri, dotati di poteri soprannaturali? È ovvio che stiamo parlando dei discendenti di Atlantide. Anch'essi discendevano dai Nemediani. Anche loro. Quindi in sostanza anch'essi provenienti dal Mediterraneo? Questa non è una semplice coincidenza!

I Túatha Dé Dánann dovettero scontrarsi con i Fomoriani... la cosa che non quadra è che, da come letto precedentemente, i Fomoriani furono sterminati dalla terribile battaglia contro i Nemediani, i cui pochi superstiti dovettero allontanarsi dall'isola. Allora come possono, i Túatha Dé Dánann, aver combattuto una epica battaglia con loro se questi furono già sterminati? Si deduce che, chi ha scritto questo testo, ha esaltato le vittorie che gli interessavano. I libri di storia sono pieni di questi esempi, di verità distorte e affossate per interessi ei potere.

Ultimo punto che voglio sottolineare è l'arrivo dei Milesi in terra irlandese. Si dice dalla Spagna, ma anch'essi vantavano una comune discendenza con i Nemediani quindi è evidente che anche loro arrivavano dal Mediterraneo e facevano parte di una fazione dei popoli del mare. Sconfissero i Túatha Dé Dánann e li scacciarono, per poi dare il nome "Ériu" alla terra conquistata? Ma chi è quel popolo conquistatore che dà, alla terra appena conquistata, un nome tanto caro al nemico? Insomma, siamo realisti. Il nome della dea dei Túatha Dé Dánann? la loro ultima regina d'Irlanda? A meno che non fossero anche loro stessi dediti alla stessa dea. Forse perché i Milesi erano figli dello stesso popolo di DAN e avevano rispetto alla loro Dea>> concluse.

<<Acute osservazioni. Devo dire che mi hai davvero colpito>> intervenne il giovane <<In effetti Eriu è un nome importante, che ancora oggi persiste in terra irlandese>> convenne poi con aria riflessiva. Dorigo si interpose <<Non v'è dubbio sul fatto che discendessero tutti dalla stessa stirpe di Noè, ma a questo punto mi chiedo... Noè era un diretto discendente del popolo di Dan e quindi un atlantideo?>>. Sally annuì <<Non solo. Probabilmente gli stessi giganti lo erano, sopravvissuti alla glaciazione. Per questo non scomparvero del tutto. I popoli del mare tornarono in quelle terre, cercarono di riprendersi il diritto di regnare, ma non erano invasori o popoli sconosciuti, erano tutti figli della stessa stirpe. Non per niente i Túatha Dé Dánann, come gli Shardana in Sardegna, conservarono la loro cultura atlantidea e venivano descritti come dei semi Dei>>. Cormac sorrise <<Beh, teoria affascinante. Praticamente state dicendo che Irlandesi e Sardi discendono dal popolo di DAN, devoti alla dea DANA, nonché discendenti della civiltà di Atlantide. Avete stravolto la storia ma sì, teoria affascinante>> ironizzò. Sally sorrise <<Cormac, queste non sono solo teorie. Essi tramandarono un potente segreto, di cui noi stiamo cercando le tracce>> rivelò lei senza mezzi termini, sotto lo sguardo allarmato di Dorigo che non si aspettava minimamente una tale confessione. Sally, noncurante, raccontò a Cormac ciò che aveva appreso sul popolo di DAN. Gli parlò dello spostamento dell'asse terrestre, avvenuto intorno al 20.000 a.C. per via di un grosso meteorite caduto sulla terra che provocò grandi cataclismi e un significativo innalzamento del livello del mare. Gli menzionò di una reazione a catena che durò per millenni, tra cambiamenti climatici repentini e mutamenti dello stile di vita e del comportamento dell'uomo. Questo quadro illustrava la conseguente necessità di

migrazione dei popoli per la loro sopravvivenza. Il popolo megalitico dall'Europa e dall'estremo Nord si riversò nel mediterraneo. <<Nei millenni il popolo di Atlantide si espanse. Ne troviamo chiare tracce ovunque. In Sardegna la dea era venerata già intorno al IV millennio a.c. Ed è proprio in questa isola che si narra siano vissute le genti di Atlantide, in una zona chiamata Tartasso, individuata proprio grazie al ritrovamento di una stele Shardana. Una parte delle genti si spostò nel Medioriente e in Egitto: erano gli antenati di Noè, di Mosè e del popolo di DAN. Da qui in poi conosciamo la storia che lo studioso Lawrence[7] ha descritto con i suoi *Popoli del Mare*. Dopo un lungo lasso di tempo un altro cataclisma costrinse le genti a migrare, nuovamente! Le date coinciderebbero con il Grande Diluvio Universale Biblico. Si potrebbe quindi dedurre che fossero proprio quei figli di Noè, citati nel libro delle invasioni, a raggiungere l'Europa e l'Irlanda durante la prima ondata narrata nelle cronache appena lette. Un rientro a casa sulle vie del Danubio, durante il grande esodo di Mosè>>. Cormac annuì persuaso <<Tra il 2000 e il 2500 a.C., si dice che le genti di Dana risalirono il Danubio per tornare a casa. Conoscevano il tragitto? Questo spiegherebbe molte cose>> considerò il giovane. Sally annuì <<Segreti tramandati di padre in figlio>> sorrise. Cormac non aveva mai considerato tali ipotesi e doveva ammetterlo, Sally aveva del talento nel suo ruolo di ricercatrice. Nonostante le sue teorie sembrassero stravaganti avevano una loro logica. Dorigo intervenne <<Erano un popolo di navigatori e di pionieri, eredi di una civiltà eccelsa, possono aver intrapreso espansioni persino sul litorale dell'Africa e magari anche in Asia o Oltreoceano>> azzardò Dorigo. Cormac annuì <<In effetti ci sono numerose tracce che accomunano questi continenti. Riscontri archeologici e culturali, etimologici. L'etimologia, che studia proprio la radice dei nomi, identifica

---

[7] Dal libro "Shardana, i popoli del mare" di Leonardo Melis

moltissime tracce sull'evoluzione lessicale dei popoli: DAN è appunto la radice etimologica di un popolo presente in molti territori. Certamente ne sottolinea il loro passaggio. In realtà si tratta della sigla DN, poiché nella lingua semitica le consonanti non venivano indicate>>. Sally richiamò alla mentre le sigle viste nella sala ad atmosfera controllata, contenute negli scritti che aveva visto quando conobbe Cormac. DN=DAN=DANA (la dea Madre). Il giovane, intanto, aveva riposto il volume e preso un altro testo che approfondiva proprio tale argomento. <<Ricordi che ti dissi che le sigle SR e DN identificano il popolo SarDANa? Bene, in questa logica anche il nome DANubio potrebbe essere una traccia dalla Tribù di DANa, del loro passaggio durante l'esodo. Ecco...>> indicò ai due il testo <<Sappiamo che nella lingua shardana/sarda e in quella sumera/accadica le consonanti variavano:

N = R   D = T   F = V

Sally lesse con interesse <<Quindi, variando le consonanti, potremmo scoprire termini finora ignoti?>> domandò. <<In un certo senso>> ammise il giovane. Sally osservò il testo <<Seguendo questo schema, la parola S A R D O diverrebbe S A N T O... questo però per me non ha un grande senso>>. <<Ma certo! Come ho fatto a non pensarci subito!>> esclamò il giovane sotto lo sguardo perplesso di Sally e Dorigo. <<La divinità maggiormente adorata in Sardegna, in quell'epoca storica, dal 2000 a.C. per intenderci, era il *Babai* SARDAN, PADRE SARDAN, nonché SANDONE/SARDONE/SARGON... Santo è la maschilizzazione della Dea Madre>>. <<Allora un senso c'è!>> irruppe con euforia Sally. <<E non è tutto>> continuò il giovane <<Ricordo di aver letto qualcosa, sulle invasioni dei popoli del mare...>> disse sfogliando rapidamente un altro testo tra la catasta di libri posati sul bancone <<Eccolo!>>.

- Intorno al 1200 alcuni popoli, come Shardana, Akawasha, Tjeker, Tursha e Pheleset, si riversarono e devastarono vaste zone del mediterraneo, cancellando potenti imperi come quello Ittita e Miceneo. La Grecia fu messa a ferro e fuoco e solo Atene venne risparmiata poiché, si dice, comprendesse genti alleate e imparentate con i popoli del mare. I Shardana e i loro alleati si riversarono quindi in Asia Minore, territorio a loro già noto, e misero in ginocchio persino il grande impero Egizio di Ramses III che si salvò solo grazie a un accordo fatto con la mediazione di altri mercenari Shardana, assoldati come guardie scelte dello stesso Faraone. Anche Troia, quella ricostruita per la VII volta, fu definitivamente distrutta da una coalizione di popoli del mare. Nel 1050 un'altra parte di popoli del mare, i Pheleset (Filistei), si insediano a Gaza e colonizzano il territorio che, dal loro nome, verrà chiamata Palestina. Saccheggiano Shiloh e nel 1005 sconfiggono Saul, re di Israele. I Tursha con i Shardana invece si fermano in Lydia, dove nel 1000 a.C. fondano la città Sard. -

<<È da questa unione che nasce la cultura Etrusca – sostenne Cormac - Anche Erodoto in effetti dice che *i Tirreni abitarono la Lydia governati dagli Eraclidi,* così i Greci chiamavano i Sardi, che secondo i Lydi discendevano dal dio del Sole, che assume i nomi più svariati, tra cui appunto Eracle, Bal e SANDONE>> sorrise. <<Ecco l'aggancio! Sandone era una divinità degli Shardana intesa come "Padre", ovvero Capostipite>> annuì Sally. <<Agganciandoci al discorso sugli Etruschi, secondo Erodoto, nel 900 a.C i Tursha e i Shardana che li governavano, a seguito di una terribile carestia si riversarono dalla Lydia in Italia. Qui i Tursha si unirono agli Umbri e verranno chiamati Etruschi. Strabone dice che i loro *lucumoni,* una sorta di sacerdoti che li governavano, venivano eletti fra i massimi dignitari sardi. Anche Festo scrive qualcosa su di loro>> aggiunse Cormac mentre spulciava un nuovo libro dalla

mensola <<Eccolo, sapevo che c'era... Festo dice: *Reges soliti sunt esse Etruscorum, qui Sardi appellantur.* Appunto! conferma quanto sostenuto da Stradone. Gli Etruschi e i cugini Shardana si divisero la supremazia del Mediterraneo: loro a oriente della Sardegna, nel mar Tirreno; i Shardana a occidente, nel mare sardo. Sembra che gli Etruschi rimasero succubi dei loro "cugini Shardana" finché questi detennero il monopolio del bronzo. Poi gli Etruschi iniziano la lavorazione del ferro e gli equilibri si ribaltano>>. Sally e Dorigo ascoltavano quel giovane con espressione affascinata. La matassa cominciava pian piano a districarsi e tutti i pezzi sembravano incastrarsi perfettamente, svelando pian piano l'intero quadro storico. <<C'è un'altra cosa che mi è venuta in mente, tornando a Sandone. Il suo attributo, per eccellenza, era il Sandalo. La Sardegna dei Shardana era chiamata Jchnusa, il cui termine indicava proprio Piede o Sandalo, forse per la forma dell'isola o forse perché ispirati dal nome del loro dio Sandone, il Sardus Patter, il loro *Babbai* (Padre)>>. Sally gli sorrise dolcemente. Con trasporto gli proferì poi gratitudine, per averle indicato le letture e averle rivelato quelle importanti notizie. Non ultimo per averli sostenuti nelle loro importanti ricerche. Lui ne fu lieto <<Per me è un piacere, veramente. Sono qui a disposizione. Lo sarò sempre per voi>> esternò. Sfiorò poi Sally, con una leggera carezza al braccio <<Per me è davvero un immenso piacere poterti essere utile>>. I due erano vicini. Troppo vicini. A un tratto il fiato dei due divenne corto e tremante, il battito accelerato, e un impulso irrefrenabile, di intimità, li sopraggiunse. Una magia però interrotta all'improvviso, da un mugugno seguito da un colpo di tosse. Dorigo, terribilmente imbarazzato, a modo suo li ammoniva indignato. Il giovane si destò all'istante e guardò Dorigo con espressione imbarazzata allontanandosi da Sally, come spinto da un doveroso atto di rispetto nei suoi confronti. Dorigo cercò di smorzare l'imbarazzo generale <<Quindi... le tracce sugli spostamenti del Popolo di Dan si perdono dopo il II millennio

a.C.?>> chiese. Sally intervenne <<È vero, svanì il megalitismo, ciò che eravamo abituati a vedere a quei tempi, ma pensateci... la loro cultura e le conoscenze vennero tramandate. La continuità del Popolo Megalitico, di Atlantide e del popolo di Dan è stata sicuramente tramandata da una potente cerchia di "eredi continuatori">> disse con convinzione. Cormac considerò l'ipotesi interessante. Sally si voltò verso Dorigo, cercando il suo benestare. Sentiva che era giunto il momento di mettere alla prova quel giovane. Dorigo annuì, oramai il giovane aveva dimostrato una certa ottemperanza. Sally a quel punto si rivolse verso Cormac <<Cormac, grazie per il tuo prezioso aiuto ma ora noi dobbiamo andare avanti, seguire le tracce del Popolo di DAN e scoprire quali misteriose conoscenze tramandassero. Non possiamo chiederti di perdere ancora del tuo tempo prezioso>>. Il giovane si incupì, nel suo volto un velo di amarezza. Poi con forza cercò di trasmettere il suo disappunto <<Non so quali siano le vostre motivazioni, ma certamente è qualcosa di importante e capisco la vostra necessità di andare fino in fondo. Credo che l'essermi ritrovato coinvolto non sia però un caso e, se me ne date la possibilità, io vi aiuterò. Sento che il mio aiuto vi potrà essere prezioso. Non lo dico con presunzione, credimi Sally>> sostenne fiducioso. Dorigo e Sally si scrutarono, con espressione condiscendente. Sally sorrise <<Per molti, Atlantide, è solo una leggenda. Una fantasia inventata da Platone. Noi crediamo che il popolo di DAN discenda veramente da Atlantide. Che ne abbia ereditato le sue conoscenze. Costruirono megaliti per riequilibrare l'armonia energetica venuta a mancare dopo lo spostamento dell'asse terrestre. So che può sembrare strano ma dobbiamo tener conto di equilibri "invisibili". Parlo di Energia Cosmica. Una sorta di aurea che avvolge tutte le forme di vita. Gli atlantidei conoscevano bene la potenza di questa energia. Ne facevano un buon uso. E continuarono a farlo ma evidentemente dopo lo spostamento dell'asse terrestre fu

molto più difficile e dovettero convogliarla, creando dei canali energetici. A questo servivano i megaliti. Avvenne qualcosa di sconvolgente, che costrinse i popoli a migrare. Ma la tribù di Dan tramandò quelle conoscenze per secoli e millenni, grazie ai popoli Shardana, Tuatha, ai popoli Scandinavi. Ma non mi stupirebbe se tali conoscenze mistiche siano state alla base persino di saggezze ancestrali ereditate da popoli come i Maya, gli aborigeni Australiani, gli Indios, i Tibetani...>> sostenne lei. Cormac condivise <<In fondo le credenze e le religioni hanno tutte più o meno un filo comune>>. Sally fece cenno d'intesa e il giovane a quel punto intuì di essere parte del gruppo <<Quindi sono dei vostri?>> azzardò. La giovane proferì un cenno di assenso con il capo e un sorriso. Cormac raccontò ai due amici che aveva letto qualcosa a proposito di alcuni studi Europei che dimostravano la vera posizione delle colonne d'Ercole, nel canale di Sicilia e non in quello di Gibilterra, teorizzando quindi che Atlantide si trovasse proprio nel Mediterraneo antico, ovvero in Sardegna. Questo spiegava anche perché la Sardegna era vista dai popoli del mare come l'isola felice, dove poter approdare serenamente. Era terra amica. Gli storici moderni invece avevano sempre considerato tali sbarchi una continua invasione nell'isola. Niente di più sbagliato. A un tratto il giovane associò un particolare importante <<Per quello la stele a Nora... ricordi? Te ne parlai. Era un'antica stele Shardana che riportava la scritta SRDN>>. <<Sì, mi ricordo! indicava proprio "Shardana in Tartesso", la mitica città di Atlantide!>> sorrise. Cormac intervenne <<I nuragici, che abitavano l'entroterra sardo, praticavano la pastorizia e l'agricoltura ma erano anche abili commercianti e potenti guerrieri. Forse per necessità di sopravvivenza. Sta di fatto che, con il tempo, i fratelli Shardana diventarono una vera e propria macchina da guerra, conosciuti anche come i temerari popoli del mare e assoldati persino dagli Egizi, come guardie scelte del faraone. C'era però l'altra parte di popolo che, rimasta radicata per millenni

nella propria terra, conservò intatta la cultura e le tradizioni. Il giovane si interruppe un istante poi riprese pensieroso <<Sally, sai bene che da irlandese mi piacerebbe potermi riprendere una rivincita storica, dichiarando che il mio popolo discende da una grande civiltà che è stata protagonista nella storia e non, come ci definiscono, i cugini poveri degli Inglesi, ma tutto questo è difficilmente dimostrabile, cerchiamo di essere realisti. Mi sto laureando in storia antica e la prima cosa che ci insegnano è rispettare gli scritti classici. Puoi capire che non c'è nessun interesse da parte degli storici a voler far emergere questo tipo di verità. Loro vogliono una verità che sia conforme ai loro interessi>>. Sally gli si avventò con parole infuocate <<Ma è questo il grande problema. Voi cattedratici vi affidate a testi classici, scritti da chi ha sempre avuto interesse a diffondere una verità fatta di potere e gloria fittizi, è ovvio però che un *Canto Gallico* scritto da Giulio Cesare metta in ombra i grandi guerrieri Celti, esaltando chissà quali intrepide avventure intraprese dai leggendari Romani, anche se poi la verità è ben diversa. La storia è scritta dai potenti, non dai vincitori. Per l'onore, il rispetto, la credibilità, la faccia e la loro autorità>> affermò disgustata. Cormac fece spallucce <<Hai ragione! Anche a me non piace il sistema! Non mi piace per niente, ma se vuoi cambiare le regole bisogna giocare d'astuzia, entrare a passo felpato, farti accreditare fiducia, solo in seguito potrai avere l'attenzione anche dei più scettici. Non puoi urlare al mondo che la storia va rivista totalmente, comprometteresti gli equilibri che si sono creati nei secoli>>. Sally non era d'accordo <<Potrei solo dare un motivo forte di rivalsa a chi ha creduto per troppo tempo di essere stato un popolo sottomesso>> ribatté. Cormac abbassò lo sguardo <<Andare contro i mulini a vento, come cerchi di fare, non ti porterà da nessuna parte e anzi, servirà solo a farti male>> la ammonì. Ora Sally capì dove il giovane voleva arrivare, stava cercando di proteggerla, proprio come fa un guardiano. A quel punto non poté fare a meno di rivelargli altri particolari sulle loro motivazioni <<Senti Cormac, il tuo discorso non fa una piega e lo so che rischio molto, ma vedi... in realtà io... ho una missione e...>>. <<Basta!>> Intervenne improvvisamente Dorigo, che aveva seguito i loro discorsi come si seguirebbe una pallina da pingpong <<Sally intende dire che è una missione morale cercare di far emergere la verità, però tu hai ragione: diffondere questa verità non è affatto prudente>>. Per un pelo era riuscito a impedire che il segreto di Sally venisse compromesso, ma per quanto ancora poteva impedirlo? Sentiva che Cormac non era ancora pronto per tali rivelazioni. Non avrebbe capito la profondità della loro missione e li avrebbe senza dubbio presi per folli. Questa paura attanagliò il suo stomaco.

Intanto, negli uffici della *Public Library*, Mr. Leskov osservava la scena dal monitor. Aveva l'impressione che stesse succedendo qualcosa di decisivo. Fece una smorfia e decise di porre fine a quella loro ridicola combutta.

Capitolo 23

Sally storse il naso. Forse non avrebbe dovuto sbilanciarsi così tanto ma, prima o poi, avrebbe trovato il momento giusto per rivelare a Cormac la verità. Improvvisamente i tre furono nuovamente allarmati dal crepitio di passi pesanti che provenivano dalla sala. Il giovane si girò verso i due vistosamente preoccupato <<Oh no! è il direttore>> pronunciò sottovoce mentre guardava dal foro della porta. Con impeto e autocontrollo decise di creare un diversivo per distrarre il direttore e condurlo fuori>>. Si riversò nella sala e incrociò lo sguardo freddo e serioso di Mr. Leskov. Prese fiato e, con forza d'animo, gli andò incontro sorridente <<Salve Mr. Mr. Leskov, come mai da queste parti?>> cercò di indagare <<Salve Sheridan, mi sono giunte voci della presenza di ospiti privi di pass>>. Cormac sgranò gli occhi "quello stupido..." ripensò al collega. <<Non direi signore>> azzardò il giovane, sperando in un miracolo. Mr. Leskov aveva seguito ogni singolo movimento dalle telecamere e sapeva bene che il giovane stava mentendo. Scostò Cormac con uno spintone e proseguì verso la cella. Il giovane lo seguì, cercando di distoglierlo, ma senza alcun risultato. Nel frattempo Sally e Dorigo, allarmati e colti dal panico, avevano sentito tutto. I passi di Mr. Leskov e Cormac erano sempre più vicini. Mr. Leskov irruppe nella saletta, senza che il giovane potesse far più nulla per impedirlo. L'uomo si voltò verso Sally, con aria minacciosa. Cormac intanto si guardò intorno: non capiva dove fosse finito Dorigo "ma dove...?" pensò. Il direttore si avvicinò alla giovane con passo lento e guardingo, poi si guardò nuovamente intorno "eppure era qui con loro" rimuginò. <<Salve signorina – si decise a pronunciare il direttore – spero che lei abbia con se l'apposito permesso, per star qui>> sorrise in modo sprezzante. Sally contraccambiò con un sorriso altrettanto tagliente e prese la *card* dalla borsa <<Certo! Come sarei potuta entrare, altrimenti?>> sogghignò. Mr. Leskov controllò la tessera in modo distratto, sapeva bene che lei aveva il permesso. Irritato, restituì la *Card* e inghiottì l'amaro boccone <<Scusi l'ispezione ma lei sa bene quanto noi teniamo alla sicurezza, è una prassi comune verificare i permessi dei frequentatori>>. Cormac si accigliò meravigliato "in verità non capita quasi mai che si faccia il controllo manuale delle tessere, ancor meno da parte del direttore in persona" rifletteva sconcertato. Mr. Leskov osservò Cormac, seccato per quella imbarazzante situazione. Lasciò poi la stanza, sbattendo la porta di pesante legno scuro. Il giovane sorrise con espressione compiaciuta e incuriosita <<Dov'è Dorigo?>> chiese a Sally. Lei verificò velocemente che il direttore si fosse allontanato. Vide il suo smilzo profilo uscire dalla sala ad atmosfera controllata e a quel punto fece cenno a Dorigo di uscire <<Vieni fuori, dobbiamo andar via da qui>>. L'uomo venne fuori da dietro una stretta incavatura della roccia, creata ad arte nella parete, per inserirci uno scafale a carrello su misura, utile per riporre cartografie e reperti, ma che in realtà non fu mai utilizzato a tale scopo. La rientranza era vicina alla finestra e nascosta dal pesante tendaggio scarlatto: una vera fortuna per Dorigo. Cormac, nel vederlo, sorrise <<Geniale! avrei dovuto immaginarlo>> sorrise. Sally sollecitò i due <<Ci è andata bene ma ora è meglio filare>>. A quel punto i tre si allontanarono con prudenza, con passi svelti e occhi vigili, avvolti da una grande inquietudine. Lasciarono la sala ad atmosfera controllata e, attraversata la grande sala antichità, si riversarono oltre la sbarra d'accesso per poi percorrere, spediti, il lungo corridoio. I due cercavano di star dietro al giovane e raggiungere velocemente le scale sotto la sua guida, mentre lui li sollecitava a un'andatura più veloce. Nel frattempo il direttore era ritornato nel suo ufficio. Infastidito e dolorante si versò del whisky in un bicchiere. Il frigobar era collocato all'interno del mappamondo in rovere, da cui prese anche il pesante bicchiere. Osservò per un solo istante il colore ruggine del liquido e poi ingoiò tutto d'un sorso, per calmare gli spasmi provocati dalla violenta tosse. Si accomodò nella morbida poltrona in pelle nera e aprì lo schermo del portatile. Si versò un altro bicchierino e, mentre sorseggiava lentamente il contenuto per assaporarne meglio il retrogusto, aprì il programma che monitorava le telecamere e con un clic cercò i tre. Si accorse immediatamente che erano spariti dalla cella. Setacciò, spazientito, la sala ad atmosfera controllata e subito dopo la grande sala antichità, ma di loro nessuna traccia. Mr. Leskov cominciò a innervosirsi e gettò con impeto il bicchiere mezzo pieno, scaraventandolo con forza, contro il pavimento. Dopo qualche secondo sentì bussare alla porta: una voce, dall'altra parte, chiedeva se fosse tutto apposto. Mr. Leskov, ancora più infastidito, si irrigidì serrando i pugni con rabbia <<Sì, è tutto ok. Non voglio essere disturbato, grazie>>. La voce dall'altra parte prestò obbedienza e si allontanò. Mr. Leskov a quel punto osservò nuovamente il monitor, aprendo e chiudendo le finestrelle in modo convulso. All'improvviso trovò i tre, che erano giunti oltre la gradinata e si accingevano a raggiungere la Hall della biblioteca. Balzò dalla poltrona e abbassò bruscamente il monitor, poi corse fuori dal suo ufficio in gran fretta. Percorse l'androne, che separava la grande Hall dagli uffici. Con passo svelto si riversò verso i tre, cercando di districarsi tra le numerose persone che facevano la fila al bancone centrale, in attesa di informazioni. Cercava le sagome con lo sguardo ma non riusciva a scorgerle. Improvvisamente Cormac vide il direttore in lontananza e sollecitò i due ad andarsene. Sally scrisse frettolosamente il suo numero di telefono in un foglio strappato con gran fretta dal blocco, poi prese il pezzo di carta e lo diede al giovane <<Teniamoci in contatto... penso che sarà impossibile per me tornare qui>>. <<Che vuoi dire?>> chiese Cormac scosso. Sally fissò il giovane per un lungo istante, con espressione rattristata. Cormac ricambiò l'intenso sguardo e con trasporto baciò la sua fronte <<Buona fortuna>> disse. Sally sorrise, ringraziandolo. <<Ti chiamo>> la rassicurò. Dorigo sollecitò la giovane <<Presto, sta arrivando>>. I due balzarono fuori dall'edificio, giusto in tempo. Un attimo dopo il direttore raggiunse Cormac con aria furiosa, ma sapeva bene che non poteva rimproverarlo di nulla, perché avrebbe altrimenti dovuto spiegare la presenza delle telecamere e avrebbe compromesso definitivamente la sua copertura. No, non poteva permetterselo. Cormac notò che Mr. Leskov era nervoso. La sua improvvisa comparsa lo insospettì "impeccabile sincronismo" valutò il giovane. Il direttore volse uno sguardo sagace verso la porta d'ingresso ma dei due nessuna traccia. Orami li aveva persi. Guardò nuovamente il giovane con espressione impenetrabile, decise poi di concepire una banale scusa per eliminare alla radice ogni sua perplessità a riguardo <<Cormac, finalmente ti ho trovato! Mi è arrivata una nuova raccolta di libri sulla mitologia nordica. Vorrei che gli dessi un'occhiata>>. Non che questa fosse una menzogna, ma Cormac ne era già stato informato e guardò il direttore con espressione confusa <<Sì. Mi hanno già messo al corrente>> annuì il giovane. <<Bene, allora fai il tuo dovere>> rispose Mr. Leskov con tono duro e irritato, voltandogli le spalle. <<Bene>> replicò sdegnato Cormac. Ma ormai Leskov era già lontano. Il giovane a quel punto strinse i pugni, profondamente infastidito da quel suo strano atteggiamento. Al tatto percepì improvvisamente la presenza di qualcosa di ruvido sul suo palmo e ricordò il foglietto, ormai accartocciato, che stringeva sulla sua mano. Lo aprì per memorizzare il recapito di Sally e mentre fissava il foglietto raggrinzito notò, tra la trasparenza della carta, una strana scritta riflessa. Girò il pezzo di carta e, con suo grande stupore, ci trovò annotata una strana filastrocca, scritta in una lingua che sembrava essere più antica del latino.

Alalà intruppa, alalà intruppa,
nois non tenimus ne ossu e nen purpa,
nosich'hana 'ettau a intrue unu fossu.

Capitolo 24

Mr. Leskov era davanti al PC quando a un tratto comparve una piccola barra, accompagnato da un leggero segnale sonoro.

Nanni è in linea - ha un messaggio per te

Mr. Leskov ciccò sulla chat e aprì la comunicazione

-Hi! sei in linea? Ho novità per te
-Ciao Nanni, eccomi! qualcosa di interessante?
-Certo. Sai che non ti disturberei altrimenti
-Bene. Ti ascolto
-Ricordi la filastrocca?
-Sì. Pensavo di averti detto che non importava.
- Credo possa interessarti! Come ti avevo accennato è un'antica filastrocca, credevo fosse dedicata ai morti invece si narra che erano proprio i defunti a cantarla.
- Come dici? Sei sicuro?
- Ci sono delle leggende popolari che narrano di defunti che si incontravano durante la notte, al chiaro di luna, per intraprendere una danza chiamata "il ballo dei morti". Beh, vedi, questo ballo era una sorta di avvertimento
- Avvertimento?
- Sì. Si narra che, vedere un gruppo di persone che danzava in piena campagna, sotto la luna, vicino a luoghi di culto o antichi siti archeologici, fosse presagio di morte, un avvertimento ai vivi su chi sarebbe stato il prossimo chiamato all'altro mondo. La

filastrocca è una sorta di canto,
probabilmente intonato dai defunti durante la
danza dei morti, che recita un ammonimento
rivolto ai vivi.
- Grazie Nanni, è sufficiente. Ci sentiamo
presto.
- È un piacere aiutarti. A si biri (a presto)

Il collegamento si interruppe. Mr. Leskov era pallido in viso,
pensieroso e alquanto preoccupato "Un avvertimento su chi
sarebbe stato il prossimo". L'uomo si alzò di scatto "un
avvertimento..." si allarmò "La giovane sta facendo passi
avanti, altrimenti perché avrebbe scritto di getto quella
filastrocca? Come farebbe a conoscere il ballo dei morti?" si
domandò stravolto. Improvvisamente un altro pensiero si fece
spazio nella sua mente "Solo la chiave potrà salvarti". Mr.
Leskov, a quel punto, sgranò gli occhi verso il fermo
immagine, che riprendeva la giovane e i suoi amici ed ebbe
una nuova sensazione "Lei non solo conosce il mistero della
chiave, come ipotizzavo, ma sa certamente dove si trova. Non
c'è dubbio!" sorrise con espressione infida. Mr. Leskov fissava
il viso di Sally, zoomato ormai al massimo. Sfiorò i lineamenti
che componevano il suo volto, con fare subdolo, ma un colpo
di tosse riportò la sua attenzione al grave problema di salute
che lo affliggeva e che oramai si aggravava con grande
rapidità. "I tempi stringono" pensò spazientito. Ormai
l'impellente necessità di trovare la chiave si faceva sempre più
pressante e questo avrebbe comportato un inevitabile faccia a
faccia con la giovane studentessa.

Capitolo 25

Manhattan, martedì 06 marzo 2007

Sally si diresse allo studio di Dorigo. Avevano tante cose di cui parlare, prima della partenza. Mentre attraversava la città in autobus, ripensava al giorno prima e al curioso comportamento del direttore della *Public Library*. Aveva ancora impresso nella mente il suo losco viso e il suo sguardo, così malefico. Cercò di allontanare quel pensiero fastidioso ma uno strano presentimento attanagliava il suo stomaco. Un leggero inasprimento trasfigurò sul suo volto e si sentì invasa da uno strano fremito. Percepiva gli occhi di qualcuno addosso. Si guardò attorno, scrutando l'affollatissimo mezzo pubblico, tra i volti dei passeggeri che la circondavano, ma non vide nessuno di sospetto. A sua insaputa però una figura maschile, seduta poco più avanti e nascosta tra le pagine di un quotidiano, non le aveva tolto gli occhi di dosso per tutto il viaggio. La giovane, che si rese conto all'ultimo momento di essere arrivata alla sua fermata, scese dal bus frettolosamente. Alle sue spalle sentì nuovamente quella sensazione ma dietro di lei solo qualche giovane studente e dei passanti, che andavano per la propria strada, incuranti di chi gli stava intorno. L'esile figura si era nascosta appena in tempo, dietro il gruppetto di giovani, fermi sul bordo della strada. Lei proseguì, cercando di mitigare quel presentimento che però si faceva sempre più intenso, man mano che percorreva gli isolati. Più volte si voltò a verificare se qualcuno la stesse seguendo. Non si accorse di nulla e arrivata allo studio di Dorigo bussò frettolosamente, attese per qualche secondo e, sotto l'invito del medico, entrò impaziente chiudendo la porta con atteggiamento vistosamente agitato. <<Che ti succede

Sally>> chiese preoccupato l'uomo. <<Non so. Una strana sensazione, come se qualcuno mi stesse seguendo>> rispose ansiosa. Dorigo, che si trovava in piedi proprio vicino al davanzale, scostò leggermente la tenda e guardò fuori, ma non vide nulla di sospetto <<Forse sei solo un pochino tesa da tutta questa faccenda. È comprensibile, ma non diventarmi paranoica, ti prego>> sorrise sdrammatizzando. <<Hai ragione, si probabilmente mi sto facendo prendere dall'ansia>> asserì poco convinta. A pochi metri di distanza, sulla parte opposta della strada, una distinta figura maschile dall'aspetto asciutto e spigoloso si mise a osservare incuriosito lo stabile dov'era entrata poco prima la giovane. Con un sorrisetto mordace prese la fotocamera e scattò qualche foto. Attraversò poi la strada con disinvoltura, per non creare sospetti, e si accostò alla porta dello studio nel modo più naturale possibile. Rivolse uno sguardo fugace alla targhetta con il nome di Dorigo e con fare indifferente proseguì per il suo cammino. Lo scagnozzo di Mr. Leskov tornò poi alla biblioteca, per riferire quanto aveva appreso. Il direttore provò una certa sorpresa nel scoprire che la giovane era in cura da uno strizzacervelli. A ogni modo cominciò la sua ricerca su internet e non gli fu difficile scoprire, con suo grande stupore, che il medico non era altro che lo stesso uomo che era stato in biblioteca con Sally. "Quel vecchio, raccomandato come uno tra i migliori psichiatri di New York, non è un ricercatore storico. Per essersi fatto coinvolgere in queste ricerche dev'essere sicuramente una persona a lei molto legato, di cui lei si fidi ciecamente. Una persona che la sostiene..." meditò "...solo i guardiani sostengono e proteggono in quel modo i custodi" osservò infine, con una smorfia. Intanto nello studio di Dorigo, Sally cominciò a parlare di Cormac e finì per confessare al medico ciò che provava per il giovane archivista <<Lo so che lo conosco appena, ma mi fido di lui. Insomma dai, ci ha aiutato e ci ha salvati dalle grinfie del direttore>> azzardò lei. <<Hai ragione, non lo conosci. Non dovresti farti

trasportare così, non puoi permettertelo>>. Dorigo era fermamente rigido a tal proposito. Sally, indispettita, fece una smorfia <<Sembri mio padre>>. Un breve silenzio pesò come un macigno. Dorigo cercò di svincolarsi da quella condizione di disagio <<Può essere pericoloso coinvolgere altre persone, tutto qui>> spiegò. Lei sorrise <<Se non ti conoscessi così bene, sapendo che ciò sarebbe assurdo, penserei quasi tu sia geloso>>. Dorigo sorrise a sua volta, un poco ironico "non immagini nemmeno quanto io lo sia" pensò. Ormai in vena di confessioni, lei riprese a parlare e gli raccontò di come aveva conosciuto Cormac e di quanto avevano conversato, di come si sentisse bene in sua presenza. Era entusiasta di poter condividere con lui un argomento così intimo e l'uomo ne fu lusingato. Era la prima volta che lei gli parlava dei suoi sentimenti per un ragazzo. Dopo qualche risata e battuta divertente, che li aiutò a distrarsi dal fardello che ultimamente incombeva nelle loro vite, i due ripresero la conversazione per cui si erano dati appuntamento: il loro viaggio in Europa. Fu proprio in quel frangente che Sally propose a Dorigo di raccontare a Cormac della loro partenza. Dorigo scattò come una corda di violino <<E che gli racconterai? Che vuoi intraprendere una vacanza in Europa e hai deciso di andare, guarda caso, in Irlanda?>>. <<Sai anche tu che Cormac ci potrebbe essere molto utile. È una terra che non conosciamo e lui saprebbe come muoversi>> spiegò. Dorigo si accarezzò la barba <<Non credi sia troppo rischioso? E se cominciasse a sospettare? Che farai? Gli racconterai anche delle tue visioni?>> le domandò. <<Non lo so, vedremo. Non mi sembra un'ipotesi così irragionevole coinvolgerlo, forse dovremmo farlo davvero, raccontargli tutto intendo...>> sbottò. <<Ti prego dimmi che stai scherzando. Nella migliore delle ipotesi ti prenderebbe per matta. Anzi prenderebbe per matti entrambi. E poi sai bene che, nel momento che lo coinvolgerai totalmente, lo metterai in pericolo. Pensaci bene!>> replicò. <<Forse hai ragione! Non ci avevo pensato.

Ma riguardo il viaggio, sono convinta che il suo aiuto ci sarebbe davvero indispensabile>> convenne. Dorigo annuì <<Vada per il viaggio, proponiglielo pure se vuoi, ma sorvola su tutto il resto almeno per ora, ok?>>. I minuti scorrevano veloci, Sally e Dorigo trovarono un accordo e, successivamente, si misero a pianificare il viaggio: scaricarono da internet notizie utili sulle località da visitare, fecero dei preventivi e infine decisero definitivamente la data di partenza. Sally era euforica, Dorigo un po' meno. Sentiva su di sé una grande responsabilità. Clare non avrebbe mai approvato, lo avrebbe preso per uno sconsiderato. Avrebbe dovuto trovare le giuste parole, ma sapeva che in realtà nulla la avrebbe distolta dal suo severo giudizio. Si era fatto tardi. Sally salutò Dorigo, abbracciandolo con fervore: le era immensamente grata e sentiva un grande affetto per lui. Un sentimento profondo, che cresceva ogni giorno di più.

Capitolo 26

Mentre usciva dallo studio di Dorigo le squillò improvvisamente il cellulare. Rispose perplessa, non conosceva il numero, ma con suo stupore constatò che dall'altra parte c'era Cormac. <<Ciao, che bella sorpresa>> affermò lei, felice di sentirlo. <<Ciao Sally, come va? Spero di non averti disturbata>> si volle accertare lui. <<Nient'affatto, sono appena uscita dallo studio di Dorigo e mi sto dirigendo alla fermata dell'autobus>>. <<Bene. Io invece sono in pausa caffè ma tra non molto esco per il pranzo. Pensavo che, se ti va, potremo mangiare qualcosa assieme da qualche parte>>. Sally si raccolse in una morsa d'eccitazione e, con voce tremolante, accettò senza pensarci troppo <<Certo, mi fa piacere. Potremmo vederci da te all'uscita, io arriverò tra mezzora, traffico permettendo. Poi decidiamo dove andare, ok?>> proferì. Cormac concordò e la salutò soddisfatto. I due si incontrarono all'ora stabilita e decisero, di comune accordo, di andare a mangiare qualcosa ai chioschi lì vicino. Chiacchierarono allungo, tra un boccone e l'altro. La loro intesa cresceva, ogni istante di più. Decisero di fare una passeggiata lungo il viale e dibatterono sui loro differenti punti di vista, scoprendo anche tantissime affinità. Risero tanto. A un certo punto Sally decise che era giunto il momento di informarlo del viaggio. <<Io e Dorigo partiamo!>> proferì di getto. Cormac si arrestò all'istante, colto da un improvviso senso di smarrimento. Sapeva che, prima o poi, quel momento sarebbe arrivato, l'aveva osservata tra i libri mentre parlava di quelle terre, con un trasporto e una passione che non aveva mai visto prima. Era evidente. Sally aveva percepito il richiamo. <<Certe risposte non si possono trovare sui libri>> annuì lui. Sarebbe partita, prima o poi. Lo aveva sempre saputo. E ora quel momento era arrivato. Fu tuttavia sopraffatto da un sentimento di inquietudine. I sentimenti che provava nei suoi confronti erano più profondi di quanto pensasse. Concepì il terribile timore di perderla e questo pensiero lo afflisse. Proprio ora che cominciavano a conoscersi meglio; proprio ora che forse aveva trovato una persona diversa, speciale. <<Io e Dorigo vogliamo andare in Europa e come prima tappa abbiamo deciso di visitare l'Irlanda>> proseguì Sally. Lui stette in silenzio per qualche secondo poi, senza indugio, la interruppe <<Verrò con voi. Non accetto un no come risposta, io vi posso essere utile. Le mie conoscenze archeologiche potrebbero facilitarvi le ricerche>> disse tutto d'un fiato, sotto lo sguardo meravigliato e soddisfatto di Sally. Con dolcezza il giovane fissò poi i suoi profondi occhi castani <<D'altronde sono un ricercatore e questo viaggio potrebbe servire anche a me per la tesi. Che ne dici?>>. Sally annuì. Ci aveva tanto sperato, Cormac era una persona seria e affidabile e con grandi conoscenze in materia. Aveva anche un forte carisma e l'avrebbe sostenuta. Sarebbe stato un buon compagno di viaggio. << Come avrai di certo capito, questa non sarà una vacanza e non sappiamo quanto ci tratterremo>> lo mise in guardia. <<Nessun problema>> sorrise lui. <<Grazie Cormac>>. Senza che i due si resero conto, l'abbraccio di gratitudine e intesa si trasformò in una calda stretta passionale. I loro volti si sfiorarono, attratti e rapiti da un vortice di emozioni. Le loro labbra si cercarono, prima lentamente, poi con desiderio e in pochi istanti furono travolti da emozioni troppo forti da resistere. Un bacio lungo e appassionato congelò i secondi, poi i minuti, diventando eternità sfuggita al loro controllo. Quando le stelle smisero di vorticare e la terra sotto i loro piedi si arrestò, facendoli ritornare dalla valle dei beati, i due si guardarono intensamente negli occhi con un sospiro a metà. <<Ti seguirei in capo al mondo>> sussurrò dolcemente il giovane, accarezzandole il viso. Sally arrossì leggermente. <<Dorigo, sarà d'accordo?>> chiese lui. Sally si staccò dal suo abbraccio e lo tranquillizzò in modo sfuggente <<Sa bene quanto sia prezioso il tuo aiuto. Forse però sarebbe bene evitare... si insomma... dovremmo...>>. Il giovane si irrigidì improvvisamente <<Far finta che non sia successo niente? Bene! Se è questo che vuoi>> sogghignò sbigottito. <<Cormac...>>. <<No no, hai ragione, sarebbe una distrazione>> la bloccò con tono sarcastico. <<In questo momento non posso permettermi distrazioni di alcun tipo>>. Ribatté lei con tono ponderato e rigido. L'implicito messaggio arrivò forte e chiaro. Il giovane si scostò leggermente. Era chiaro che lei ora non poteva darle più di una semplice amicizia. Capì che questo viaggio nascondeva qualcosa di veramente importante per Sally e volle rispettare il suo volere. <<Ok. Ti aiuterò a trovare ciò che cerchi. Non mi tiro indietro.>> le sorrise poi rassicurandola. Sally non riuscì a trattenere un impeto di gioia e lo abbracciò in segno di gratitudine ma Cormac ne fu spiazzato. Quel piccolo gesto, così pieno di dolcezza, era stato più chiaro di mille altri segnali. Sarebbe stato difficile non ammettere il sentimento che provava per lei e a quel punto far finta di niente sarebbe stato solo un'ipocrisia. Si avvicinò a lei e si perse nel suo sguardo <<Ti prego dimmi che anche tu non provi quello che provo io e non ci proverò mai più>>. Sally non riuscì a proferir parola, persa nel suo sguardo così limpido e sincero. Come poteva mentirgli? Lui riusciva a leggergli l'anima. Non sarebbe riuscita a ingannarlo. Cormac la strinse a se, in una morsa decisa, per poi baciarla e baciarla ancora, con passione, con amore, con trasporto.

Quella notte Sally non chiuse occhio ripensando a quanto era successo: sentiva ancora quel leggero brivido lungo la schiena e le sue labbra sensuali che cercavano le sue. Percepiva le sue forti mani che l'avvolgevano serrandola in un abbraccio ardente. Le aveva accarezzato i capelli, il viso, le aveva afferrato la nuca avvicinandola a se, dolcemente. I battiti del cuore accelerarono al solo ricordo mentre fissava il soffitto della stanza. Non poteva restare indifferente a quel nuovo sentimento così intenso. Ciò che era successo tra lei e Cormac avrebbe cambiato ogni cosa.

Il viaggio

Capitolo 27

New York, venerdì 16 marzo 2007

<<Volo American Airlines... delle ore... 18:58 partenza da New York... diretto a Dublino... con scalo a Chicago ORD... imbarco immediato... lato nord... uscita 3...>>. L'altoparlante scandiva in tutto l'aeroporto l'avviso di chiamata, sollecitando i passeggeri a recarsi repentinamente all'imbarco. Nel pannello elettronico si potevano osservare le informazioni, relative al giorno.

16 marzo 2007 – ore 18.48 – temperatura 20°C

Erano trascorsi diversi giorni dalla decisione di coinvolgere Cormac nel loro viaggio e Sally era entusiasta che Dorigo avesse approvato. Finalmente il giorno della partenza era arrivato e Sally, Cormac e Dorigo stavano per dirigersi finalmente in Europa, in quelle terre piene di storia e di mistero, di cui tanto avevano appreso. I tre si avviarono in tutta fretta verso l'imbarco, rallentati da una scolaresca ferma nella sala che li costrinse a diversi slalom tra le loro sagome incuranti. Stremati dalla corsa riuscirono miracolosamente a imbarcarsi, giusti in tempo. La trasvolata avvenne in assoluta tranquillità e l'aereo arrivò nel *O'hare International Airport* di Chicago in orario. Fortunatamente non dovettero cambiare velivolo e alle 19:35 l'*American Airlines* riprese il volo, diretto verso la capitale irlandese. Anche qui l'atterraggio avvenne in perfetto orario, alle 08:50 del mattino, con un fuso orario di ben sei ore. I tre scesero, stanchi e acciaccati, incamminandosi verso lo strano labirinto con tragitto obbligato, fino al ritiro bagagli e al posto di blocco. Controllati i passaporti si poterono dirigere verso l'uscita. Erano finalmente a Dublino! Sally sorrise.

Intanto, comodamente seduto sul suo posto assegnato in prima classe, l'infido direttore scrutava con sguardo attento le foto digitali scattate furtivamente a Sally e Cormac alcuni giorni prima, durante il loro incontro. Li aveva colti in fragrante nella loro insulsa intimità di un bacio e ora ne era finalmente certo: Cormac c'era dentro fino al collo <<Stupido ragazzo>> esclamò con il volto segnato da una smorfia di sdegno. Una voce femminile irruppe tra i suoi pensieri <<Ha bisogno di qualcosa Mr. Leskov?>> gli chiese una gentile signorina in divisa. <<Si grazie, vorrei essere lasciato tranquillo se permette, non vede che sto lavorando?>> la ammonì con tono sprezzante. <<Mi scusi Signore! non volevo essere indiscreta...>> indietreggiò mortificata. "Sciocca" considerò lui, con severità. Rimasto finalmente solo, continuò a far scorrere il mouse tra le finestre del programma, aprendo una dopo l'altra le immagini e cercando di cogliere tutti i particolari possibili "avevo grandi progetti per te Cormac, che peccato" pensò fissando la figure del giovane. Sally era ignara di quel che stava accadendo e Mr. Leskov era molto abile a non farsi scoprire. Fino a che punto si sarebbe spinto per ottenere quello che cercava? C'era in gioco la sua vita, pensò, era pronto a tutto.

Capitolo 28

Dublino, sabato 17 marzo 2007

I tre si erano diretti verso l'area riservata ai taxi. Quando le porte automatiche si aprirono il vento fresco raggelò improvvisamente i loro volti e la brezza accarezzò gli animi facendo sentir loro il sapore di una terra straniera, dal clima molto più rigido di quello lasciato. Cormac si sentì a casa, finalmente nella sua terra d'origine tanto amata, dove i suoi avi avevano condotto innumerevoli battaglie per la libertà e dove i posteri portavano nel cuore quelle importanti memorie, ballando, suonando e narrando le loro gesta. Il giovane respirò l'aria fresca a pieni polmoni poi guardò Sally e Dorigo con entusiasmo. Una strana luce proveniva dai suoi occhi e Sally la riconobbe: la gioia e l'orgoglio di chi ritorna nella propria patria, dopo tanto tempo. La giovane guardò il pannello informativo, segnava una temperatura di 12°C. Erano trascorse da poco le 9.00mt mentre la fila di persone, che attendevano i Taxi, defluiva in perfetto ordine. Tutti si dirigevano sistematicamente su una passerella transennata che arrivava fino al piazzale di sosta e nel quale, a turno, le persone aspettavano che i tassisti caricassero i loro bagagli e partissero con i propri clienti. Nell'osservare quel singolare ordine Dorigo rimase affascinato: una soluzione talmente semplice, le transenne, ma straordinariamente efficace. Arrivò finalmente il loro turno e i tre chiesero al tassista di dirigersi verso il centro di Dublino, dove avevano prenotato due stanze in una pensione studentesca situata ad angolo tra Mercer Street Lower e Stephen Street, esattamente nella parte Sud della città. Intanto una fitta pioggerellina rese cupo il paesaggio, che per tutto il tragitto Sally cercava di osservare dal finestrino. La tranquilla capitale era proprio come Cormac l'aveva descritta: nelle stradine a ridosso un via vai di persone passeggiavano, incuranti del maltempo, e nelle affascinanti viuzze transitavano pochissime automobili. Con suo grande stupore constatò anche che, le strade di Dublino, erano gremite di universitari, di stranieri e di tantissimi giovani. Incantata dallo strano senso di quiete che non si aspettava di trovare in una capitale Europea, scordò persino di essere diretta in albergo e si accorse dell'arrivo a destinazione solo quando l'energica voce del tassista la richiamò sull'attenti <<30 euro>> espresse l'uomo, senza tanti preamboli. Il robusto signore, dall'aspetto tipicamente irlandese, con corporatura tarchiata e capelli un poco brizzolati dai riflessi rossicci, barba incolta in un viso chiaro segnato dal tempo, gote leggermente rossastre, occhi grigi e un grande sorriso, esprimeva tutta la sua spontaneità tipica di questo Paese. I tre avevano effettuato un cambio cospicuo di dollari in euro, nel *change* dell'aeroporto, quindi pagarono la tratta in contanti e si diressero nel loro alloggio. La parte esterna dell'ostello si presentava con un elegante stile architettonico tipico dei collegi accademici ma, contrariamente alle loro aspettative, l'interno dell'edificio manifestava tutta la semplicità lineare ed essenziale tipica degli alloggi per studenti. Le loro due stanze, con due letti ciascuna, una scrivania, la tv e un piccolissimo bagno senza finestre, si affacciavano nella Mercer Street Lower, proprio difronte allo sbocco di una piccola stradina chiamata King Street, zona pedonale sempre affollatissima, che conduceva al St.Stephen's Green, uno tra i più incantevoli parchi della città. Dopo aver disfatto le valige i tre dormirono per qualche ora, stremati dal fuso orario. Si risvegliarono che ormai la mattinata era trascorsa e, fattasi quasi ora di pranzo, decisero di uscire.

Quando, settimane prima, avevano pianificato la partenza avevano deciso di prendere il volo di sola andata stabilendo così di poter stare per tutto il tempo necessario e spostarsi liberamente all'occorrenza. Dorigo, dopo aver sistemato tutte le questioni burocratiche, aveva chiuso lo studio per un mese. Sally aveva temporaneamente interrotto la collaborazione allo studio d'arte e le sue lezioni in facoltà, riferendo di dover intraprendere un viaggio studio in Europa. Inizialmente Claire non fu molto entusiasta della decisione presa dalla figlia ma poi, quando seppe che Sally non sarebbe partita da sola, si sentì rassicurata: "mi raccomando Dorigo, prenditi cura della nostra bambina" gli aveva raccomandato la donna "e stai ben attento: per nessun motivo lei dovrà scoprire la verità su di noi" lo esortò. "Non deve sapere, non deve... non deve..." le sue parole echeggiavano continuamente nella mente dell'uomo, mentre lui rifletteva su quanto invece fosse rilevante che lei sapesse, considerando il significato del suo cognome che avrebbe potuto dare una svolta al motivo per cui ora si trovassero proprio in Irlanda. Il giovane Cormac, infine, aveva chiesto al direttore un lungo congedo dal lavoro, per poter preparare la tesi: una giustificazione accolta inizialmente con esitazione ma che, avendolo poi sorpreso al telefono mentre prenotava due stanze per Dublino, convenne fosse la buona occasione per dare una svolta a quella faccenda, una volta per tutte. Di certo avevano scoperto qualcosa di importante e avevano pianificato una spedizione oltreoceano in cerca della chiave, intuì. Un fuoriprogramma che avrebbe utilizzato volentieri per far visita e qualche vecchia conoscenza. "Mi farò trovare oltre il varco, pronto a impugnare la chiave" aveva considerato con famelica aspettativa.

Capitolo 29

I tre uscirono dall'ostello ancora leggermente storditi e spaesati, per via del fuso orario e per la fatica del viaggio. La pioggia era ormai cessata e il cielo, tramutatosi in una tavolozza cerulea, sprigionava un intenso bagliore che rifletteva nell'asfalto ancora umido. Si instradarono per il quartiere alla ricerca di un posticino dove mangiare un boccone. Cormac era pratico della zona e con lui accanto i due compagni di viaggio si sentivano tranquilli. Percorrendo King Street i tre rimasero affascinati dalla vitalità attorno a loro: artisti di strada, turisti, viandanti. Svoltando in Grafton Street, strada che dal parco conduceva al *Trinity College,* i tre poterono ammirare le tante statue umane che per pochi soldi stavano immobili ad aspettare un'offerta per poi salutare, con un sorriso, i loro benefattori. Cormac condusse i due amici in un pub rinomato che si trovava vicino ai campi da gioco del *Trinity College.* Qui avrebbero potuto, tra un morso e una chiacchiera, pianificare meglio la visita a Dublino. Giunti nel locale si misero a proprio agio e ordinarono, nell'attesa cominciarono poi a valutare come procedere per le loro ricerche. Volevano approfondire le origini dell'isola, trovare legami evidenti con la cultura sarda e il popolo di DAN, seguirne poi le tracce e capire quali segreti si fossero tramandati fino a oggi. <<Propongo di incominciare le nostre ricerche dalla biblioteca del *Trinity College,* la *Old Library,* dato che ci troviamo vicinissimi>> propose Cormac, mentre addentava una fetta del morbido *soda farl* (un pane bianco molto saporito, simile alle focaccine italiane) <<È la più grande e importante biblioteca della città e ci sono custoditi antichi libri e manoscritti di inestimabile valore storico, tra cui un famosissimo codice miniato chiamato *Book of Kells*>> spiegò il giovane. Sally annuì <<Sì, conosco il *Book of Kells,* ne ho sentito

parlare in una lezione di Storia dell'Arte tenuta all'accademia. Ricordo di essere rimasta davvero affascinata da quel manoscritto>>. <<Non potrebbe essere diversamente, è uno tra i più affascinanti codici miniati. Presenta le più belle ed elaborate decorazioni mai viste. Si dice che furono i monaci di Iona a realizzarlo, nell'806 d.C., quando si rifugiarono a Kells in seguito a un'incursione Vichinga>>. <<Hai detto Vichinga?>> chiese incuriosita Sally che non ricordava affatto tale particolare. Le venne come uno strano sospetto ma poi si destò e contraccambiò il sorriso del giovane con uno sguardo intenso che la diceva lunga sul loro rapporto. <<Questo antico manoscritto contiene i quattro vangeli in latino che gli amanuensi abbellirono con elaboratissimi motivi, riportanti simbologie di grande interesse storica. Si dice che durante l'incursione, i Vichinghi massacrarono tutti i monaci>> aggiunse. Sally e Dorigo accettarono entusiasti la scelta della loro prossima tappa e, dopo aver pranzato, i tre si diressero nell'edificio che si trovava proprio di fronte. Il *Trinity College* era un antico monastero agostiniano, sorto inizialmente come collegio per *protestanti* e poi frequentato successivamente anche dai *cattolici* quando la Chiesa ne tolse il veto. L'ingresso al College si presentava come una grossa struttura ad arco e un'elegante facciata in stile Palladiano. I tre la oltrepassarono, percorrendo tutti i novanta metri che conducevano al campus. Giunsero nell'enorme cortile quadrangolare, chiamato *Parliament Square*, ai cui lati si ergevano *La Cappella* sulla sinistra e il *Public Theatre* sulla destra, dove si tenevano gli esami. Davanti a loro un vasto prato all'inglese ospitava numerosi studenti che passeggiavano, bicicletta alla mano, sul percorso ciottolato. Al centro di questo enorme cortile, su un lato del giardino, una particolarissima torre campanaria, alta trenta metri, si innalzava di fronte a loro. L'arcata di quello splendido campanile vittoriano aveva delle decorazioni a stucco verde, grigio e color pesco. Sally, appassionata d'arte, non poté far a meno di osservarle affascinata. Al di là del vasto giardino si trovava un bellissimo edificio in cotto, denominato *l'edificio dai mattoni rossi*, che costituiva la parte più antica del College. Dal *Parliament Square* i tre svoltarono a destra e poi subito a sinistra, per dirigersi nella *Old Library*, la famosa biblioteca di cui parlava Cormac. Entrarono nell'edificio e si guardarono un po' intorno, a quel punto Dorigo adocchiò lo *Shop Center* e si avvicinò a curiosare, nell'attesa che Cormac facesse la fila alla biglietteria per pagare l'ingresso. Biglietti alla mano i tre poterono entrare finalmente nella sala del Book of Kells, che era situata proprio nel piano inferiore. Nella prima sala enormi pannelli informativi adornavano le pareti. Le gigantografie sulla storia del manoscritto li coinvolse nella lettura e, fortunatamente, essendoci solo poche persone riuscirono a leggere tutto rapidamente. Si diressero poi nella saletta attigua, dove c'erano esposti gli originali manoscritti, chiusi in delle teche illuminate. Una grande teca centrale ospitava due dei volumi del noto "libro di Kells". Assieme a questo vi era conservato anche il più antico manoscritto decorato d'Irlanda: Il libro di Durrow, risalente addirittura al 670 d.C. Illuminati solo da un filo di luce, per non alterarne le pagine, questi manoscritti sfoggiavano splendide illustrazioni cariche di simbolismi, realizzate con colori accesi e rigorosa maestria. I tre ammirarono quei magnifici capolavori con espressione affascinata: le spirali presenti nel Durrow, in particolare, erano la rappresentazione della triplicità. Una grande protezione contro il male. Nel suo simbolismo enigmatico rappresentava anche la relazione tra padre e figlio, che assicura la continuità di quei valori e saperi familiari che si tramandavano da una generazione all'altra. Sally non riusciva a staccare lo sguardo da quelle figure impenetrabili e come lei anche Dorigo ne rimase sedotto, domandandosi come, mani umane, potessero creare tali magnificenze in maniera così meticolosa e senza il supporto di alcuna tecnologia. Cormac, che aveva avuto spesso occasione di lavorare con antichi manoscritti, ammise a se stesso di non aver mai visto tanta meraviglia e, rapito da tale bellezza, convenne che il *Book of Kells* e il *Book of Durrow* fossero i più preziosi codici miniati conosciuti e ne fu orgoglioso. Poco distante da loro un ometto in divisa, dalla corporatura esile e piccoletta, li notò e li raggiunse con espressione lieta. Si trattava del custode, un irlandese dai capelli brizzolati, folta barba bianca, zigomi arrossati e occhi cristallini: pareva quasi un folletto. La sua espressione gioiosa annunciava tutto il suo cordiale benvenuto, atteggiamento ospitale comune a molti irlandesi. Con grande disponibilità e gentilezza l'uomo chiese se avessero bisogno d'aiuto. Aveva notato il loro grande interesse per quei manoscritti e aveva avvertito subito il diffondersi di una grande energia, sprigionata dalla giovane, che annunciava il sopraggiungere di colei che stava aspettando orami da tempo. Il gentilissimo custode fece da cicerone, raccontando loro che i preziosi manoscritti erano protetti dalla bacheca di vetro da cui si intravedevano solo due tra le 680 pagine disponibili dei quattro volumi dell'opera e che queste venivano sostituite periodicamente a rotazione. L'uomo li informò inoltre che, nella biblioteca, vi erano custoditi ben cinquemila manoscritti e due milioni di volumi stampati. I tre ringraziarono cortesemente il custode e ripresero a osservare, incantati, l'antica pergamena di Kells sotto lo sguardo vigile dell'uomo. Le bellissime illustrazioni erano state realizzate abilmente con l'utilizzo di svariati componenti: il gesso per il colore bianco, il verderame cristallizzato per ottenere il verde, il piombo per il rosso, lapislazzuli o guado per ottenere le tonalità dei blu e infine il carbone, per il nero. I particolari erano minuziosamente disegnati da ingegnose mani esperte. I tre ne osservarono attentamente le svariate sagome, cercando di decifrare in quelle figure un qualche simbolo particolare: erano presenti perlopiù immagini di pescatori, di angeli, bestie affamate e demoni, motivi floreali e figure geometriche, spirali, scene di vita quotidiana e scene fantastiche, ma non mancavano segni enigmatici che formavano infine i capolettera dei capitoli. Sally chiese alcune notizie riguardanti lo straordinario manoscritto e il preparatissimo uomo fu lieto di poter ostentare la propria eloquenza <<Secondo studi recenti il *Book of Kells* risalirebbe tra il VII e il IX sec d.C.>> esordì l'uomo. Cormac però lo interruppe impaziente <<Sì, conosciamo bene la storia convenzionale. Non è che per caso è a conoscenza di particolari "ufficiosi"?>> chiese con fiducia. Con un lieve sorriso fra le labbra l'uomo annuì, accogliendo l'occasione come un invito a nozze <<Sapevo che non avevate nulla a che vedere con i soliti turisti che passano da queste parti>> proferì sottovoce. Incrociò poi lo sguardo impaziente di Sally "Sì, sono loro - pensò l'uomo soddisfatto - sono finalmente giunti tra noi". L'anziano uomo rivelò ciò che sapeva <<Nonostante le teorie più accreditate alcuni storici datano l'opera in un periodo molto precedente a quella ufficiale, per via di alcune illustrazioni che raffigurano guerrieri con piccole spade circolari in uso molto prima delle incursioni vichinghe. Non dimentichiamo comunque che l'opera contiene i quattro Vangeli, quindi non è collocabile troppo indietro nel tempo. Non so se servirà a molto per le vostre ricerche>> puntualizzò l'anziano. Sally osservò lo sguardo ponderato di quello strano individuo che, dietro la folta barba, sembrava nascondere un'immensa saggezza <<Come fa a sapere che stiamo realizzando delle ricerche?>> chiese Sally un poco perplessa. Le rosse gote dell'uomo si rialzarono in una seconda smorfia sagace <<Non c'è mai stato nessuno così curioso da voler sapere più di quel che è scritto sugli opuscoli e soprattutto non ho mai visto nessuno, da quando lavoro qui, guardare quel manoscritto come hai fatto tu, figliola, quasi volessi cercare di decifrare quei simboli con la speranza che ti svelassero chissà quali arcani>> azzardò l'uomo. Sally si pietrificò, non si aspettava tale allusione da parte di quel bizzarro ometto. <<I tuoi occhi hanno sete di conoscenza>> aggiunse poi l'uomo sorridendole, in cerca di conferma. Sally, ancora più sconcertata, non riuscì a dire una parola. Dorigo osservava la scena ammutolito e Cormac, benché sorpreso per ciò che l'uomo affermava, cercò di ascoltare senza intervenire anche se stretto da una morsa di sgomento. Il custode a quel punto scrollò le spalle <<Stai tranquilla, il vostro segreto con me è al sicuro: forse mi sbaglio ma tu sei qui per un motivo ben preciso e piuttosto personale. Io forse posso aiutarti!>> concluse. Cormac, nell'ascoltare tali osservazioni, si stupì per tanto mistero. Dorigo, con uno scatto, afferrò il braccio di Sally e la prese da parte <<Non fare passi azzardati, considera il rischio che corri nell'esporti troppo Sally>> le bisbigliò preoccupato. Cormac osservò la scena decisamente singolare. La giovane intanto esplicò al medico la fiducia che sentiva per quello strano individuo <<Intravedo nel suo sguardo una smisurata sapienza e sento di potermi fidare>> lo rassicurò, promettendogli di non rivelare troppo di sé. Decise quindi di accettare l'aiuto del custode mentre Cormac, benché sconcertato dalla scena, decise di rimandare ogni eventuale chiarimento. I quattro a quel punto si presentarono ufficialmente <<Mr. O'Brien a vostro servizio>> disse il custode sorridente. Poi, con espressione assorta invitò i tre a osservare la teca <<Guardate attentamente quella pagina – indicò l'uomo – osservate le immagini raffigurate. È la *Eight Circles Cross* che simbolicamente rappresenta i quattro elementi della Natura. Sapete di cosa si tratta?>>. I tre osservarono accuratamente quelle figure e Sally inaspettatamente sentì un brivido che gli percorse la schiena, come una vibrazione fatta di pura energia, ma non riuscì a proferir parola. Cormac diresse un'occhiata repentina verso di lei in cerca del suo sguardo che invece pareva perso nel vuoto, oltre la fredda lastra di vetro che la separava da quelle antiche pagine avvizzite. A un certo punto Mr. O'Brien, sotto lo sguardo sorpreso dei tre, si diresse velocemente in una stanza attigua. Tornò pochi minuti dopo a passi svelti e furtivi, con in mano l'intero manoscritto avvolto in una custodia di pelle scura. Fece cenno di seguirlo e li condusse in una piccola saletta appartata, arredata solamente con uno scrittoio, un piccolo scafale di legno scuro, una cassapanca e delle comode sedie su cui l'uomo gli invitò a prendere posto <<L'opera è composta da quattro volumi, rilegati in pelle di vitello. In genere vengono esposti solo due volumi, come ho detto, le cui pagine vengono girate regolarmente, una sulle illustrazioni e una sul semplice testo. Questi sono gli altri due volumi non presenti nella teca – sussurrò - potrei essere licenziato per questo>> ironizzò poi. <<Perché correresti questo stupido rischio?>> chiese Cormac, perplesso e un poco incuriosito. <<Perché lui sa>> rispose Sally guardando con curiosità il vecchio. L'uomo sorrise poi rispose al giovane <<Eheh figliolo, nella vita c'è un momento in cui si è chiamati a fare una scelta: scegliere se seguire la propria missione, compiendo il destino che la vita ha in serbo per noi, oppure non ascoltare il proprio cuore e vagare tra dubbi e ignoranza. So che siete qui per un motivo ben preciso e io posso mostrarvi la via>> proferì l'uomo. <<Ma di cosa sta parlando?>> lo attaccò Cormac in Gaelico, l'antica lingua d'appartenenza del popolo irlandese, esortandolo a chiarire. Sally e Dorigo non capivano cosa il giovane stesse dicendo, tale gergo era per loro indecifrabile, ma rimasero spiazzati soprattutto per le parole del vecchio chiedendosi come facesse a sapere la ragione per cui avevano intrapreso tale viaggio. <<Tu non sai! Non ti hanno ancora informato? Tu, figliolo, sei destinato a grandi cose – rispose in modo pacato rivolto a Cormac - custodirai un segreto che ancora ignori forse ma di cui presto verrai a conoscenza>> proseguì nella loro antica lingua, sotto lo sguardo incuriosito degli amici. <<Per tutte le contee dell'Eire, ma di che parli vecchio?>> si infuriò il giovane, ormai turbato da tanto mistero. Sally e Dorigo erano sempre più sconcertati. A quel punto Sally non riuscì a trattenersi <<Si può sapere che state confabulando voi due?>> chiese. Mr. O'Brien sorrise, rivolto al giovane, noncurante dell'intromissione di Sally <<Dovrai starle vicino. Sei qui per questo, per proteggerla>> espresse infine. Poi si alzò e voltò le spalle ai tre, prendendo a passeggiare per la stanza. <<Non capisco. Di che parli? spiegati meglio>> insistette Cormac con gli occhi di Sally puntati addosso in attesa di spiegazioni. <<Giovane, tu fai troppe domande. Capirai tutto, quando sarà il momento>>. La voce dell'uomo si era fatta più autorevole. A quel punto Cormac si rassegnò, pensando che avesse in realtà qualche rotella fuori posto. Ma in cuor suo avvertiva uno strano presentimento. Quelle parole, anche se ne ignorava il significato, ora pesavano come macigni. Mr. O'Brien a quel punto si rivolse a Sally, invitandola a dare uno sguardo all'antico manoscritto. Sally fece spallucce in modo remissivo, ormai persuasa che non avrebbe avuto alcuna spiegazione in merito all'accaduto. Cominciò a sfogliare delicatamente quelle pagine, in cerca di simboli e figure significative, ripensando però costantemente alla scena precedente. Era comunque grata all'uomo per ciò che stava facendo e come lei anche Dorigo si convinse che Mr. O'Brien poteva aiutarli. Chissà come, l'anziano sapeva del loro arrivo, li aspettava da tempo, forse aveva delle risposte alle loro tante domande. Pareva che conoscesse Sally, o meglio cosa lei rappresentasse, guidato forse dall'istinto o forse da una inspiegabile conoscenza.

Foglio 34r: contiene il Chi Rho monogram "XRI".
Chi e Rho sono le iniziali di due parole: "Christ" in greco.

Capitolo 30

Sally osservava il volume con grande attenzione, d'un tratto scorse una strana pagina che la colpì particolarmente: la *Chi Rho* dove la prima parola *"XRI"* che ne apriva il racconto era anche l'abbreviazione del termine *Chi Rho*, il cui significato era *Christi* (Cristo). In quella stessa pagina vi era riprodotta una scena dettagliata, in cui un gatto osserva un topo che divora il *pane divino*. L'uomo spiegò che gli storici traducevano quella scena come una raffigurazione religiosa strettamente cattolica che simboleggiava il peccatore mentre riceveva la *comunione* ma non vi era nulla di certo poiché il simbolismo, usato in quel manoscritto, era di difficilissima interpretazione. <<Io ho un'altra versione>> accennò Mr. O'Brien. I tre si guardarono incuriositi. <<Cosa pensa che significhi?>>domandò Sally. <<Non trovate curioso che l'intera opera sia arricchita da strani simbolismi spesso profani, come per esempio i nodi celtici e che, addirittura, nella pagina più pregiata, dedicata al Cristo, ci sia proprio un'allegoria così enigmatica che ha come protagonisti il gatto e il topo?>> avanzò lui. <<Cosa intende dire?>> intervenne Dorigo mentre Sally attendeva incuriosita. <<C'è una leggenda che narra come, dalla tradizione Etrusca al mito medioevale, sopravvissuto fino all'Ottocento, nelle campagne italiane si sia determinato il mito delle "streghe". La leggenda narra che la Dea Diana, Signora del cielo e madre della prima strega Aradia, creò le stelle e la pioggia. Da allora lei fu la Dea gatta col volto di Luna che sorveglia sulle stelle topo. Vi è un interessante racconto, tratto da *"Il Vangelo delle streghe" di C. Leland,* che rievoca tale mito>>.

- Diana fu la prima creata al mondo: in lei esistevano tutte le cose. Da se stessa, l'oscurità primordiale, si separò; si divise in oscurità e in luce. Lucifero, suo fratello e figlio, lei stessa e la sua altra metà, era la luce. Quando Diana vide che la luce era così bella, la luce che era la sua altra metà, suo fratello Lucifero, la desiderò con enorme brama. Volendo ricevere nuovamente la luce nella sua oscurità e ingoiarla in rapimento e delizia, tremò per il desiderio. Questo desiderio era l'Alba. Ma Lucifero, la luce, non volle cedere alle sue brame e fuggì. Era la luce che vola nelle parti più lontane del cielo, il topo che fugge il gatto. Allora Diana andò dai padri e dalle madri del Principio, gli spiriti che esistevano prima di ogni altro spirito, e si lamentò con loro di non poter prevalere su Lucifero. Ed essi la lodarono per il suo coraggio. Le dissero che per sorgere doveva prima cadere; per diventare la prima dea doveva diventare mortale. E attraverso le ere, nel corso del tempo, quando il mondo fu creato, Diana andò sulla terra, come aveva fatto Lucifero che era caduto, e insegnò la magia e la stregoneria. Così ebbero origine le streghe, le fate e i folletti, tutto ciò che è come l'uomo e che tuttavia non è mortale. Accadde che Diana prese la forma di un gatto. Diana filava il destino di tutti gli uomini; ogni cosa era filata dalla ruota di Diana. Lucifero faceva girare la ruota. Diana non era riconosciuta come loro madre dalle streghe e dagli spiriti, dalle fate e dai folletti che abitano nei luoghi remoti e solitari. Essa si nascose umilmente e si fece mortale; ma per sua volontà sorse nuovamente al di sopra di ogni cosa. Aveva una tale passione per la stregoneria e divenne così potente nell'esercitarla che la sua grandezza non poté più rimanere nascosta. Accadde così che una notte, al raduno di tutte le streghe e delle fate, Diana dichiarò di essere capace di oscurare il cielo e di trasformare tutti i topi in stelle. Tutti i presenti dissero: «Se puoi fare una cosa così strana, se hai un tale potere, allora sarai la nostra regina». Diana andò nelle strade; prese la vescica di un bue e una moneta delle streghe dal bordo affilato come un coltello — con questa moneta le streghe staccano la terra dalle impronte dei piedi degli uomini. Diana staccò un po' di terra, con essa e con molti topi riempì la vescica, poi vi soffiò dentro fino a farla scoppiare. Allora successe una cosa incredibile, perché la terra contenuta nella vescica diventò la volta del cielo e per tre giorni ci fu una grande pioggia; i topi diventarono stelle e pioggia. E avendo creato il cielo, le stelle e la pioggia, Diana diventò la Regina delle Streghe; era il Diana che governa le stelle, il cielo e la pioggia; era il gatto che governava i topi -

<<Bella storia! una leggenda alquanto stravagante. Non crederete davvero che ci sia un legame tra questa favola e il *Book of Kells*?>> sorrise il giovane applaudendo in modo beffardo. Sally gli lanciò un'occhiataccia e, infastidita, lo ammonì <<Lo sai anche tu che nelle leggende...>> ma il ragazzo concluse la sua frase ovvia <<...c'è sempre un fondo di verità, sì, sì, lo so bene, ma non ci posso fare niente se qui sono rimasto l'unico ad avere ancora un briciolo di senno. Su, dai Sally, che cosa vuoi che c'entri la dea Diana con il gatto e il topo rappresentati in questo manoscritto? - la schernì - Si sa bene che nel Cristianesimo il gatto e il topo sono la rappresentazione di Cristo e i suoi discepoli o meglio il peccatore che riceve la *comunione* come appunto gli storici sostengono>>. <<Sei una persona molto diffidente vedo. Bene, questo potrà esserti utile in futuro. Sei anche un uomo intelligente Cormac e hai sangue irlandese, probabilmente è per questo che sei stato scelto: il tuo compito in questa impresa è di essere una valida spalla di supporto per Sally. Su questi antichi scritti vi sono celate verità tramandate da secoli, forse per trovare le giuste risposte dovresti mettere da parte il tuo cinismo e cominciare a leggere tra le righe>> disse improvvisamente il vecchio con un linguaggio ora comprensibile a tutti. Cormac a quel punto cominciò a ricollegare tutti i discorsi avuti con la giovane e i vari presentimenti avuti in quegli ultimi tempi: il fatto che Sally e Dorigo gli stessero nascondendo il vero significato di quel misterioso viaggio; il reale motivo delle loro ricerche; la misteriosa frase scritta nel pezzo di carta; il malore avuto in

biblioteca. Ma non capiva ancora il senso delle parole del vecchio, anche se non gli sfuggì l'importanza di quel momento e di un segreto a lui ancora celato da tanto mistero. Sally e Dorigo si guardarono sbigottiti. Mr. O'Brien sembrava conoscere il loro segreto e, cosa ancor più sconcertante, stava coinvolgendo Cormac. Ormai consapevole che non poteva più mentire al giovane, Sally non avrebbe mai immaginato che quel momento sarebbe giunto così velocemente. Una verità che probabilmente lo avrebbe scosso, che forse avrebbe fatto crollare tutte le sue certezze. Il solo pensiero che la potesse vedere come un mostro la spaventava. Chissà se avrebbe capito. Ma oramai questo era inevitabile. Era solo questione di tempo. <<Ma chi è Lei?>> chiese disarmato Cormac, rivolto al custode, togliendo le parole di bocca ai compagni di viaggio. <<E che ne sa di ciò che siamo venuti a fare qui?>> replicò poi con lo sguardo rivolto verso Sally e Dorigo che, con suo sorpresa, non sembravano affatto scossi, né reagivano a tale bizzarra situazione, ma al contrario parevano confermare ogni sua parola. <<Qualcuno mi vuole dire cosa sta succedendo qui?>> chiese rivolto agli amici con tono brusco. Stava ormai per cedere: la sua risolutezza era stata messa a dura prova e Sally, con espressione sagace, ammonì il giovane oramai troppo agitato <<Hai tutto il diritto di sapere la verità e ti prometto che ti racconterò tutto, quando usciremo di qui. Ora ti prego Cormac, calmati, ti chiedo solo di fidarti di me>> lo esortò infine. Cercò poi di riportare l'attenzione sul manoscritto. Si rivolse al vecchio con espressione seria e complice <<Mr. O'Brien, ha per caso una teoria per cui i monaci abbiano voluto inserire su questo vangelo dei simbolismi legati alla dea Diana?>>. Il custode a quel punto capì di avere la loro attenzione e la loro fiducia <<Secondo la mia modesta opinione il gatto e il topo, rappresentati in questa pagina, non sono altro che simboli pagani adoperati per tramandare una religiosità contrapposta a quella Cristiana>> disse l'uomo sentendo il peso dei loro occhi puntati addosso.

Poi sorrise <<Signori, è vero che la chiesa ha sempre adoperato allegorie e trasmutazioni ma la religione cristiana, essendo subentrata con impeto a un'altra religione, che era ormai diffusa in tutto il mondo, ha dovuto sostituire il vecchio culto con molta cautela. Non poteva certo permettersi l'insurrezione dei credenti. Così ha impiegato dei sotterfugi molto astuti e in questo modo ha potuto convertire rapidamente i popoli senza che questi avessero alcuna esitazione, poiché non ci furono bruschi traumi né cambiamenti radicali da sconvolgere l'ordinaria consuetudine. Molte usanze e ritualità, come anche molti simbolismi, non vennero affatto sradicati né cambiati nella sostanza ma solo tramutati negli appellativi e nel soggetto di riferimento a cui era rivolto il culto, ovvero Cristo, Dio, i Santi ecc. Così i riti propiziatori vennero cambiati in feste rivolte ai Santi protettori, i simboli di fertilità vennero scambiati con quelli rivolti alla madonna, le chiese furono edificate nei pressi dei già noti luoghi di culto e così via. Ma di tale abile astuzia si avvalsero in seguito anche gli stessi custodi dell'antico culto, per cercare di preservarlo e tramandarlo clandestinamente. Come sappiamo infatti la chiesa, ormai divenuta una vera e propria potenza, non ammetteva certo l'esistenza di altre religioni e puniva duramente gli eretici. Quindi l'uso di simbolismi e allegorie dal doppio contenuto divennero l'unico linguaggio in codice possibile>> sorrise il vecchio. Si prese una piccola pausa e poi continuò <<E che c'è, di meglio, per battere un nemico così astuto, se non usare le sue stesse armi come un famigerato cavallo di troia? Questa è la mia teoria, solo l'opinione di un vecchio>> sorrise. I tre rimasero senza parole, affascinati da quelle affermazioni così dure rivolte verso l'inviolabile Santa Romana Chiesa. Improvvisamente Mr. O'Brien sobbalzò con il cuore in gola al rumore di passi veloci, provenienti dall'androne. Fece cenno agli altri di tacere e paralizzatosi per alcuni secondi aspettò che i passi si fossero allontanati. Tirò quindi un sospiro di sollievo ma ancora un poco agitato, per la gravità della sua posizione, il vecchio decise di concludere velocemente il suo discorso <<Con questo braccio di ferro è facile pensare che gli amanuensi abbiano deciso di adoperare simbolismi pagani cercando di introdurre il nuovo dogma con gradualità ma potrebbe essere accaduto il contrario. Con metafore apparentemente adeguate alla dottrina cattolica, le sapienti mani dei Maestri dell'antico ordine hanno cercato di tramandare furtivamente l'antica religione. Nella cultura celtica la vecchia religione è ancora fortemente radicata, spesso mascherata da una facciata apparentemente cattolica>> concluse. Sally intervenne quasi a voler rimarcare tale teoria <<In effetti, perché gli amanuensi avrebbero dovuto usare quei simbolismi così misteriosi e strettamente pagani se non per lasciare delle tracce? In fondo non era solo una questione religiosa ma culturale. La dea Diana era il legame diretto con la Grande Madre, venerata da tempi primordiali. Grazie a quei simboli si è potuto tramandare il culto>> osservò. Dorigo annuì <<Se così fosse è stato sicuramente utile, per gli amanuensi, avvalersi di tale strattagemma, per non essere scoperti dalla curia. In questo modo non hanno corso il rischio di essere perseguitati e condannati a morte>>. <<Un escamotage che, finora, ha raggiunto il suo obiettivo>> aggiunse Mr. O'Brien. L'uomo si avvicinò ai tre e indicò la pagina <<Osservate il gatto e il topo: prendendo per buona l'ipotesi della metafora pagana a questo punto potremmo vedere nel gatto il simbolo della Grande Madre, incarnato in quella del Maestro Spirituale. Il topo, stella del firmamento, diventerebbe "il prescelto" ossia il custode, colui che potrà mangiare il pane divino, il frutto del sapere. È qui che entra in gioco l'ambiguità di un significato cattolico e pagano, che in realtà è strettamente Cristiano in ogni caso. Cristo qui non è rappresentato dal gatto, ma dal topo. Il topo è il prescelto, l'eletto, il custode; Cristo lo è stato. Il gatto rappresenta la divinità, come abbiamo letto nella leggenda della dea Diana>> spiegò. Con soddisfazione l'uomo notò di avere su di sé tutta la loro attenzione e decise di proseguire con le sue rivelazioni <<Ebbene, cari amici, sì, Gesù prima di diventare Maestro è stato Custode della Chiave il cui compito era preservare e tramandare la verità in essa contenuta. Lui lo fece, in maniera più che esemplare, tant'è che la sua parola giunse fino a noi. Di questo la chiesa ha i suoi meriti, non c'è dubbio, anche se spesso ha cercato di travisare i suoi insegnamenti per un proprio tornaconto. Come ogni religione. Ognuna trae ispirazione dal più antico credo presente nella terra, il culto della Grande Madre, dispensatrice di vita. A ogni modo Gesù non era un semplice eletto, lui era uno dei grandi Maestri del Tempio, un prescelto, il Messia. Le profezie parlavano di lui come quello che avrebbe riunito i figli dell'Antico Popolo, custodi degli antichi saperi. Cristo era testimone di un culto antichissimo e di una tradizione ancestrale. La chiave che lui tramandò nascondeva il grande mistero dell'esistenza e della vita. Cristo lo sapeva bene, come sapeva anche che tale conoscenza doveva essere divulgata affinché non venisse perduta. Ma, aimè, *la chiave* è un'arma a doppio taglio: può dare la vita così come può toglierla; dà la ragione e il sapere ma, in mani sbagliate, può portare alla cupidigia e alla stoltezza. La chiave può generare amore o odio, per questo viene affidata a persone pure di cuore, affinché ne venga fatto un buon uso. Un uso improprio potrebbe diffondere il seme del male, come narrano le molte leggende>>. I tre erano sbalorditi per l'immenso sapere del vecchio, che oltrepassava i confini dell'incredibile. Le straordinarie rivelazioni parevano quasi far parte della trama di un romanzo fantasy. Il vecchio concluse il suo discorso guardando Sally <<Puoi quindi immaginare cosa potrebbe accadere se la chiave cadesse in mani sbagliate: sarebbe una disgrazia! il potere della conoscenza potrebbe essere utilizzata per scopi ignobili, com'è già successo in passato. Basti pensare a Hitler e al suo vile progetto sulla razza pura. E se, ancora, la chiave cadesse in mani ciniche o frivole, essa non verrebbe

custodita, né tramandata, quindi il segreto verrebbe perso per sempre. Il più terrificante dei casi comunque rimane quello dell'utilizzo per scopi ignobili e immorali, il suo grande potere potrebbe innescare un effetto a catena e diventare strumento di morte e distruzione>>. <<Accidenti!>> commentò Sally incrociando lo sguardo di Dorigo. Ormai avevano capito cosa erano andati a cercare in Europa. <<Quindi si tratta di una profezia?>> domandò Sally. << Si tratta della verità sulle origini dell'antica civiltà primordiale>> rispose lui. <<Atlantide e il popolo di Dan>> aggiunse Dorigo ripensando agli studi fatti. Il custode annuì. Cormac era sconcertato <<Quindi... così... non solo tramandano i saperi di un antichissimo culto ma conservano la loro identità diventando... immortali!>> dedusse il giovane, dandosi ormai tutte le risposte che cercava. <<Atlantide... Quindi, io... sono la custode>> annuì Sally con un filo di voce. Il vecchio fece cenno di assenso con il capo mentre guardava quella giovane donna con occhi illuminati di speranza. Ormai era pronta a compiere la sua missione. Ma i suoi due guardiani, lo erano? Vedeva nei due uomini tanto amore e rispetto per quella splendida fanciulla e l'avrebbero protetta a costo della loro stessa vita. Sì, sarebbero stati dei buoni guardiani. Chiuse il grosso libro, lo collocò nella sua custodia e lo mise da parte. Poi con le mani sul tavolo in un'espressione raccolta il vecchio cominciò a proferir parola nell'antico gergo. Con voce armoniosa e lenta enunciò in gaelico la profezia appresa dai suoi antenati, mentre Cormac, benché perplesso per ciò che stava udendo, cercò di tradurre tutto ai suoi amici <<Da terre lontane arriveranno gli eletti, figli di Dana e degli antichi padri. Su di una nuvola giungeranno, per custodire e tramandare la chiave. Essa contiene i segreti dell'universo e dell'esistenza intera, di ogni ciclo e di ogni dimensione. Sarà compito arduo proteggerla, ancor più arduo sarà tramandarla. In essa dimora il duplice serpente, La dualità e la eterna lotta tra il buio e la luce>> recitò l'uomo, poi si fermò un istante.

<<Questa è parte della profezia>> aggiunse accompagnato da un lieve sospiro. <<La chiave può contenere il bene e il male... come il vaso di pandora?>> intervenne Sally. L'uomo sorrise <<In effetti le leggende parlano del vaso di pandora proprio come se descrivessero la chiave. Grandi poteri erano conservati nel vaso di pandora ma mai doveva essere aperto se non da colui, puro di cuore, che ne avrebbe potuto custodire i segreti. Come sappiamo le conseguenze sono spiegate bene nella leggenda, avrebbe sprigionato il seme del male>>. Cormac guardava la scena incuriosito ormai predisposto ad accettare tutte quelle strane argomentazioni e ascoltarle fiducioso. Prima o poi ne avrebbe capito il senso. Sentiva che qualcosa di inspiegabile stava per compiersi e che Sally in qualche modo ne era coinvolta. Un grande senso di protezione nei suoi confronti lo esortava ad avere fiducia in lei e starle vicino. Sally chiese a Mr. O'Brien spiegazioni più chiare <<Lei sembra avere tutte le risposte che cerco, allora mi dica cosa significa tutto questo? cosa deve accadere e perché sono stata coinvolta proprio io?>>. <<Perché non tu? - le sorrise - Sei destinata a grandi cose Sally, ma sei tu che ci devi credere per prima, devi credere in te stessa e nella tua forza per poter realizzare la tua missione. Il Maestro, rappresentato dal gatto, ha trovato il topo, il suo custode, ora il topo cerca "la chiave". Quando egli la troverà il gatto osserverà il topo cibarsi del grande dono proprio come gli antichi scribi hanno tramandato nel XRI del *Book of Kells*. Questo avverrà durante il prossimo Lunistizio>> concluse l'uomo. Con espressione affascinata Sally e Dorigo fecero trapelare il loro fervore "il Lunistizio, come supponevamo" pensarono Sally e Dorigo guardandosi. "I due serpenti sono i guardiani" ricordarono "il disco lunare aspetta il suo tempo". A quel punto avrebbero voluto inondare di domande l'anziano, ma un nuovo e improvviso rumore di passi che giungeva dall'androne li trattenne con il fiato in gola. Dalla trepidazione i quattro convennero fosse giunto il momento di porre fine alla conversazione. Attesero

per pochi istanti che i passi si allontanassero e uscirono furtivamente dalla saletta. Nel frattempo Mr. O'Brien si diresse verso gli archivi per riporre il manoscritto nell'apposita teca. I tre visitatori invece si avviarono verso la Hall. L'assordante rintocco, giunto dal grande orologio collocato sul timpano posto sulla sommità dell'ingresso al College, li avvisò che il tempo era come volato. Erano le 5 pm e una voce al microfono avvisava i visitatori che la biblioteca era prossima alla chiusura. Il gentilissimo custode riapparse dopo qualche minuto e li raggiunse per salutarli. Con aria soddisfatta strinse loro la mano, ben lieto di averli conosciuti e aiutati. La conversazione era stata proficua e interessante per ambedue le parti: Mr. O'Brien ne fu inebriato poiché da anni aspettava quel fatidico momento; Sally a sua volta era certa che tale incontro non era avvenuto per caso e che il vecchio fosse una sorta di guida spirituale che l'avrebbe condotta verso le risposte che cercava. Mr. O'Brien si offrì gentilmente di fare da cicerone, consapevole che la loro chiacchierata era stata interrotta prematuramente, così decisero di darsi appuntamento per l'indomani mattina. Li avrebbe portati a vedere di persona il gatto e il topo. Il luogo dove tutto aveva avuto inizio.

Capitolo 31

I tre percorsero la via del rientro in silenzio, la stanchezza incombeva e nessuno aveva la forza per proferir parola sull'accaduto. Sally ripensò alle parole di Mr. O'Brien così enigmatiche ma coinvolgenti. Dorigo, assorto, ripensava alla profezia e alla sua vecchia visione che preannunciava i due guardiani "i serpenti". Sentiva di avere, assieme a Cormac, un importantissimo compito. Il giovane irlandese camminava afflitto da una tensione quasi surreale. Cercava di trovare un senso logico a tutta quella incredibile vicenda e capire quale ruolo avesse lui in tutto cò. Intuiva che Sally aveva bisogno del suo sostegno e non poteva deluderla ma voleva risposte. I tre si stavano dirigendo all'albergo quando, all'incrocio di Nassau Street, Cormac riconobbe la celebre statua di Molly Malone <<È la giovane pescivendola ambulante>> pronunciò con tono malinconico, spezzando l'inquietante silenzio che gli attanagliava da quando erano usciti dal museo. <<Secondo la famosa canzone *Dublin's Fair City* la giovane vendeva il pesce proprio in questa strada. Era conosciuta da tutti e divenne un simbolo per la città>> raccontò il giovane. Sally fu intenerita nell'osservare Cormac mentre passeggiava con tanta familiarità per le vie di Dublino, descrivendo ogni cosa che lo circondava come se stesse sfogliando un album di vecchie foto ricordo, con la nostalgia di tempi ormai andati. Per un attimo si scordò di tutto e sentì solo l'incessante battito accelerato del suo cuore che le sussurrava il tenero sentimento per quel giovane. La voglia di abbracciarlo si era fatta quasi irrefrenabile ma si trattenne. Guardò il giovane e gli sorrise dolcemente. Cormac ricambiò, nonostante dal suo volto trapelasse un chiaro senso di spossatezza. Dorigo invece continuava a tormentarsi "cosa dovrà accadere durante il Lunistizio?" continuava a domandarsi. Improvvisamente e con intenso fervore Cormac prese coraggio e affrontò finalmente l'inevitabile questione <<Allora? – si fermò di scatto – chi dei due vuole cominciare a spiegarmi cosa succede e cosa nasconde realmente questo viaggio? Avevo già dei sospetti sul fatto che le vostre ricerche fossero particolari ma da qui a immaginare che ci fosse di mezzo addirittura una profezia... queste cose prescindono dalla mia comprensione>>. Dorigo lanciò un'occhiata a Sally, come volesse suggerirle di prendere tempo. Ma la giovane sapeva bene di non poter più rimandare: era giunto il momento di rivelare a Cormac il suo segreto. <<Hai ragione, è tuo diritto pretendere una spiegazione visto che ti abbiamo coinvolto in questa faccenda>> affermò immobile, nella interminabile Grafton Street piena di passanti che a passi svelti sfioravano incuranti i loro corpi. <<Sicura di volerlo fare ora?>> la interruppe improvvisamente Dorigo con il timore che qualcuno sentisse. Sally continuò in modo risoluto <<Cormac deve sapere, ma hai ragione, sarebbe meglio affrontare il discorso in albergo con più calma. Ormai non manca molto>> disse rivolta a entrambi. I due annuirono, ripiombando nuovamente in un mutismo quasi assordante. Continuarono il loro tragitto serrati nella loro ansietà e dopo qualche manciata di minuti giunsero nella King Street, la piccola viuzza nei pressi dell'albergo. Giunti finalmente in camera i tre si misero comodamente seduti e, con disinvoltura, Sally spiegò al giovane ciò che stava accadendo <<Quel che Mr. O'Brien ci ha rivelato è certamente qualcosa che va oltre la nostra comprensione, qualcosa di straordinario ed enigmatico, qualcosa che è tuttavia reale nonostante vada contro ogni logica umana. I tuoi studi Cormac ti hanno sempre mostrato gli antichi popoli come dei conoscitori di grandi saperi e ora noi siamo qui per scoprire queste loro misteriose virtù. Ci hanno lasciato in eredità un importante tesoro e non so come faremo a trovarlo ma Mr. O'Brien ci ha permesso di capire che questa è la nostra grande missione. Siamo legati al popolo di Dan, più di quanto

possiamo immaginare. Tu perché di sangue irlandese, come probabilmente Dorigo visto che il suo cognome è tipico di queste terre da chissà quante discendenze passate. Io sono una custode, Cormac. Non l'ho deciso, lo sono e basta. Non so che legame io abbia con queste terre la questo è il punto. La mia missione è stata scritta ancor prima che io nascessi, la mia scelta è stata quella di ascoltare me stessa e non fingere di essere quella che non sono. Seguire il proprio cuore è la vera scelta. Anche tu e Dorigo siete stati chiamati a compierla, questo è chiaro. Avete deciso liberamente di seguirmi e questo vi ha resi i miei guardiani>>. <<Credi davvero che le parole di Mr. O'Brien abbiano un senso?>> si acciglò il giovane che aveva preso per pazzo quel bizzarro vecchietto. <<Qui in Irlanda se ne dicono tante di stranezze ma questo attira i turisti e si sta al gioco, però da qui a credere veramente che le sue parole fossero vere... abbi pazienza, ci vuol ben altro per convincermi>> beffeggio la situazione con un sorriso. Sally e Dorigo si guardarono con profonda intesa poi l'uomo annuì con un cenno di capo e Sally a quel punto sollevò la maglia color arancio. <<Che fai, ti spogli davanti a noi?>> sorrise il giovane. Sally era impassibile, seria e decisa. <<Tutto è cominciato da questo>> evidenziò la frase indicando con l'indice destro il simbolo inciso sulla sua pelle <<È cominciato con questo marchio e con le mie visioni: mi hanno condotto in questo luogo e prima ancora mi hanno condotto da te e da Dorigo. Credi nel destino, Cormac? >> chiese improvvisamente Sally. Il giovane era rimasto senza parole. Lei riprese a spiegare <<Mr. O'Brien ha parlato dei custodi e io so di essere una di loro. Le nostre ricerche e anche questo viaggio hanno lo scopo di farci decifrare cosa sia la chiave e trovarla>> spiegò, sotto lo sguardo attento del giovane che ora appariva assorto tra mille pensieri, in lotta tra loro per via di una rigidità accademica ormai in frantumi. Improvvisamente Cormac si destò <<Mi hai usato?!>>. Sally si irrigidì <<No! non pensarlo nemmeno>>. Il giovane si era ormai alzato dal suo posto e guardava fuori dalla finestra. Sembrava fissare il vuoto, in realtà guardava dentro la sua mente, in cerca di risposte. <<Cormac, sai quanto tengo a te, non lo farei mai. Ma non potevo dirti tutto senza prima essere certa che fossi la persona giusta>>. Il giovane si voltò, le sorrise e annuì <<Raccontami tutto, sin dall'inizio>>. Sally cominciò col parlargli delle visioni, descrivendo tutto con particolare minuzia. Gli raccontò del malessere, dei suoi sospetti su Leskov, del nuovo potere con cui poteva comunicare mentalmente con Dorigo e di tutto ciò che avevano scoperto sul legame tra il popolo di Dan e il mito di Atlantide. <<Devo trovare la chiave entro un periodo ben preciso. Tutto deve compiersi entro il prossimo Lunistizio>> aggiunse infine, mentre Dorigo annuiva partecipe. <<In realtà non sappiamo cosa esattamente debba accadere e nemmeno quale sia veramente il nostro ruolo>> intervenne Dorigo spiegando con disinvoltura. Cormac cominciò a districare mentalmente l'avviluppata matassa di misteri e stranezze che aveva notato da quando aveva conosciuto Sally e non riusciva a capacitarsi che lei fosse realmente coinvolta in quella incredibile vicenda. I suoi sentimenti per lei tuttavia erano più forti della ragione, della paura, del dubbio che cercava di insinuarsi nella mente e, grazie a quell'amore che stava crescendo giorno dopo giorno, quella sera decise di darle piena fiducia ed essere ancora una volta dalla sua parte.

Capitolo 32

Dublino, domenica 18 marzo 2007

Parecchi quesiti erano rimasti ancora insoluti, dall'incontro con il vecchio custode conosciuto alla *Old Library*. I quattro si erano ripromessi di incontrarsi l'indomani e si erano dati appuntamento in prossimità del *Trinity College*. Mr. O'Brien attendeva ansioso: aveva premura di condurli nella più antica cattedrale d'Irlanda, che si trovava proprio a Dublino, oltre la Dame Street. Sopraggiunti all'appuntamento Cormac, Sally e Dorigo seguirono il vecchio in silenzio, consapevoli che qualcosa di determinante sarebbe presto accaduto. L'antica *Christ Church Cathedral* si ergeva dal 1172 al posto di una chiesa in legno costruita dai vichinghi nel 1038. Alta 25metri, la navata centrale presentava elegantissimi archi in stile gotico. Sally era affascinata dall'ambiente austero che la circondava e che gli sembrò essere alquanto familiare. L'aria era umida e un forte odore d'incenso distolse improvvisamente la sua contemplazione iniziale. Storse il naso in segno di irritazione <<Non si respira>>. Mr. O'Brien sorrise <<Seguitemi>> li esortò, facendo strada lungo la navata. Voltarono a destra e scesero le scalette che conducevano alla cripta <<Voglio mostrarvi una cosa>> seguitò il vecchio. Nonostante la piccola statura l'ometto aveva un passo talmente spedito che con difficoltà i tre riuscirono a stargli dietro. <<Ecco, siamo quasi arrivati>> disse poi dirigendosi verso la parte retrostante dell'edificio. Salutò con un cenno di mano il giovane sorvegliante che si trovava in prossimità di una grande stanza nella quale Mr. O'Brien era impaziente di farli entrare. Costui fece cenno di assenso: era l'incaricato delle visite turistiche nella cattedrale e conosceva bene Mr. O'Brien, visto che svolgevano lo stesso lavoro. Nonostante fosse una città di modeste dimensioni, a Dublino sembrava quasi che i suoi abitanti si conoscessero tutti. Naturalmente era una sensazione dovuta alla grande sinergia con cui tutti lavoravano per il turismo, uno tra i più importanti investimenti dell'economia del Paese. Mettere a proprio agio i visitatori era un po' come stregarli con la magia di quei luoghi incantati, in modo da farli tornare e incrementare così il benessere della Nazione. <<Salve Mr. O'Brien>> il custode sollevò il cappello con garbo, in segno di correttezza dovuta a una persona più anziana di lui. <<Salve Michael >> contraccambiò strizzando l'occhietto al giovane. <<Benvenuti! Prego, fate pure con comodo. Io sarò nelle vicinanze, per qualsiasi aiuto abbiate bisogno>>sorrise. I due si erano accordati precedentemente affinché Mr. O'Brien e i suoi amici potessero rimanere soli durante la visita ed era stato categorico sul fatto che non voleva essere disturbato. Conosceva bene quella cripta e i segreti che essa conteneva e Michael, benché ignaro della reale motivazione, rispettò il volere del vecchio senza battere ciglio. La porticina in legno della grande stanza si chiuse alle loro spalle e finalmente i quattro rimasero soli. L'ambiente, umido e dalla luce fioca, suggeriva l'idea di un forziere antico pieno di tesori e antichi segreti custoditi da secoli. Il vecchio si avvicinò a una teca, situata nella parete in pietra che costituiva la parte perimetrale dell'edificio. Dentro questa vi erano disposti, in modo quasi simbolico, due mummificazioni: un gatto e un topo. <<Ecco, come vedete la leggenda di cui vi ho parlato ci ha lasciato anche una incredibile testimonianza>> sorrise l'uomo, sotto lo sguardo esterrefatto dei tre. <<È uno scherzo?>> sorrise Cormac, incredulo. <<Incredibile! Ma... come... >> chiese Sally con espressione meravigliata. Anche Dorigo non credeva ai suoi occhi. <<Com'è possibile?>> rispose Mr. O'Brien e divenne poi improvvisamente serio <<Dovete sapere che questa cattedrale fu inizialmente edificata dai vichinghi e, dopo nemmeno centocinquant'anni,

fu ricostruita in pietra per volere dell'arcivescovo O'Toole e del conquistatore anglo-normanno Strongbow. A causa del pessimo stato di conservazione, l'edificio fu completamente ristrutturato intorno al 1870 e fu trovato, in una canna dell'organo, questo gatto e questo topo, mummificati>>. <<Mummificati?>> sobbalzò Cormac. <<Che significa?>> chiese Dorigo, scambiando un'occhiata a Sally che stava accanto a lui impietrita. <<Significa che qualcuno nascose, volutamente, queste due bestie mummificandole per lasciarle intatte con uno scopo evidentemente simbolico di grande importanza, poiché vennero poi riposte proprio all'interno dell'organo: uno strumento dal richiamo ultraterreno, dalla voce divina e surreale che funge da collegamento fra il mondo terreno e quello divino>> spiegò loro, secondo una sua personale interpretazione. <<Vuole per caso dire – intervenne Sally - che questa è la prova che dimostra il reale obiettivo degli amanuensi nel creare le rappresentazioni inserite sul *Book of Kells*?>> azzardò. <<Non una prova, un'intuizione. La relazione tra questo ritrovamento e il XRI non è conosciuta da tanti, ma tale riscontro è degno di considerazione e non va sottovalutato>> specificò il vecchio. <<Quindi nulla di storicamente provato>> precisò Cormac. Mr. O'Brien storse il naso "il giovane è ancora troppo legato alla sua formazione cattedratica. I suoi studi lo hanno atrofizzato, è ancora radicato ai dogmi accademici e non riesce a guardare oltre. Spero che riesca presto a liberare la mente da queste catene, deve farlo se vuole realmente svolgere il compito per cui è stato scelto. Sally ha bisogno di lui per portare a termine la sua missione, solo così la profezia si compirà e la storia del nostro grande popolo non morirà" pensò l'uomo riflettendo in modo apprensivo. Sally scorse il tormento trapelare nel viso dell'uomo e decise di mettere definitivamente tutte le carte in tavola. <<Mr. O'Brien, la prego, ci dica chiaramente cosa sa su tutta questa misteriosa faccenda – esternò con sguardo fisso sulla teca, illuminata da un filo di luce che accentuava la sagoma dei due animali –

cosa sa della chiave, cosa sa del segreto che essa custodisce e cosa deve accadere durante il prossimo Lunistizio?>> formulò con tono secco e deciso. L'anziano uomo si voltò verso la giovane e poi verso Cormac. <<Cormac sa tutto>> disse lei esortandolo a continuare. Il vecchio le sorrise dolcemente e rivelò loro ciò che sapeva: suo nonno, e prima di lui anche il suo bisnonno e a ritroso di generazione in generazione i suoi avi, avevano tramandato con profonda fede e devozione la profezia che avrebbe garantito la continuità della civiltà da cui essi discendevano, parte della quale vi ho già accennato <<Da terre lontane arriveranno gli eletti, figli di Dana e degli antichi padri. Su di una nuvola giungeranno, per custodire e tramandare la chiave. Essa contiene i segreti dell'universo e dell'esistenza intera, di ogni ciclo e di ogni dimensione. Sarà compito arduo proteggerla, ancor più arduo sarà tramandarla. In essa dimora il duplice serpente, La dualità e la eterna lotta tra il buio e la luce>> ricordò ai tre <<L'altra parte dice che ogni 18 anni e mezzo, prima che il Lunistizio superiore si compia, i nostri tre fratelli giunti da terre lontane, un custode accompagnato dai suoi due guardiani, troveranno e proteggeranno la chiave fino alla cerimonia in cui essa verrà consegnata. Loro arriveranno come trinità cristiana, padre figlio e spirito santo, ma rigenerandosi nella terra dei loro padri essi ridaranno vita alla trinità pagana, madre, padre e figlio. La chiave verrà così custodita e tramandata, fino al prossimo Lunistizio, dove un altro custode attende il suo compito. Questo ci è dato sapere poiché questa è la profezia>> concluse il vecchio. Sally non capiva il senso di tutto questo: "arriveranno i nostri fratelli?" pensò "ma noi, a parte Cormac, non discendiamo dal popolo Dan" si tormentò "e poi padre figlio e spirito santo, non capisco". Sally era tormentata <<Non può essere più chiaro? non ci capisco più nulla. Sembra un enigma senza uscita. Cosa centriamo noi in tutto questo? Credo che i suoi avi si siano sbagliati, noi non corrispondiamo affatto alla descrizione della profezia>> asserì confusa e agitata. La giovane non si era accorta che Dorigo guardava in basso, con volto scosso come di chi aveva capito tutto, attanagliato da una morsa di angoscia, di chi sa bene che è giunta l'ora di confessare il suo grande segreto "Hai un cognome tipico irlandese" ricordò Dorigo ripensando alle parole di Cormac che aveva colto subito lo strano dettaglio. Ora sapeva bene che confessare la verità a Sally era necessario, anche se probabilmente Clare non lo avrebbe mai perdonato per questo. Mr. O'Brien tranquillizzò la giovane <<Cara ragazza, io sono solo un messaggero, non mi è concesso interferire. Ogni cosa verrà svelata a tempo debito. Se io intervenissi tu non coglieresti il senso di tutto questo. Ciò che ti serve è già dentro di te e ognuno di voi è un tassello fondamentale – si voltò poi guardando Dorigo – sapete già quali siano le risposte, dovete solo avere il coraggio di guardarvi dentro e di affrontare le vostre paure>>. Dorigo si irrigidì. Quell'uomo sembrava scrutargli l'anima. Mr. O'Brien si rivolse poi a Sally con un sorriso <<Tu sei la custode, non lasciare che la paura logori la tua forza interiore. Tu sai di essere una persona speciale e per tale sai di poter essere all'altezza di tale compito>> poi si rivolse a Dorigo <<La paura logora e tu sai bene che non si può fuggire dalla verità, poiché essa riemerge sempre, prima o poi. Affronta le tue con coraggio, proprio come farebbe un vero guardiano. Questo è il tuo compito>> infine si rivolse a Cormac <<Come per la paura lo stesso vale per tutti gli altri sentimenti: Belli o brutti, piacevoli o dolorosi, i sentimenti bisogna affrontarli, sono lo specchio dell'anima e non possiamo eluderli poiché fuggire da loro sarebbe come fuggire da se stessi. Ogni emozione serve a ricordarci che siamo vivi e la vita, ricordatelo sempre, è la più potente energia creativa che possa esistere. Essa è la chiave>> rivelò finalmente il vecchio, sotto l'espressione sgomenta dei tre. Mr. O'Brien a questo punto prese le mani di Sally e le strinse forte tra le sue, come se volesse infonderle coraggio <<Cara figliola il mio compito con voi è finito. Ma non temere,

incontrerai altre persone che ti aiuteranno in questo cammino. E, ne sono certo, troverai ciò che cerchi>> concluse con occhi lucidi dalla commozione. Sally non riuscì a trattenere una piccola lacrima, che le rigò la candida guancia, e ringraziò il vecchio con un abbraccio.

Capitolo 33

La mattinata era trascorsa velocemente. I tre si allontanarono dalla cattedrale a malincuore, la lunga chiacchierata con il vecchio aveva lasciato in loro più domande che risposte. Sally, perplessa, si chiedeva quale sarebbe stato a quel punto il loro prossimo passo. Cormac prese improvvisamente parola, esternando le sue riflessioni <<Se il gatto e il topo sono veramente simboli pagani che ricordano il culto alla dea Diana, il fatto che la cattedrale sorga sulla base di una vecchia chiesa Vichinga non è certo una coincidenze - considerò persuaso - A questo punto le teorie di Mr. O'Brien sul *Book of Kells* potrebbero essere corrette, gli amanuensi gremirono volutamente i quattro vangeli di simboli pagani e probabilmente loro stessi erano in un certo senso dei custodi>> azzardò con enfasi sotto lo sguardo sorpreso degli amici che, finalmente, ebbero conferma di aver fatto la scelta giusta nell'averlo coinvolto in quel viaggio. Sally ripensò a quella buia notte dell'806 d.C. quando i monaci vennero sterminati dai vichinghi: ma qualcuno evidentemente si salvò. Sally a quel punto ebbe una visione, si fermò di scatto e si poggiò su Dorigo, che la afferrò allarmato. Era entrata in uno stato di trance, impallidita e spossata. Cormac, sgomento, ricordò di aver già osservato la stessa scena, tempo fa alla biblioteca, quando conobbe Sally in preda a quello che lui credeva essere un malessere "era una visione" concepì improvvisamente "quel giorno Sally ebbe una visione, proprio sotto i miei occhi. Ora è tutto chiaro. Era forse destino che la trovassi in quella circostanza". Afferrarono la giovane e la trascinarono di peso in una viuzza appartata che si trovava adiacente. Sally cominciò a parlare, con voce sottile <<Il manoscritto si rivela come una gara di abilità tra due virtuosi maestri d'arte, le cui personalità emergono dalle pagine del

libro: uno era probabilmente irlandese, esperto delle tecniche pittoriche dei celti e dell'arte della lavorazione dei metalli; l'altro era un calligrafo meridionale, gran conoscitore dell'arte del mediterraneo, probabilmente sardo. I figli del popolo di Dan si incontrarono per tramandare il loro sapere. Infiltrati nelle più alte cariche ecclesiastiche, introdussero nei vangeli gli elementi caratteristici della loro primordiale religiosità cosicché il culto verso la Grande Madre non cessasse di esistere. Si assicurarono la salvaguardia della loro antica cultura. Il gatto e il topo, i nodi celtici, la Eight Circles Cross che ritraeva simbolicamente i quattro elementi della Natura, tutto venne accuratamente mascherato in modo che apparissero come metafore legate al nuovo credo>> continuò. <<Sally, tesoro, che ti succede?>> la scosse Cormac con apprensione. <<Fermo, non possiamo svegliarla. Sarebbe troppo pericoloso>> asserì Dorigo fermando il giovane. <<Qualcuno dovrà riportarla alla ragione>> replicò lui. <<No Cormac, lei tornerà tra noi di sua volontà. È già successo altre volte: lei entra in trance e diventa il terzo occhio, colei che vede e che sa. Non temere, non le succederà nulla di male>> lo tranquillizzò. <<Qualcuno scoprì codesto sotterfugio – riprese Sally dopo una piccola pausa - I due monaci non potevano permettersi che venisse rivelato l'inganno, così chiesero aiuto ai propri fratelli, altri figli di DAN: i vichinghi. Si dice che alcuni monaci sopravvissero ai loro attacchi; si dice che il libro venne messo al sicuro proprio da questi monaci e trasportato fino a una velocissima barca a vela preparata per la fuga. L'attacco, ricordato da tutti come un grande massacro, impedì che il grande segreto venisse svelato>> concluse la giovane ritornando violentemente in se, stordita e più esausta delle volte precedenti. Diversi colpi di tosse seguitarono. Il suo respiro era affannato, il viso pallido. Sally sembrava aver perso tutte le sue energie. Nessuno di loro era al corrente che, in quelle circostanze, la giovane perdeva effettivamente parte della sua aurea vitale. Ogni nuova visione infatti le strappava anni di vita, mettendo seriamente a rischio la sua incolumità. <<Avete udito, come andarono le cose?>> si accertò lei con un filo di voce. <<Tranquilla Sally, abbiamo sentito tutto>> la rassicurò il medico. Sally rivolse uno sguardo a Cormac, scorgendone l'espressione preoccupata. Il giovane le prese la mano e le sorrise per cercare di tranquillizzarla. <<Oramai, Cormac, conosci tutta la verità e hai visto con i tuoi occhi il più intimo dei miei segrete - sorrise lei ancora pallida - è giunto il momento che tu mi dica se desideri veramente essere il guardiano, come lo furono i Templari in tempi lontani>>. Cormac le strinse le mani ancor più forte, per trasmetterle tutto il suo amore e, guardandola negli occhi, annuì <<Come già ti dissi, ti seguirei in capo al mondo e aggiungo, sarò al tuo fianco finché morte non ci separerà. Ti amo Sally, ti amo con tutta l'anima>> concluse baciandola, sotto lo sguardo esterrefatto di Dorigo che fina ad allora aveva sottovalutato il loro legame. Sally, che a stento si era sorretta grazie all'aiuto di un muretto a ridosso, ora si levò eretta come se il giovane le avesse trasmesso forza ed energia necessaria a riprendersi. Di questo i due ne rimasero sorpresi <<Il culto della Dea Madre è il legame più vicino agli antichi popoli che discesero da Atlantide – espresse Sally che ormai si era ripresa - Il fatto che anche i Vichinghi furono coinvolti nella salvaguardia di tale segreto avvalora le tesi di quel ricercatore, Lawrence, secondo cui i Vichinghi erano proprio discendenti del popolo di Dan, quel gruppo che dal DANubio salì per l'Europa fino a raggiungere le terre nordiche e la DANimarca. I Vichinghi DANesi furono coinvolti nel massacro dei monaci di Iona per via del loro obbligo morale, dettato dal sangue. Non che questo giustifichi tali atrocità ma è un particolare prezioso che può farci capire l'importante legame storico tra i popoli: per quanto le nuove etnie fossero oramai culturalmente indipendenti e mutate secondo le diverse linee evolutive, l'identità intrinseca dei figli di DAN era comunque legata a ideali comuni che richiamavano alla memoria uno stato

d'appartenenza medesimo: il sangue, il DNA, come simbolo di continuità e di immortalità>>. <<I due serpenti – intervenne improvvisamente Cormac, ricordando la figura presente sull'addome della giovane – Ma certo! È il Nehustan. Come ho fatto a non pensarci prima?!>>. <<Il Nehustan?>> ripeté Sally. <<Sì. I due serpenti, incrociati sul bastone sacro. Mosè lo portava con sé durante l'esodo: era considerato un simbolo divino e un'insegna che identificava l'importante popolo che vegliava sul suo cammino>>. <<Il popolo di Dan>> lo interruppe Sally. <<Sì. I due serpenti vegliavano sul suo bastone sacro come i serpenti della tua cicatrice vegliano sul disco lunare, come a dire che il popolo di DAN veglia sui custodi>> esplicò lui. <<Proprio come mi disse la voce>> intervenne Dorigo, ricordando la sua passata visione. <<Come scusa? Anche tu hai avuto una visione?>> sobbalzò Cormac, rivolgendo lo sguardo verso l'uomo. <<Sì, tempo fa. Ma più che una visione fu una voce. È stata l'unica volta a dire il vero. Era una voce imponente, autorevole, ma anche benevola. Mi fece una rivelazione, forse è parte di quella profezia narrata da Mr. O'Brien, visto che parlava di due guardiani, i serpenti appunto. <<Se i due serpenti sono il simbolo dell'antico popolo – meditò Sally ad alta voce – e rappresentano il DNA, simbolo della vita e della continuità che veglia sul custode, questo vuol dire che voi due rappresentate la continuità di una discendenza e, assieme, noi tutti raffiguriamo la trinità di cui parlava Mr. O'Brien. Quindi… inconsapevolmente… anche io e Dorigo abbiamo origini comune a te Cormac>> considerò con occhi sgranati. Un attimo di silenzio piombò pesante come un macigno. Cormac guardò Dorigo, ormai consapevole del suo segreto. Sally, con un rifiuto inconscio, cercava invece di trovare risposte e placare i suoi perché con mille altre possibili motivazioni. Cormac cercò di spezzare quel silenzio ricordando alcuni studi che aveva fatto in passato e che forse ora potevano essere utili <<La Bibbia narra di un episodio

interessante, citato nel libro dei *Numeri*[8]. Si dice che, durante l'esodo, gran parte delle genti che accompagnavano Mosè, israeliti, si rivoltarono contro di lui ormai stufi di quella faticosa emigrazione. Così, per volere divino, essi furono attaccati dall'invasione degli scorpioni chiamati anche "serpenti di fuoco". Ma Mosè chiese a Dio di aver pietà e lui decise di dar loro un'opportunità: chiunque di loro, morso dai serpenti di fuoco, aveva la fortuna di vedere il "Serpente di bronzo" issato su un'asta (è così chiamavano il Nehustan) costoro sarebbero guariti. In verità si trattava di una guarnigione dedita all'assistenza medica, una sorta di croce rossa *ante litteram*. Per poter rendere visibile questo presidio sanitario, tra le innumerevoli tende del vastissimo accampamento, si era deciso infatti di issare un'insegna, quella del popolo di Dan: il *Serpente Alato*, chiamato anche Dragone>> concluse il giovane come a voler riportare l'attenzione sul grande potere che aveva il popolo di DAN. <<Non c'è più alcun dubbio sul fatto che il simbolo comparso nella mia pelle sia una reminiscenza di questo antico popolo, quel che non è chiaro è come mai noi tre: che relazione c'è tra noi e la trinità? Come possiamo essere noi il *Nehustan* del prossimo Lunistizio? Non c'è legame di sangue; proveniamo da terre e da culture differenti; non centriamo nulla con la Sardegna e l'Irlanda, a parte tu Cormac, che hai origini irlandesi>>. Sally cercava intensamente delle risposte. Il cerchio si stava per chiudere e Dorigo a quel punto era alle strette "il legame di sangue è quello tra me e Sally" pensò. Per lui era ormai giunto il momento di vuotare il sacco. <<Beh, io sono irlandese e può darsi che anche Dorigo lo sia, inconsapevolmente, visto che il suo cognome è tipico delle nostre parti>> intervenne Cormac, come una doccia fredda su Dorigo. <<Sì, ora ricordo, ne accennasti tempo fa quando ti conobbe per la prima volta alla *Public Library*, ma tu Dorigo

---

[8] Libro dei *Numeri* XXI: 4_9

fosti categorico nello smentire tali deduzioni. Dicesti che i tuoi antenati erano americani da generazioni>> indugiò Sally desiderosa di una conferma. Dorigo si schiarì la voce e con vistoso imbarazzo fece spallucce <<Beh... sì, ma non so esattamente da quante generazioni. Può anche darsi che, tornando indietro nel tempo, qualche mio lontanissimo antenato arrivò in America dall'Irlanda, tutto può essere>>. <<Sì, questo può essere fattibile – considerò lei – a questo punto manco io>> concluse con una leggera vena malinconica. Gli occhi dei tre si scrutavano a vicenda, in attesa di un colpo di scena, di un miracolo, di qualsiasi cosa che abbattesse quell'angosciante attimo di perplessità. Sally sentì brontolare improvvisamente il suo stomaco, era ora di pranzo e propose di rimettersi in cammino in cerca di un locale in cui poter mangiare. Dorigo si sentì estremamente in colpa per non essere riuscito a prendere coraggio e avvantaggiarsi di tale irripetibile occasione. Seguì gli amici con passo lento e Cormac, poco dopo, si affiancò alla sua sagoma ricurva e pensierosa <<Prima o poi dovrai dirglielo>> disse sottovoce. Per un attimo Dorigo si paralizzò <<L'hai sempre saputo vero? Dal primo momento che ci hai visto assieme – ricordò lui – notasti la somiglianza>>. Cormac annuì <<Non ne ero certo ma ora... diciamo che tutto quadra...>> sorrise. Cormac a quel punto raggiunse Sally, che stava leggermente avanti. Le propose un pub molto particolare sito proprio nella via del rientro. La fame cominciava a farsi sentire, anche per lui. Giunti presso la statua di Molly Malone il giovane gli informò che al lato opposto della via si trovava il locale di cui parlava. <<È un pub in stile texano, molto accogliente e gradevole. Propongo di fermarci laggiù, è un luogo molto apprezzato da queste parti>> propose, trasportato da una particolare enfasi. <<Aggiudicato!>> confermò Sally, che non vedeva l'ora di mettere qualcosa sotto i denti. Quando i tre entrarono nel locale vennero subito avvolti da una violentissima penombra che li privò, per qualche istante, della vista. In compenso furono pervasi da un incredibile frastuono che non si udiva dal di fuori, preannunciando un locale ben insonorizzato destinato a musica live e divertimento. Con gli occhi ancora ottenebrati, i tre si addentrarono accorgersi solo dopo della grossa testa di bisonte appesa al muro, davanti a loro. Ornamento che Sally definì, senza mezzi termini, audace e pacchiano, per non dire di cattivo gusto. Sicuramente rendeva l'arredo del locale alquanto stravagante e l'ambiente sembrava comunque evocare un ritorno al passato, legato alle comunità indiane e alla caccia. Forse il malcapitato esemplare appeso al muro non era altro che un segno tangibile della difficile convivenza tra le comunità indiane e quelle del nord-America: dopo aver subito una drastica riduzione delle loro terre le comunità indiane vennero inglobate negli Stati Uniti. Tutto dentro al locale ricordava quei tristi eventi, che Sally aveva sempre denigrato durante gli anni di studio dedicati alla storia del suo Paese. Non andava certamente fiera di tali ingiustizie "Con fatica hanno urlato al mondo la loro esistenza, sperando di essere uditi almeno una volta – pensò assorta - invece, di quel che un tempo era un numeroso gruppo di tribù indiane, ora non ne rimane traccia, privati delle loro terre e sistemati nelle riserve per poi essere incorporati con forza nella società statunitense e privati così della propria identità" storse il naso con disprezzo e sospirò, consapevole di quante innumerevoli civiltà vennero distrutte in passato dai colonizzatori, con la medesima meschinità e avidità, in nome del progresso. Scrollò le spalle e diede un'altra occhiata attorno. Lo stile del locale aveva anche una leggera impronta *country* ma con dei tocchi di tipo coloniale. Ne rimase perplessa ma non volle dare alcun giudizio. Dorigo invece rivolse con entusiasmo il suo apprezzamento a Cormac per la scelta del locale. I tre infine presero posto. La gente era parecchia, contrariamente a quanto Sally e Dorigo immaginassero: ne furono meravigliati, non era loro abitudine vedere un pub così pieno durante il giorno. Dopo qualche minuto una gentilissima cameriera si avvicinò al loro tavolo e loro poterono ordinare. Sally assaggiò un particolare piatto composto, con carne di bufalo ai ferri e patate al forno, poi assaggiò un ottimo *cheese cake* ai frutti di bosco e ne rimase inebriata. Scambiò, con i due, brevi considerazioni sullo strano modo di vestire della gente, mentre sorseggiava una calda tazza di tè ottenuto dalla miscela di variegate bacche boschive. Anche Dorigo, a fine pasto, prese un infuso caldo per favorire la digestione e lo accompagnò con una squisita torta alle carote. Nel frattempo Cormac mandava giù una pinta della sua adorata *Guinness:* una birra nera dal forte aroma di malto, tipica della sua splendida terra. Sorrideva all'evidente interesse di Sally per le consuetudini del posto e le spiegò che nei pub irlandesi non ci si veste necessariamente in maniera raffinata <<Non è come i locali di tendenza della nostra Manhattan – sorrise il giovane - Il pub qui è considerato un po' come una seconda casa – spiegò – un luogo dove poter socializzare con gli altri sia durante il giorno che alla sera. Non ci sono limiti di età o distinzioni di sesso, le donne si divertono quanto gli uomini senza essere per questo giudicate delle poco di buono>>. Sally sorrise: la gente pareva veramente esser libera da preconcetti, priva di pregiudizi, disinvolta e spontanea. <<Come sai qui piove spesso – continuò Cormac - quindi non è abitudine uscire a passeggio per le vie o le piazze, o sedersi in una panchina all'aperto per far due chiacchiere con gli amici. I pub sono un punto di incontro al caldo e al riparo dalle intemperie. Il fulcro della vita irlandese. Il posto dove incontrarsi quotidianamente, in cui poter ascoltare la musica o suonarla se si vuole, oppure cantare senza che nessuno abbia qualcosa in contrario. È il ritrovo abituale a fine lavoro, del ragioniere come del contadino. E non è affatto raro trovare il dirigente che canta a squarciagola assieme all'imbianchino ancora sporco di tinta, perché dentro i pub le classi sociali non esistono: tutti si pongono nello stesso piano e pensano a divertirsi, a rilassarsi. Tutti vanno in cerca del *Craic*>>. Sally si sentì come in una grande famiglia, dove tutti si conoscono, e rimase affascinata dall'atmosfera di allegria e cordialità <<È davvero molto coinvolgente>> annuì. <<Sì, coinvolge tutti e non si può sfuggire, non si può rimanerne indifferenti>> spiegò il giovane. <<Ma dimmi, cosa è il *Craic*?>> domandò Sally incuriosita. <<Beh, è proprio quello che tu, pian piano, stai cominciando a sentir scorrere nelle tue vene – sorrise lui - Il *Craic* è uno stato d'animo: un'euforia che nasce dal nulla; una forma mentale di entusiasmo. È un vaso senza fondo nel quale tutti possono metterci qualcosa: musica, conversazione animata, discussioni, un pizzico di eccesso, un sorso di buona birra, un dolce o un cibo piccante, tante risate. Questi sono i giusti ingredienti della ricetta – si infervorò - Il *Craic* può nascere improvvisamente, attorno a un tavolo mentre si mangia, oppure dentro un remoto pub di campagna mentre si ascoltano vecchie storie narrate dalla gente del posto o dai cantastorie, che seduti attorno a un tavolo, improvvisano la loro musica accerchiati da bicchieri di pinte ormai vuote. Insomma, il *Craic* è ciò che tu chiameresti un sano divertimento>> concluse. Sally e Dorigo si scambiarono un'occhiata. Entrambi poi si guardarono attorno entusiasti, in cerca di tale frizzante vitalità, ma videro solamente tanta gente che rideva e beveva. Tutto ciò aveva ben poco a che vedere con l'euforia dello spirito descritta da Cormac. Sally era comunque affascinata da Cormac, dalla grande passione per la sua terra e la sua gente, questo si percepiva in ogni suo racconto e, più lui le narrava, più lei si sentiva parte di quel mondo, mai conosciuto prima ma incredibilmente familiare. Rimase perplessa sul significato di quel concetto così astratto e dall'appellativo così strano che le ricordava addirittura il nome di una sostanza stupefacente. Sorrise tra sé e sé. Assieme a Cormac cominciarono a chiacchierare in modo generico per poi ritornare, con una certa disinvoltura, all'argomento del loro viaggio e sulla visione che lei aveva avuto poco prima <<Ripensando a ciò che è successo poco fa mi è venuta in

mente la prima volta che ci incontrammo alla Public Library, ricordi?>> esternò il giovane. <<Sì>>. <<Anche quel giorno avevi appena avuto una visione?>>. <<Sì>> annuì lei con sguardo basso. <<Come immaginavo. Quel giorno, ricordo, conservasti frettolosamente un grosso blocco dove segnavi i tuoi appunti – spiegò poi, sotto lo sguardo stupito di Sally che non capiva dove voleva andar a parare – Quando mi hai dato il tuo numero di telefono tirasti fuori lo stesso blocco e strappasti una pagina apparentemente vuota, per scriverci il tuo numero e me la consegnasti, ti ricordi?>>. <<Sì, ma non capisco cosa intendi per apparentemente vuoto? che significa?>> aggrottò la fronte. Dorigo scrutava attento e incuriosito. <<Quando guardai il numero di telefono – spiegò il giovane - mi accorsi che dall'altra parte del foglio c'era una scritta, eseguita con una strana calligrafia molto ricercata. Si trattava di uno strano ritornello, forse una quartina, in una lingua particolare, a mio avviso molto antica, che mi ricorda un po' il latino e un po' l'accadico. Ricordi di averla scritta?>>. <<No, assolutamente non ricordo di aver mai scritto nulla del genere>> si destò con un certo presentimento. <<Quindi devi averlo scritto mentre eri in balia di una visione, quella che io credevo essere un malessere>> annuì Cormac. <<Devo averlo fatto involontariamente>> considerò perplessa. Cormac annuì <<Io ti riportai indietro in modo violento, chiedendoti se stavi bene, ricordi? Forse non hai avuto il tempo di elaborare l'accaduto e quel piccolo trauma ha creato un vuoto, una sorta di amnesia>> ipotizzò Cormac. <<Sì, è plausibile! – intervenne Dorigo – con il mio lavoro ne vedo ogni giorno di situazioni simili. La mente crea incredibili condizioni di autodifesa in caso di traumi e certamente essere svegliata da una visione può essere uno shock – spiegò l'uomo - Hai conservato il foglio?!>> chiese con apprensione. <<Sì, sì, – sorrise – dovrei averlo in valigia, nella mia l'agenda>>. <<Sarà la prima cosa che guarderemo, tornati in albergo - espresse Sally – ma ora godiamoci questo momento di relax>> sorrise, desiderosa di allentare la tensione che stava sopraggiungendo lentamente. Dorigo tirò su la tazza di tea e brindò alla salute, cercando di rianimare un po' la situazione. Un sorriso esitante a quel punto venne fuori dai volti di Sally e Cormac. Dorigo fermò la cameriera per farsi portare una Guinness <<Non si può brindare con il tea, è giunto il momento di assaggiare la vostra tipica *scura*>> asserì deciso, con una forte cadenza americana. La cameriera sorrise, divertita dal suo accento. Dopo pochi secondi era già davanti a lui con in mano uno stivale di birra nera dal cui bordo scolava una densa schiuma compatta color panna. Sally e Cormac lo guardarono meravigliati e un pochino divertiti. Per un attimo i due dimenticarono tutto il resto. In quello stesso momento il frastuono della gente che chiacchierava si fece più intenso, il locale si gremì di sconosciuti che ridevano con la loro pinta in mano. C'era un gruppetto che sedeva poco distante da loro nelle cui mani avevano, oltre la *Guinness*, degli strumenti musicali. Sally li osservò incuriosita e Cormac ribadì il suo pensiero <<L'Irlanda non sarebbe così magica senza la sua musica. Come vedi non è difficile incontrare musicisti nascosti tra la gente che, mentre bevono e parlano, da un momento all'altro sono capaci di animare i pub in maniera del tutto improvvisata>>. Ci volle poco, infatti, per sentire una prima sviolinata del *Fiddle* (il violino) mentre l'amico seduto accanto si univa alla musica con il *Tin Whistle* (un piccolo flauto). Nell'aria cominciò a diffondersi la melodia di *The Sally Gardens*, le cui note lente e fluenti sprigionavano una profonda energia contemplativa, riscaldando così lo spirito dei presenti. Un primo individuo si alzò in piedi, allontanandosi dal bancone, dando inizio alle danze. Un altro gruppo lo raggiunse e improvvisamente la sala si trasformò in una pista da ballo. Il ritmo divenne più vivace. La musica entrò nelle loro membra. Tutto ormai era divenuto un continuo muoversi di gambe. La musica si era trasformata in una ballata, *Drowsy Maggie* che, contrariamente a quanto si possa pensare dal titolo, trasformò la dolce melodia iniziale in una ballata vigorosa ed energica a cui pochi poterono resistere. Ai primi strumenti subentrarono la fisarmonica, poi il Banjo e la chitarra, cadenzati dal ritmo del *Bodhran* (un tamburo di pelle di capra). Tutti ballarono, distribuiti nella sala: uomini e donne che si alternavano in un grande cerchio dove all'interno si esibiva una coppia che muoveva velocemente i piedi e sollecitava gli altri a danzare intorno a loro, con un ritmo sempre più veloce. Sally li guardò meravigliata, con il cuore rigonfio di entusiasmo. Le persone, pur non conoscendosi tra loro, si prendevano sottobraccio formando il grande cerchio e ballando la famosa *Jig:* la danza popolare. Anche Dorigo guardava elettrizzato quel ballo, in un ritmo che stregava e da cui difficilmente ci si poteva sottrarre. Cormac spiegò ai suoi amici che la danza popolare irlandese era contagiosa <<Ti entra nelle vene, raggiunge le gambe e quando ciò accade è troppo tardi per tirarsi indietro: il ritmo è già parte di te. Questo, amici miei, è il *Craic*>> sorrise. A un certo punto il violinista, un uomo sui cinquanta con lunghi capelli bianchi e con una folta barbetta, gridò verso la loro parte e con un gran sorriso li invitò a ballare <<Alzatevi, coraggio! Voglio vedervi sgambettare>> ridacchiò l'uomo. Cormac conosceva bene l'usanza del posto, non poteva certo rifiutare. Prese la mano di Sally e con coraggio la invitò a unirsi al gruppo. Senza che lei se ne rese conto fu catapultata nella mischia, invasa dal ritmo, stordita dalle urla, accompagnata dall'irrefrenabile melodia e dalle possenti braccia del giovane che, con vigore, la sostenevano conducendone i passi. Anche Dorigo fu trascinato nella mischia dalla cameriera che si era unita al gruppo dei ballerini in una entusiasmante coreografia. Il cerchio si era allargato. Sgambettarono allungo, fino a essere talmente stremati da non riuscire più a reggersi in piedi. E risero... risero fino a che i muscoli dell'addome cominciarono a contrarsi, lasciandoli senza fiato e contorti dal dolore. Improvvisamente la musica si interruppe e dopo qualche secondo si alzò nell'aria una leggera sviolinata, diffondendo le note della famosa *Danny Boy*. Cormac prese la mano di Sally, la abbracciò e la trascinò in quel lento, lasciandola senza parole. Una grande emozione pervase i due giovani, che si fecero trasportare dalla magia del momento, cullandosi in quel romantico attimo di intimità tanto desiderato.

Capitolo 34

I tre uscirono dal locale alticci e sfiancati. L'aria fuori era fresca e frizzante. Il cielo azzurro. Una forte luce abbagliò il loro sguardo per un lungo istante, prima che i loro occhi si potessero abituare nuovamente al chiarore del giorno. <<I locali qui sono sempre così bui?>> domandò Dorigo con tono ironico. <<La loro penombra ricorda quella delle grotte scavate nell'entroterra. Sembra quasi un viaggio a ritroso nel tempo, un tuffo fuori dal mondo o in un'altra dimensione>> concordò Sally sorridendo. Cormac annuì <<Beh, in effetti, è come rigenerarsi: uscire da un pub irlandese significa soffrire un millesimo di secondo prima di rinascere un'altra volta. Dopo si riesce ad assaporare con maggior coinvolgimento tutto ciò che ci circonda, i colori sono più vivi, i profumi più intensi, si sente meglio il sapore dell'aria e della pioggia, si odono meglio i rumori e i silenzi>> sorrise. <<Ahahah! Come no!>> lo schernì Sally, sorridendo e prendendolo sottobraccio. I tre respirarono a pieni polmoni. Ogni tensione o preoccupazione erano come svaniti e la bellissima esperienza, vissuta grazie all'emozionante *Craic*, aveva creato nei loro volti una serenità smarrita da giorni. <<Che facciamo ora?>> domandò Dorigo. Sally divenne taciturna <<Credo di essere a un punto morto, non so cosa ci attenda ora... forse dobbiamo affidarci all'Universo, il tempo sarà maestro>> sospirò. Cormac annuì <<Bene! allora, visto che la giornata è ancora lunga, propongo di approfittarne e fare una visita al *National Museum*. Ci sono varie cose interessanti da vedere tra cui un pezzo molto antico che riporta delle incisioni, le famose spirali di cui tanto abbiamo parlato in passato. Almeno non sprecheremo la serata girandoci i pollici in attesa di un segnale>> ridacchiò con un senso dell'umorismo tutto irlandese. L'idea fu apprezzata e decisero di incamminarsi verso il Museo che si trovava proprio nelle vicinanze. Fiancheggiarono il *Trinity College* fino a imboccare la Kildare Street, dove si ergeva alla loro sinistra una maestosa costruzione del 1880. Questa ospitava la *National Library* e subito dopo il *National Museum*, edificati uno dopo l'altro in una rappresentazione quasi simmetrica: i loro ingressi si specchiavano nello stesso piazzale. Cormac fece strada. La rotonda a cupola dell'ingresso, di grande impatto visivo, era circondata da colonne in marmo in un pavimento decorato con i segni zodiacali. Sally e Dorigo trovarono assai singolare la presenza di simboli astrologici sul pavimento di un museo, ma decisero di non dar peso alla cosa. Cormac era di casa in quel luogo, vi si era recato spesso per le sue ricerche. Da qualche anno infatti raccoglieva materiale sul Megalitismo irlandese per la stesura del suo saggio. Il portiere lo aveva riconosciuto e lo accolse con grande cordialità <<Salve Mr. Sheridan, qual buon vento! Era da un bel po' che non la si vedeva più nei paraggi! Mi fa piacere che sia tornato a casa>> sorrise con enfasi, accompagnato da una forte stretta di mano. Cormac lo ricambiò, felice di rivederlo dopo tanto tempo <<Salve Mr. O'Connor, come sta? sono qui per una delle mie solite visite studio ma stavolta ho portato con me un'equipe di ricercatori, sono i miei collaboratori. Lui è Mr. Mag Aonghusa e lei Mrs. Klein, entrambi americani>> sorrise. << Mag Aonghusa è irlandese>> lo corresse l'uomo. <<Sì, beh, è una lunga storia>> annuì il giovane. I due si presentarono e si guardarono poi attorno, affascinati. Cormac scambiò una breve chiacchierata con il buon uomo mentre i due lo attesero a un lato della sala dove intanto poterono ammirare la particolare architettura. Dopo qualche minuto il giovane li raggiunse e li condusse nella *Treasury* della Great Hall, la sala principale, raggiungibile direttamente dall'atrio circolare dell'ingresso. <<In questo spazio sono conservati gran parte dei tesori del museo, quasi tutti rinvenuti per caso nelle torbiere e nei campi di patate>> disse loro mentre percorrevano l'interno del museo. Sally rimase affascinata dall'architettura in ferro, tipica dell'epoca vittoriana. Dorigo invece osservava di sfuggita le teche, contenenti gli innumerevoli oggetti della collezione. Cormac, imperterrito, faceva strada con lo sguardo fisso in avanti, sicuro della sua meta finale. Dopo un lungo percorso, districatisi fra gli innumerevoli visitatori e dopo aver scrutato velocemente tutti i reperti esposti, giunsero finalmente davanti al ritrovamento che Cormac considerava il più importante di tutti: una piccola testa d'ascia, proveniente dalla tomba megalitica di Knowth. Si palesò davanti a loro in una vetrina ben illuminata. Motivi a spirale erano incisi su di essa, decorazioni molto familiari alla giovane. Lei non credeva ai suoi occhi e ne rimase affascinata. "Ancora loro, identiche a quelle viste nelle fredde pagine dei libri e nelle mie irruenti visioni" pensò la giovane rivolta a Dorigo. "E ora, quelle spirali, sono davanti ai nostri occhi, reali e tangibili" rispose mentalmente Dorigo. Sally d'istinto allungò la mano per volerle toccare ma la teca di vetro bloccò il suo gesto. Sembrò quasi che il suo spirito fosse capace di penetrare comunque il freddo ostacolo: riuscì mentalmente a oltrepassare la vetrina di protezione, come se potesse stabilire un contatto con la sua misteriosa origine; come se ne sentisse l'affinità e ne percepisse la discendenza. Al contatto con il vetro la giovane fu assalita da una intensa ondata di percezioni e infine catapultata in un luogo fuori dallo spazio e dal tempo, oltre la porta dell'infinito e dell'essere. Si ritrovò nella valle di Knowth, un luogo contemplativo che fu popolato sin dal neolitico per un periodo assai lungo. Vide intorno a lei una necropoli e, come se stesse guardando una radiografia, vide sotto di essa un gran numero di cunicoli coperti che si ramificavano lungo l'intero sito archeologico. La tomba principale era attraversata da due corridoi, uno a est e uno a ovest, che parevano voler segnalare il passaggio del sole: che nasce a est, che vive la sua breve durata sopra la tomba e che poi muore a ovest. La tomba era ricca di incisioni spiraleggianti e lineari che decoravano le grandi pietre. Sally la osservò attenta. Fu immersa in quel luogo a lei familiare e cominciò a descriverlo con voce agitata <<Conosco questo posto, è una vallata sacra molto antica>> seguitarono poi dei colpi di tosse, considerati un po' troppo sospetti da Cormac e Dorigo. <<Sally, calmati, non ti affannare>> la soccorse Dorigo preoccupato. <<Sto bene Dorigo, sto bene>> le sorrise lei. A un certo punto sentì il fruscio del vento, la sua mente era ancora in quei luoghi. Non si trattava più di visioni o di semplici flash, oramai quelle di Sally erano diventate delle vere e proprie percezioni extrasensoriali consce. Sentì giungere dal passato suoni e voci incomprensibili e le parve di udire vecchi canti consacratori, quasi fossero eseguiti da un gruppo di vecchi sciamani, con l'intento di evocarla o di attirare proprio la sua attenzione <<Sono loro, mi hanno trovata – sono loro>> si aggrappò a Cormac, che la guardava preoccupato. Il giovane non sapeva che fare, non voleva attirare l'attenzione dei visitatori e cercò di tranquillizzare Sally <<Calmati Sally, di che parli?>>. La giovane si perse nel suo sguardo e rivide la vallata di Knowth, si volse verso la vasta superficie delineandone gli spazi con la mente e intorno a lei vide ergersi le imponenti alture che conservavano, quasi inalterati, quei luoghi tanto solenni: da una parte la terra sacra di Dowth e Knowth e dall'altra il supremo Newgrange <<Eccolo, finalmente, è da lì che mi stanno chiamando – sussurrò – è lì che dobbiamo andare>> abbozzò un altro sorriso. <<Dove Sally, dove?>> le chiese Cormac prima che potesse perdere la connessione.

<<La valle dei Re>> disse con un filo di voce. Poi tutto divenne scuro e Sally riprese il controllo, ma un rigolo cremisi lambì il viso della giovane partendo da una narice. Cormac guardò Dorigo <<Che succede?>>. <<Maledizione Sally ti stai affaticando troppo>> la ammonì Dorigo con apprensione. <<Non preoccupatevi, sto bene>> sorrise pulendosi con un fazzolettino recuperato dalla borsa. <<Non ti avrei dovuto

portare qui, è tutta colpa mia>> espresse Cormac agitato. <<Non dire stupidaggini, abbiamo una nuova pista. Dove si trova la valle dei re?>>. Cormac pensò a quell'indizio <<Si tratta della valle fluviale, culla della civiltà irlandese. Ma certo, come ho fatto a non pensarci! Si è proprio lì che dobbiamo recarci - suggerì – ma prima dobbiamo aiutare Sally a riprendersi - affermò rivolto a Dorigo che nel frattempo reggeva Sally evidentemente spossata - Si tratta della valle di Boyne, dove fu ritrovata l'ascia – spiegò, mentre si appartavano in un angolo della sala per non allarmare nessuno - La vallata viene soprannominata "palazzo di Boyne" o "valle dei Re" appunto, poiché abbraccia le due alture "Hill of Slane" e "Hill of Tara", importantissimi luoghi sacri nella mitologia celtica – rifletté ripensando ai racconti popolari della sua terra – si dice che la prima altura simboleggi la sfida al re supremo di Tara e quindi il trionfo della cristianità sul paganesimo; la seconda invece era il centro politico e spirituale dell'Irlanda celtica, nonché sede dell'*Ard Ri* (re supremo), luogo di grande valore simbolico, poiché lì si trovava la "pietra del destino" (*Lialh Fail*), simbolo di fertilità e pietra di insediamento dei re supremi - spiegò – quello è il luogo che simboleggia il passaggio tra paganesimo e cristianesimo, in cui il passato si fonde con il presente e con il futuro>> sorrise soddisfatto per aver capito il senso della visione di Sally. Dorigo annuì poi guardò Sally che tardava a riprendersi. Era vistosamente provata. La sollevarono uno per parte e la condussero fuori, sperando che l'aria fresca la ristorasse. Tranquillizzarono l'usciere e alcune persone che li scrutavano con aria preoccupata, dicendo loro che si era trattato di un malore passeggero. Lontani dalle mura di quel possente edificio Cormac si offrì di condurli nella valle <<Vi ci porto! Purtroppo però il sito *Bru na Bionne* non è vicinissimo, ci andremo domattina presto - propose – saremo più riposati e Sally avrà il tempo di riprendersi>>. Sally guardò Cormac e con un filo di voce lo ammonì <<No andiamo ora, non c'è

tempo da perdere!>> asserì. Il giovane cercò di dissuaderla <<Sally non sei in forze e poi dobbiamo prenotare, si tratta di un luogo preso d'assalto dai turisti e bisogna quantomeno avvisare del nostro arrivo. Consiglio di andare domani, partiamo presto, noleggiamo un auto, così abbiamo il tempo di organizzarci>> propose con saggezza. <<Cormac ha ragione>> annuì Dorigo. <<Accidenti! Voi non capite!>> ribatté lei con rabbia. Cormac le accarezzò la spalla <<Capisco bene ma abbi fiducia, andrà tutto bene!>> la rassicurò con dolcezza. Sally lo guardò con ammirazione. Amava quel giovane, ricco di grandi virtù, che riusciva sempre a rassicurarla e a sostenerla. Dimostrava d'essere all'altezza del suo arduo compito. Era un grande Guardiano. Emise un profondo sospiro e si placò <<Torniamo in albergo – disse – sono stanca>>. Cormac sorrise e la abbracciò sorreggendola, accompagnando così i suoi passi <<È stata una giornata impegnativa>>. Dorigo li seguì osservando intenerito quella scena che gli ricordava tanto un sentimento provato anni prima. Un amore autentico che lui però aveva dovuto reprimere.

Capitolo 35

I tre percorsero la Kildare Street verso il St. Stephen's Green, uno tra i più grandi parchi della città che stava a due passi dal loro albergo. Sally sembrava essersi ripresa e ormai camminava con le sue forze. Cormac stabilì il da farsi <<Appena rientro in albergo telefonerò all'ente che gestisce le guide al sito, così magari vediamo se si può fare un tour privato senza la presenza di altri turisti>> decretò con padronanza. <<Bene>> annuì Dorigo. Sally era assorta. In lei era ancora nitido il ricordo dei ritrovamenti visti nelle teche: tesori archeologici risalenti persino al 2000 a.C, tra cui una preziosa gorgiera in oro del 700 a.C., i cui motivi a corda richiamavano le lavorazioni in filigrana sarda; l'interessante lunula d'oro, datata 1800 a.C, che ricordava tanto il fenomeno di eclissi solare e poi... e poi... quelle incredibili spirali. La strana situazione vissuta al *National Museum* confermò quanto l'Irlanda e la Sardegna avessero molto in comune, ma Sally ancora non si capacitava del perché il destino avesse scelto proprio lei e si continuava a domandare quale fosse il legame che la univa a queste due antiche terre. I tre, prima di ritornare in albergo, decisero di fare provviste per l'indomani e si fermarono al vicino Shopping Center, un particolarissimo centro commerciale all'angolo della King Street South. Dorigo rimase affascinato dalla struttura all'interno dello stabile: eleganti portici in stile vittoriano su due piani, le cui arcate a tutto sesto si affacciavano sulla vasta sala centrale tramite lavorate ringhiere bianche da cui si potevano ammirare i piccoli negozietti; le tenui tinte pastello degli arredi, dal bianco al verde acqua, rendevano l'edificio sobrio e signorile; il bellissimo orologio, sospeso nella volta del soffitto, tra le intrecciate sbarre di ferro color biancastro, segnava ormai le 6pm nonché l'imminente chiusura del punto vendita. Giunti in albergo i tre si riversarono nella stanza per rifocillarsi. Abbandonati sui loro letti, stremati e in cerca di sollievo, fecero riposare per qualche minuto i loro piedi. Era stata una giornata intensa ma tutto sommato entusiasmante. Poco più tardi ognuno di loro si dedicò delle proprie cose: Cormac si accinse a rovistare nella propria valigia in cerca dell'agenda contenente il foglio su cui la giovane tempo fa scrisse la strana filastrocca; Dorigo sfogliava la guida turistica che descriveva il sito archeologico che avrebbero visitato l'indomani; Sally, in cerca di relax, entrò a farsi una doccia rigenerante. <<Eccolo!>> esclamò Cormac dopo qualche minuto <<Ero certo di averlo con me>> sciorinò il foglio con soddisfazione. Sally, che dalla stanza accanto udì lo schiamazzo, uscì dalla doccia frettolosamente, si asciugò, si mise la vestaglia e avvolse i capelli in un asciugamano <<Accidenti, non c'è un attimo di pace>> esclamò uscendo velocemente dalla sua stanza per recarsi a quella affianco, incuriosita. La giovane non ricordava il contenuto di quella pagina e lo rilesse più volte ma senza avere la minima idea del significato di quelle parole <<Alalà intruppa, alalà intruppa, nois non tenimus ne ossu e nen purpa. Nosich'hana 'ettau a intrue unu fossu>> esaminò con attenzione. <<Ho veramente scritto io questa frase indecifrabile? Caspita, è davvero sorprendente >> esternò sbigottita. <<Qui ci vuole l'aiuto di un esperto in lingue >> suggerì Dorigo. Cormac annuì <<Conosco qualcuno che ci può aiutare>> richiamò alla mente un vecchio amico di famiglia che era stato per lui un grande maestro in passato. <<Si trova qui a Dublino?>> chiese l'uomo. <<No, Mr. Ahearne si è ormai ritirato in un'antica villa nella contea del Limerick, per via della sua vecchiaia e della sua malattia – rispose Cormac - Ma è stato un grande studioso di lingue antiche. La sua più grande passione sono i codici miniati e le lingue greche e latine. Ha viaggiato tantissimo ed è conoscitore di antiche tradizioni, è appassionato di leggende e di mitologia, insomma un vero portento. Potrebbe esserci veramente d'aiuto>>

convenne. <<Hai detto che è malato? Sei sicuro che ci potrà aiutare? Da quant'è che non lo vedi?>> domandò incuriosita Sally. <<Beh – si schiarì la voce imbarazzato – diciamo che... in effetti non lo vedo da un po'... ma so che ha mantenuto vivi i suoi interessi e nella sua villa possiede una grande biblioteca privata, in cui vi è conservato tutto il materiale raccolto nei suoi lunghi anni di studio e ricerche>> si sbrogliò lui, consapevole del fatto che non conveniva entrare troppo nel dettaglio sulla sua reale condizione fisica "spero che sia ancora in condizioni di poterci aiutare" si auspicò tra sé e sé. Sally diede un ultimo sguardo al foglio "chissà cosa vorrà dire" fece spallucce. Posò poi il foglio nel letto e tornò in camera sua per vestirsi e asciugare i capelli. Intanto Dorigo riprese in mano la guida e Cormac, dopo conservato il foglio, prese l'agenda in cerca di qualche numero utile <<Scendo a fare qualche telefonata, torno subito>> avvisò. <<Ok, avviso io Sally se chiede>> garantì Dorigo. <<Bene>> sorrise lui. Il giovane chiese al portiere di poter contattare telefonicamente il *Brù na Bòinne Interpretative Centre* per prenotare il tour alla necropoli, nella valle del Boyne. Gentilmente l'uomo, un giovane di colore, accompagnò Cormac nella piccola cabina insonorizzata, collocata dietro il bancone, poi gli passò la chiamata eseguita grazie a una carta speciale dell'albergo che registrava il costo della chiamata e la addebitava direttamente sul conto finale. Fatta la chiamata il giovane decise di contattare anche il vecchio amico di famiglia per avvisarlo che, molto presto, sarebbero andati a fargli visita.

Sally si era preparata in vista della cena, tornò quindi dai suoi compagni di viaggio e non vedendo Cormac nella stanza chiese incuriosita che fine avesse fatto. <<È di sotto a fare qualche telefonata>> rispose l'uomo. <<Mi sono proprio rilassata con quella fantastica doccia calda>> espresse la giovane. <<Senti Sally... visto che siamo soli... io avrei bisogno di parlarti>> proferì improvvisamente lui con parole mordicchiate da una strana agitazione. Sally di allarmò <<È successo qualcosa?>>. Dorigo prese fiato <<Sì, beh, si tratta di una cosa importante>> espresse, deciso finalmente di rivelarle la verità.

Capitolo 36

<<Eccomi qua – esternò allegro Cormac, aprendo la porta della camera – ho fatto! Ho sentito anche Mr. Ahearne possiamo andare senza problemi, è ancora vivo ahahah...>>. Pochi secondi di inaspettato mutismo misero il giovane in un vistoso imbarazzo <<Ho... per caso interrotto qualcosa?>> pronunciò turbato vedendo Sally con le lacrime agli occhi. Vide Sally sgattaiolare via dalla stanza spostandolo con irruenza dalla soglia per farsi strada e fu travolto da un'immediata agitazione <<Caspita, cos'è successo!>> chiese a Dorigo fortemente preoccupato. Dorigo non parlava, aveva gli occhi lucidi e un senso di smarrimento. <<Gli e lo hai detto!?...>> lo interrogò angosciato con un improvviso sesto senso. <<Non potevo più nascondere la verità – sussurrò con un grosso nodo in gola – Clare non me lo perdonerà mai. Nemmeno Sally mi perdonerà mai. Le ho mentito spudoratamente per così tanto tempo – continuava a proferire lui in maniera convulsa, senza che il giovane potesse aprire bocca – Cormac, proteggi tu la mia bambina! Stalle vicino! Ora ha bisogno di te, più che mai>> gli esortò con abbandono, lasciandosi cadere nel letto come un sacco. Seduto nel ciglio, gomiti nelle ginocchia e mani nella testa, Dorigo cominciò a piangere come un bambino, rammaricandosi per ciò che era successo. Cormac poggiò l'agenda e dalla finestra vide Sally correre verso il parco. Lasciò Dorigo nella sua disperazione e corse dietro Sally, sperando di raggiungerla. Fuori cominciava a imbrunire e il cielo ormai tenebroso faceva da contorno alla disperazione della giovane che con le lacrime agli occhi correva senza meta. Le ombre parevano figure confuse. Si asciugò il viso con le mani ed entrò nel St. Stephen's Green ancora aperto, vagando per le sue viuzze senza una meta precisa. Era sconvolta. Urtò diversi passanti senza prestar loro

attenzione. Qualcuno gli domandò se avesse bisogno d'aiuto ma lei non stette ad ascoltare e continuò a camminare, con lo sguardo perso nel vuoto. Cormac si riversò nel parco e chiese a dei ragazzi che facevano footing se l'avevano vista. Trovarla in 9 ettari di boscaglia sarebbe stato come cercare un ago in un pagliaio. Le indicarono il selciato che conduceva al lago. Il giovane si allontanò ringraziando "spero non compia qualche sciocchezza" pensò preoccupato. Percorse il viale con passi veloci, a tratti correndo, ma non vedeva nulla. I lampioni creavano contrasti troppo forti tra la luce e l'oscurità. Solo più avanti, quando gli alberi cominciarono a farsi più radi, lasciando più libera la visuale, Cormac scorse Sally che stava dentro un grande gazebo di legno bianco che si affacciava nello stagno: era immobile, affacciata in una delle tante aperture ad arco e fissava lo specchio d'acqua, dando l'impressione di volersi buttare. Ma in realtà stava solo scrutando il suo riflesso in cerca della sua vera identità. Cormac fu stretto da una morsa di amarezza: l'idea di vederla così sofferente lo angosciava. Si avvicinò a lei pacatamente, quasi volesse cercare nel frattempo le giuste parole per confortarla. Quando fu dietro la sua esile figura si bloccò improvvisamente, nel sentirle pronunciare parole così intense <<Ti amo Cormac>> gli disse, accortasi della presenza alle sue spalle. Il giovane era rimasto senza parole ma si accostò a lei e la abbracciò con passione, sfiorando dolcemente i suoi morbidi capelli. Baciò poi la sua pelle delicata e la strinse in un intenso gesto protettivo. Rimasero così, in un tempo che parve eterno. Cormac asciugò poi le sue lacrime e, voltandola verso sé, le baciò le calde labbra ancora salate e umide dal pianto <<Piccola! Andrà tutto bene - la rincuorò – andrà tutto bene! ora ci sono io a proteggerti>>. Sally, che si era calmata, raccontò a Cormac l'intera vicenda. Era profondamente delusa e amareggiata e non riusciva a credere che le persone che più aveva amato l'avessero tradita e ingannata in quel modo <<Io mi fidavo di Dorigo. E di mia madre. Soprattutto lei, come ha

potuto mentirmi così, per tutti questi anni?>>. Era una situazione difficile da gestire ma Cormac riuscì a trovare le giuste parole per confortarla e alleviare il suo dolore <<Posso solo immaginare come ti senti. È un vortice di emozioni contrastanti che cercano di farsi spazio nel tuo grande cuore. Lo so che non è facile ma su una cosa voglio che tu rifletta attentamente: qualunque cosa abbia spinto i tuoi a mentirti almeno ora sai di avere ancora un padre! io pagherei qualsiasi cosa per poter riavere indietro il mio. Lo so che ora può sembrarti una magra consolazione, ma la vita ti ha dato un'altra opportunità Sally, non sprecarla per un insulso sentimento di rabbia o rancore. Sì, hanno mentito. Ma probabilmente lo hanno fatto per troppo amore nei tuoi confronti, per proteggerti. Sbagliare è umano. Spesso si fa anche con le migliori intenzioni. Non punirli per questo. Puniresti solo te stessa>> la persuase, cercando di infonderle coraggio e suggerendole di mostrarsi più indulgente nei loro confronti. <<Non so se ce la farò>> espresse lei avvilita. <<Hai un cuore grande Sally, certo che ce la farai. Io ho fiducia in te>> le sorrise. Sally abbassò lo sguardo. Fece un profondo respiro. <<E io sarò al tuo fianco>> aggiunse poi. Lei annuì e improvvisamente chiese qualcosa che lasciò sgomento il giovane <<Raccontami di tuo padre! Non parli mai di lui>>. Cormac, abbassò lo sguardo e richiamò alla mente vecchi ricordi <<Era un appassionato di musica - mormorò il giovane incrociando nuovamente i suoi occhi - suonava molti strumenti ma il suo preferito era l'arpa. Diceva che il tocco delle sue corde è paragonabile alla voce del vento e all'energia della terra. Era un grand'uomo. Morì inaspettatamente e non me ne feci mai una ragione>>. Cormac era visibilmente turbato e Sally si odiò per averlo riportato a quel terribile dolore: conosceva bene quello stato d'animo. Lo aveva provato per la morte di Jack, colui che credeva essere suo padre. Cormac percepì la sua apprensione. Con impeto le strinse le spalle tuffandosi nel profondo dei suoi occhi <<Non

preoccuparti Sally, io sto bene>> poi sollevò il suo esile volto con un dito e sorridendole la rassicurò baciandole le labbra <<Torniamo in albergo? Dorigo sarà preoccupato>> le propose sorridendo con dolcezza.

Capitolo 37

Dorigo, ancora afflitto, stava immobile davanti alla finestra. Inaspettatamente scorse dal vetro la figura di Sally che, tra le braccia di Cormac, rientrava in albergo. Il cuore palpitò improvvisamente. Dopo qualche minuto la porta si aprì e lui si voltò di scatto desideroso di rivedere la sua bambina. Era tormentato dal timore che ora Sally non volesse più rivolgergli la parola e che lo odiasse a tal punto da non volerlo più tra i piedi "mi detesterà per tutta la vita, odierà sia me che Clare: l'abbiamo ingannata e questo è imperdonabile. O mio Dio, quanto vorrei una seconda opportunità" si torturò. Sally e Cormac entrarono. Gli occhi della giovane erano ancora visibilmente arrossati. Padre e figlia si fissarono intensamente, in silenzio, travolti da un'emozione incontrollabile e indefinibile. Rimorso, sdegno, collera, rancore, incomprensione, non riuscirono a scacciare il sentimento più grande e profondo: l'amore. Sally si avvicinò a Dorigo e con suo grande stupore lo abbracciò, con commozione. L'uomo, visibilmente emozionato, ricambiò con trasporto, incredulo e con un lacrime di gratitudine verso la vita. Cormac fu felice che l'amore avesse trionfato e considerò Sally una persona meravigliosa, dai sentimenti profondi "non ho mai conosciuto una persona come lei" pensò guardando con ammirazione la scena. <<Piccola mia, quanto avrei voluto dirti tutto da sempre>> esternava Dorigo. <<Papà!>> pronunciò lei con le lacrime agli occhi. Cormac si era allontanato dalla stanza, desideroso di lasciarli soli per un po'. Avevano tanto di cui parlare. Si riversò in un pub, nei pressi dell'albergo, e si gustò una birra ripensando a tutta quella vicenda "Dorigo sapeva bene che ormai era necessario rivelare a Sally la verità: venire a conoscenza d'essere sua figlia significa anche, per lei, scoprire di avere sangue irlandese. Con questa rivelazione il cerchio si chiude" pensò il giovane. Tutto ora aveva un senso logico. E se inizialmente fu perplesso per il fatto che la profezia avesse scelto solo irlandesi aveva capito poi, grazie ai tanti indizi studiati che, in fondo, furono proprio i Sardi Shardana a giungere in Irlanda sotto il nome di Túatha Dé Dánann, diffondendo così la cultura *megalitico atlantidea* già fortemente presente in Sardegna e che, in fin dei conti, c'era comunque un legame di sangue sardo in ognuno di loro. Scolata la seconda Guinness il giovane tornò in albergo "sarà meglio dormirci sopra - considerò - oggi è stata una giornata fin troppo intensa".

Sally non smetteva di abbracciare il padre <<In fondo al mio cuore l'ho sempre saputo – ammise – mi sono ritrovata parecchie volte a pensare alla tua figura, sempre presente nella mia vita - confessò - ma respingevo con forza quel pensiero. Mi sentivo in colpa per quel profondo sentimento, soprattutto nei confronti di Jack. Dopo il suo incidente, il fatto che non mi sarebbe più stato affianco, ha accresciuto il mio senso di colpa... non potevo tradirlo pensando di avere un altro padre>> esternò. <<Jack rimarrà sempre tuo padre, non potrei mai sostituire la sua figura – disse Dorigo – Lui ti ha cresciuta e ti amata come fosse sua figlia. In realtà Sally, lui non ha mai saputo la verità>>. Sally si irrigidì. Si scostò, indietreggiò e si avvicinò alla finestra per scrutare l'esterno. Alcuni individui, un pochino brilli, facevano baldoria per la strada. <<Raccontami cosa successe, voglio sapere il perché... – proferì con tono rigido, girandosi di scatto verso l'uomo – ho bisogno di sapere!>> lo esortò. L'uomo annuì rassegnato <<Fu una circostanza complessa – avanzò con timore – Tua madre e io siamo stati innamorati, eravamo giovani, frequentavamo lo stesso Collage, ma nessuno sapeva della nostra storia, dovevamo conservare le apparenze. I nostri genitori avevano già pianificato il nostro avvenire, avremmo preso strade diverse e sapevamo che la nostra storia non poteva funzionare.

Ci facemmo condizionare dagli eventi, fummo deboli. Evidentemente il nostro amore non era abbastanza forte. Ci perdemmo di vista per qualche tempo e ci rincontrammo dopo diversi anni, in occasione del matrimonio di mia sorella. Clare è sempre stata una sua carissima amica e le fece da testimone. Jack era il testimone di nozze dello sposo. Puoi immaginare quindi l'intreccio degli eventi: tua madre e Jack si conobbero, cominciarono a frequentarsi, si innamorarono, credo. Tutto successe così rapidamente: Clare decise di sposare Jack. Veniva da un'ottima famiglia e lo accolsero tutti a braccia aperte. Ci incontrammo un'ultima volta, una sera, volle annunciarmi personalmente il suo imminente matrimonio. Il nostro fu un addio. L'addio che però ci legò per tutta la vita. Strano il destino eh? Anche se non fummo abbastanza coraggiosi da ammetterlo, il nostro amore era così profondo e autentico che non poteva che dare alla luce la magia più grande e straordinaria, tu Sally, il nostro piccolo angelo>> sorrise con un velo malinconico tra le labbra. Sally non riusciva a trattenere le lacrime, udire di quella storia straziante le fece capire quanto amore e dolore c'era stato nell'amara decisione di mentirle. <<Ma Clare è sempre stata una persona leale – aggiunse l'uomo - non avrebbe mai voltato le spalle a Jack. Oramai aveva fatto la sua promessa e la mantenne. Così, di comune accordo, prendemmo la decisione di non rivelare la verità. So che è difficile da capire, ma anche se il nostro amore era immenso avrebbe fatto soffrire troppe persone. Siamo stati dei codardi>>. Sally lo guardava ormai indulgente, con occhi gonfi e arrossati dal pianto <<Avete fatto quello che ritenevate giusto in quel momento. Tutto ha un suo percorso, un motivo, un disegno. E ora siamo qui, insieme. Questo è quello che conta>> lo abbracciò lei. Quando Cormac entrò nella stanza fu lieto di percepire un'atmosfera più serena. Sally gli venne incontro e lo abbracciò con grande trasporto: un gesto del tutto inaspettato, che lo stupì ma allo stesso tempo lo riempì di gioia <<Grazie Cormac, per essermi stato vicino e avermi fatto

capire quanto sono fortunata>> le espresse con riconoscenza. Cormac aveva il grande potere di trasformare tutte le sue insicurezze in ottimismo e tutte le paure in speranza. Quando stava tra le sue vigorose braccia sentiva una forza positiva che le cresceva a dentro, dandole la certezza che tutto sarebbe andato nel verso giusto. La serata volgeva oramai al termine e i tre consumarono la cena in un vicino fast food <<Ho contattato la *Brù na Boinne Interpretive Center* – li informò Cormac, addentando il suo panino – ci aspettano domattina per le 08.00mt. Non sono abituati ad avere visitatori esigenti come noi e solitamente l'orario d'apertura è più tardi ma ho detto loro che siamo dei ricercatori e che stiamo lavorando a una pubblicazione storica sul megalitismo europeo – sorrise divertito - Ho detto che provenivamo dalla facoltà *Art History and Archaeology* della *New York University* e pensate, hanno subito ostentato un' improvvisa cordialità – ridacchiò – Devo ammettere che un pochino mi ha stupito la repentina disponibilità, dopo avergli rivelato da dove arrivavamo. Inizialmente l'addetto mi parlava di afflusso turistico e di code interminabili, poi improvvisamente ha esordito dicendo che è tutto era risolvibile>> raccontò perplesso. I tre accantonarono la strana coincidenza, non dando molto peso a quel fatto, presto però avrebbero tratto le dovute conclusioni imparando a fidarsi del proprio istinto.

Capitolo 38

Dublino, lunedì 19 marzo 2007

La mattina successiva, i tre amici si svegliarono presto e fecero un'abbondante colazione nella *breakfast room* dell'albergo: salsicce, pancetta, uova fritte, pomodori alla griglia, *long coffee* e le più svariate tipologie di pane (*potato cake, soda bread* bianco e infine il *black bread* al frumento), un ricco menù all'inglese che si sposava con le poche golosità mediterranee di cereali, burro, marmellate, succo d'arancia e latte. Lasciarono l'albergo che erano ormai abbondantemente rimpinzati, raggiunsero a piedi il vicino autonoleggio in Baggot Street e si misero subito in viaggio con la loro piccola utilitaria a cinque porte. Dorigo era silenzioso mentre percorrevano la strada principale N°2 verso Slane, un piccolo villaggio incentrato su pochi gruppi di case in stile georgiano, circondate da splendidi giardini. A 8 Km a Est vi era il tanto agognato Newgrange. I tre si diressero prima a Donore, dove si trovava il *Visitor Centre* dove avevano preso appuntamento. Lungo la strada Sally, che stava seduta sul retro, vide il cartello che indicava la svolta per il Newgrange e cominciò a indicare agitata con l'indice puntato <<Svolta, svolta, schiaccia quell'acceleratore dai>>. Cormac, alla guida, la invitò a calmarsi <<L'ho visto! Calmati Sally, non c'è fretta, siamo in anticipo>>. Erano appena le 07:30mt e l'aria fresca e umida scendeva accompagnata da una leggera pioggerellina incessante, tipica di questi luoghi. Il cielo sopra di loro era a tratti livido, ma in lontananza si scorgevano chiaramente sprazzi di sereno e intensi raggi luminosi che cercavano di penetrare le nubi provocando mirabili scintillii e schiarite irregolari. Il Newgrange era vicino e Sally era elettrizzata all'idea di vedere dal vero il ricorrente protagonista delle sue misteriose visioni. Dorigo stava ancora in silenzio e il giovane irlandese, accortosi del fatto, rivolse alcune occhiate all'anziano per cercare di scrutare cosa potesse preoccuparlo. Era evidentemente turbato per qualcosa, non ne capiva però la ragione. Dorigo si accorse del suo sguardo addosso e con un sorriso smorzato scrollò le spalle e fece un profondo respiro, poi si girò verso Sally <<Tra non molto sapremo finalmente cosa si nasconde dietro le tue visioni>>. A quelle inaspettate parole Sally sobbalzò scossa, come trafitta da un lancinante presentimento <<Non sono sicura e non voglio impensierirvi ma ho appena avuto una strana sensazione di pericolo>> espresse lei con sospetto. Dorigo annuì <<Non sei l'unica figliola! Le tue visioni hanno spesso avuto come punto di riferimento proprio questo luogo, così magico e suggestivo, ora mi chiedo se quelle visioni non fossero altro che degli avvertimenti: momenti o fasi da superare, bivi, in cui qualcosa di preciso sarebbe accaduto>> azzardò pensieroso. Cormac volle inizialmente sdrammatizzare <<Dai Dorigo mi sa tanto che stai diventando un pochino paranoico>> sorrise il giovane. Ma poi a un certo punto confessò <<Ok ragazzi, anche io ho avuto un pensiero simile – espresse improvvisamente Cormac – è tutto il viaggio che mi chiedo come mai l'addetto alle prenotazioni abbia cambiato improvvisamente opinione dopo aver saputo che lavoravo alla *New York Public Library* di Manhattan>>. <<Cosa?>> sobbalzò Sally. <<Beh, sì… è venuto fuori durante la nostra chiacchierata>> rispose il giovane. Sally si agitò <<Ora la cosa mi dà veramente da pensare!>> espresse. <<Pensate anche voi quello che penso io?>> espresse Dorigo preoccupato. <<O no – asserì Sally – il direttore della *Public Library* è sulle nostre tracce – azzardò – ma… come ha fatto a trovarci?>> espresse lei. <<Mr. Leskov è un uomo indubbiamente potente e ha amicizie influenti ovunque. Ricordate quanto è stato sospettoso e ricordate quanto ci ha detto Mr. O'Brien, sul fatto che ci sarebbero state persone

interessate alla chiave e che se questa cadesse in mani sbagliate... sarebbe molto pericoloso>> evidenziò Cormac con una certa apprensione. Dorigo si irritò <<Me lo sentivo che quel balordo ci avrebbe dato rogne. Non mi è piaciuto dal primo momento>> confessò con disprezzo. <<Sì, anche a me non è mai piaciuto, poi tutti quei libri sulle tracce del popolo di DAN, sul Graal, sulla Dea Madre, sulla cultura sarda e irlandese, su Atlantide... avremmo dovuto immaginarlo da subito. Lui è immischiato in questa faccenda quanto noi ma qualcosa mi dice che i suoi scopi non siano molto nobili>> espresse la giovane. <<E ora che facciamo?>> chiese Cormac. <<Non possiamo far nulla. Non ancora. Aspettiamo di vedere cosa accade e agiremo di conseguenza. Tempo al tempo. La via si paleserà innanzi a noi al momento più opportuno. Ora c'è una cosa importante che ci aspetta: il Newgrange>> concluse.

Capitolo 39

Cormac si accinse a parcheggiare l'auto nel piazzale destinato ai visitatori. Contrariamente alle aspettative dei tre, che pensavano di essere parecchio in anticipo, una lunga fiumana di turisti si materializzò in lontananza intenti a confluire ordinatamente su una passatoia disposta in prossimità dell'ingresso. Sally ripensò all'ordinata fila che fecero all'aeroporto, aspettando il taxi: l'efficiente compostezza di questo Paese le trasmetteva un senso di quiete. <<Pensate che dovremmo fare la fila?>> chiese Dorigo con tono spazientito. <<Basterà presentarci. Abbiamo appuntamento, la guida ci aspetta>> disse Cormac. Si incamminarono verso la Hall del *Brù na Boinne Interpretive Center* con passo cadenzato, mentre il vento pungente faceva svolazzare la lunga sciarpa di Sally, il morbido cappotto nero di Dorigo e la lunga giacca in pelle nera del giovane. Nonostante il tempo non fosse dei migliori, straordinariamente la luce di quel luogo era talmente intensa da irradiare l'intero paesaggio, creando riflessi affascinanti. Sally era particolarmente attratta da tale scenario e ne percepiva la magia, sedotta da un incontrollabile magnetismo diffuso. Magnetismo, che forse aveva stregato anche Cormac viste le occhiate complici e stuzzicati che rivolgeva a Sally ogni volta che si voltava, attratto da lei in modo quasi incontrollabile. Dorigo, un poco imbarazzato, percepì quel loro trasporto e cercò di contenere i due schiarendosi la voce più volte e additando infine l'ufficio informazioni, ormai dinanzi a loro. Cormac ragguagliò la *hostess* sulla loro prenotazione e attese che la guida gli raggiungesse. Fortunatamente la responsabile del *Visitor Centre* confermò loro che non avrebbero dovuto aspettare il gruppo di visitatori, capeggiati dalla guida di turno, ma che si sarebbero avviati alla necropoli di *Brù na Boinne* con un operatore appositamente destinato a loro. Avrebbero avuto il grande privilegio di poter vedere il Newgrange fuori dal solito contesto folcloristico, sentire la magia di quel luogo costruito con profondo intento e conoscenza. Il Newgrange è uno straordinario calendario astronomico che, a ogni solstizio d'inverno, annuncia la sua maestosità alle genti che vanno ad ammirarlo. In tale data infatti i raggi solari entrano nel tumulo attraverso l'abbaino situato sopra il suo ingresso, proprio alle 08.20 del mattino, strisciando poi nel corridoio, lungo 19 metri, e arrivando pian piano fino alla camera sepolcrale, illuminando così la nicchia riposta a Nord, di fronte all'ingresso del sepolcro. La nicchia, posizionata al centro, forma, assieme alle altre due laterali, la particolare forma di una croce di stile latino il cui braccio, ottenuto dal corridoio centrale, si interseca nella sala simulando quasi un transetto che ricorda le basiliche cristiane. Ma la cosa impressionante è che il tumulo del Newgrange risale molto prima della nascita della chiesa, precisamente nel 3200 a.C., più antica persino delle piramidi egiziane di almeno sei secoli. Lo spettacolare fenomeno solstiziale dura solitamente circa 17 minuti, regalando ai visitatori un'esperienza mistica indimenticabile. I tre amici avrebbero però visto solo la sua simulazione, eseguita dagli operatori ogni giorno per spiegare ai turisti la complessità di tale fenomeno visibile altrimenti solo una volta l'anno. Dopo qualche minuto l'incaricato li raggiunse facendosi spazio tra la fiumana di sagome in attesa. Una figura maschile asciutta, dalla statura non molto alta e dall'inconfondibile carnagione chiara e lentigginosa, circondata da una chioma rame che delineava l'origine irlandese. L'uomo strinse la mano ai tre e si presentò <<Patrick Carroll, piacere>>. Era stato informato delle loro indagini archeologiche e della pubblicazione a cui stavano lavorando, si mostrò compiaciuto per tale interesse e li invitò a seguirlo. Dorigo gli andò dietro guardingo, come se da un momento all'altro si aspettasse chissà quale metamorfosi. Apprese le origini irlandesi di Cormac, la guida cominciò con lui una conversazione tutta nazionalista che non dispiacque affatto al giovane. L'impetuosa identità Isolana cominciò a scorrergli nelle vene, come se volesse rivendicare con forza il legittimo stato d'appartenenza nonostante la sua migrazione forzata negli USA. Cormac era infatti dovuto andar via dall'Irlanda quando era ancora un bambino ma non aveva mai dimenticato la sua terra ed era sempre tornato ogni volta che ne aveva la possibilità, con una scusa o con un'altra. Era consuetudine, per gli esuli di questa meravigliosa terra, sentirsi come smarriti in Paesi stranieri e, inconsciamente, l'unico grande desiderio recondito era proprio quello di poter un giorno fare ritorno a casa. Uno stato d'animo che gli accomunava con i molti "fratelli" sardi sparsi per il mondo. Con passo rapido i quattro si diressero verso l'uscita e, dal piazzale, presero il fuoristrada del *Visitor Centre*. Dopo pochi minuti si ritrovarono di fronte al sito archeologico, scesero dall'auto e, accostandosi con passo deciso, videro il megalite manifestarsi in tutta la sua magnificenza. L'estesa costruzione era circondata da numerosi massi, disposti orizzontalmente lungo il perimetro. Sally ebbe un tonfo al cuore, si trovò al cospetto del possente complesso già visto nei suoi viaggi incorporali e capì di esserci già stata. No, non erano solo sogni. Novanta metri di circonferenza e davanti un grande masso orizzontale che rivelava le tanto misteriose spirali incise, quelle che Sally aveva già visto e toccato. La giovane le contemplò ammutolita. L'ingresso si addentrava in un cunicolo lungo e stretto: lo percorsero lentamente, cercando di farsi strada tra la ruvida roccia di massi disposti con incredibile maestria. La guida cominciò a esporre loro alcune nozioni storicamente accreditate, come da perfetto manuale. Sally camminava alle loro spalle, lentamente, sfiorando le pareti con le mani e sentendo un senso di intima reminiscenza che le dava la sensazione di essere finalmente tornata a casa. Quel che la giovane non sapeva è che anche i suoi due compagni di viaggio stavano vivendo la sua stessa inspiegabile percezione, tra vaghi e confusi ricordi, di chissà quali vite passate. Più si addentravano nel grembo di quel luogo sacro più la sensazione era quella di entrare nel ventre della madre terra e di sentire un senso di rinascita e di risveglio, di consapevolezza, di rigenerazione. Intanto la guida parlava, ignaro del loro stato d'animo <<In Irlanda si edificarono monumenti megalitici già nel periodo tra il tardo Neolitico e l'Età del Bronzo e avevano un chiaro significato religioso – continuò a raccontare - I Menhir, chiamati anche *Gallain*, sono enormi pietre infisse sul terreno, spesso allineate in un ordine che certo non era casuale, ma la cui funzione rimane ancora difficilmente decifrabile. Ma si dice che abbiano a che fare con il culto degli astri… la luna, il sole, la madre terra… c'è pure la remota possibilità che fossero delle vere e proprie mappe direzionate in precise proiezione astrali – azzardò - Queste sono presenti in tutto il territorio irlandese ma ve ne sono moltissime sparse in tutta Europa, anche in Sardegna – specificò sotto lo sguardo stupito dei tre – dove vengono appunto chiamate *Perdas Fittas* (Pietre Fitte) il cui nome indica i massi di forma allungata infissi verticalmente sul terreno.   I Dolmen sono invece formati da due o più blocchi in pietra, infissi sul terreno, sui quali poggia un ulteriore blocco orizzontale>> continuò. "Veramente strano che la guida si sia messa a comparare i megaliti irlandesi con quelli sardi, indicando persino il loro nome in lingua sarda" osservò Dorigo mentalmente, rivolto a Sally, con espressione sempre più diffidente "non mi stupirebbe se questo tizio si rivelasse complice di Mr. Leskov" si agitò. Sally si voltò verso il padre rivolgendogli uno sguardo d'assenso. Percorso lo stretto corridoio i quattro giunsero finalmente in fondo alla camera centrale che si allargava a forma di cerchio. Mr. Carroll continuò la sua spiegazione e dopo qualche minuto avvisò i tre visitatori che, da un momento all'altro, sarebbe partito il dispositivo che avrebbe mostrato loro, in modo simulativo, ciò che accadeva durante il solstizio invernale. Le luci poste dentro il tumulo si spensero e dopo qualche secondo una luce ambrata e flebile arrivò lentamente dal corridoio. Sally ebbe un lieve senso di stordimento e più il raggio di luce si avvicinava alla camera centrale, più la giovane sentiva un incomprensibile stordimento da fuso orario, come se stesse percependo nel suo orologio biologico un calendario interiore impreciso che la metteva in guardia sull'inesattezza dell'evento che stava osservando. Mancavano, infatti, esattamente nove mesi all'equinozio e quando la luce giunse al centro della camera, arrivando a toccare la pietra cerimoniale, Sally sentì improvvisamente una forte fitta al ventre che la costrinse a chinarsi leggermente per attutirne l'effetto lancinante. Per fortuna il buio non svelò a tutti i presenti il suo malessere e quel dolore non la abbandonò rapidamente. Quando la dimostrazione finì e si riaccesero le luci, la giovane si rivelò vistosamente provata. Dorigo e Cormac, che si erano accorti dell'episodio, cercarono di non dare troppo nell'occhio e si accostarono alla giovane per sostenerla. Mr. Carroll ci mise un po' per rendersi conto che qualcosa non andava <<Qualche problema, signorina? Questo luogo le crea disagio?>> avanzò. <<No, grazie! Va tutto bene>> rispose con un filo di voce tremolante. <<Non mi pare che sia tutto ok. La stanno chiamando non è vero? Sta ricevendo la chiave, ho ragione?>> si rivolse a lei con atteggiamento improvvisamente ostile e sprezzante. <<Come scusi?>> replicò sconcertata lei, mentre Dorigo e Cormac si scambiavano occhiate sgomente. Mr. Carroll sorrise con perfidia <<Non c'è bisogno di fare tanto i misteriosi – si rivolse ai tre - So per certo che non siete qui per fare studi sul megalitismo. Parlate avanti, sono tutto orecchi, qui non ci sentirà nessuno. Le visite cominciano tra un'ora, abbiamo tutto il tempo>> sorrise beffardo. <<Ma si può sapere chi è lei?>> chiese Cormac con tono irritato, pronto a buttarlo giù con un pugno al primo passo falso. <<Ah! Cormac, Cormac, sempre in mezzo eh? – disse improvvisamente una voce familiare che sbucò dall'ombra di una delle tre nicchie –

ti credevo una persona tranquilla, privo di iniziativa, che non mi avrebbe creato tanti problemi, invece... eccoti qui a fare l'eroe>>. <<Mr. Leskov!>> pronunciò il giovane, non stupito alla vista della sua sagoma. Il famigerato direttore della *New York Public Library* uscì dalla penombra <<Ti assunsi per il tuo carattere codardo e incline al servilismo – continuò l'uomo - non certo per le tue discutibili qualità di assistente. Ma a quanto pare mi sono sbagliato alla grande>> ridacchiò diventando poi improvvisamente serio. <<Lo sapevo!>> mormorò Dorigo a pugni stretti, ricordando le sensazioni negative che aveva provato arrivando in quel luogo. <<Cos'è Cormac, appena sei tornato nella tua terra hai risvegliato il guerriero DANAN sopito in te?>> continuò Mr. Leskov. Si rivolse poi a Sally, con aria minacciosa <<Tu! hai qualcosa che mi appartiene>> sorrise con sferzante espressione di chi sa come ottenere qualcosa, con le buone o con le cattive. <<Non so di che parla>> rispose lei agitata. Improvvisamente la giovane fu assalita da un'ondata di energia irruente che la fece balzare via contro la parete di pietra. I tre non capirono cosa stesse succedendo ma videro con stupore che Mr. Leskov riusciva a controllare i loro corpi con il solo gesto di una mano. <<Ma... che succede!>> gridò spaventato Cormac, rivolto a Dorigo mentre cercava invano di soccorrere Sally. A risponderlo fu però l'uomo che schiudeva dal suo palmo un'altra ondata per fermare lui e Dorigo <<Hai mai sentito parlare di controllo degli elementi? – disse rivolgendo il suo sguardo verso Sally - cara giovane ipocrita! Tu non hai diritto a essere custode di un potere così immenso! sei una principiante inesperta che non riesce nemmeno a reggersi in piedi>> la schernì. Dorigo e Cormac, stesi a terra, si interrogavano su cosa stesse accadendo, sperando invano che si trattasse solo di un brutto sogno. Sally d'un tratto ebbe una nuova visone ma stavolta non si trattò solo di percezioni. Le parve di udire veramente delle voci e una, in particolare, si fece sempre più chiara come se la stesse evocando da un mondo parallelo per aiutarla. Qualcuno cercava di richiamare la sua attenzione e ci volle qualche istante prima di capire che si trattava proprio di un suo antichissimo capostipite, arrivato a lei grazie all'invocazione di una persona familiare di cui lei ancora ignorava il coinvolgimento. L'antenato fu infatti invocato con dei rituali sciamanici e condotto da Sally grazie a un varco temporale apertosi provvisoriamente. Lo spirito anziano si palesò a lei sotto i lineamenti di una imponente figura maschile sorretta da un bastone in legno. La sua sagoma era irradiata da un contorno ceruleo e Sally ne fu piacevolmente avvolta. A tale visione seguì un forte calore che si diffuse nel corpo e nell'anima della giovane. La figura le sorrise teneramente <<Figlia di DAN tu sei stata scelta: lotta per tenere in vita la tua gente. Credici! ti è stata donata in custodia la chiave, segreto dell'esistenza e dono Divino d'immortalità – le proferì con voce soave – il suo potere ora è dentro di te. Io e i tuoi fratelli ti saremo vicini – la rassicurò – ma solo tu puoi trovare la forza. Quest'uomo non ha potere su di te – puntò il suo indice verso Mr. Leskov - la tua energia Sally è immensamente superiore. Devi solo credere in te stessa! il tuo potere giunge direttamente dal profondo del tuo cuore, dall'amore che porti dentro. È questo che mantiene in vita la chiave, rendendola eterna>> la ragguagliò infine. Mr. Leskov si voltò in direzione della voce <<Non ha potere su di me? Ahahah... povero illuso. Questo lo vedremo>> replicò Mr. Leskov con perfidia. Nessuno, a parte Sally e Mr. Leskov, era in grado di udire la voce del patriarca e solo loro potevano vederne la fisionomia: un grado di percezione sviluppato acutizzando in maniera esasperata i propri sensi, tanto da poter avvertire l'aurea di ogni essere vivente e le loro vibrazioni. La loro conoscenza andava oltre l'inimmaginabile ed era così elevata da considerarsi dono e virtù di pochi privilegiati. Mr. Leskov ne aveva acquisito la totale cognizione dopo anni di dura educazione alle più oscure tecniche ascetiche, passando da semplice adepto della famosa setta *danientica* di *danientology* ad autorevole maestro spirituale e sacerdote della più stretta cerchia dei maestri neri *arcasura*, depositario della scienza tecnologica del risanamento spirituale. Le migliori intenzioni di una setta di tale portata furono manipolate e influenzate infidamente da membri come Mr. Leskov, che se ne servirono per scopi loschi e di potere. Un gioco di autorità che in passato aveva compromesso numerose società segrete come la massoneria e di cui nomi illustri come Mr. Leskov divennero simbolo di corruzione, controllo e potere. Sally custodiva invece, dentro di sé, l'incredibile forza tramandata dai suoi avi, un potere intrinseco avuto alla nascita, sopito per anni e risvegliato al suo compleanno, l'anno in cui sarebbe avvenuto il nuovo allineamento del Lunistizio. In quell'intricato viaggio dentro se stessa aveva appreso le leggi dell'esistenza e aveva capito di essere speciale. Ora, grazie alla voce soave del saggio antenato, riuscì a trovare la forza e sentì confluire in sé l'impetuosa energia dinamica. Percepì le vibrazioni emanate dai corpi e cominciò a sentire la propria smisurata aurea che cresceva. Si adoperò per riuscire a controllare tale potente energia e sentì dinnanzi a sé la forte carica negativa di Mr. Leskov. Era minacciosa e si sentì in dovere di proteggere la chiave da tale imminente pericolo. A quel punto chiese aiuto all'antenato <<Cosa devo fare? Come posso scacciare questa forza malvagia?>> chiese Sally al vecchio. <<Figlia di Dan, l'amore è la chiave per realizzare ogni sogno e desiderio, che diventa intento se arriva dal profondo del nostro cuore. Infine il verbo è ciò che rende visibile l'intento. Tutto ciò che devi fare è desiderare ardentemente quel che nasce da tale sentimento e trasformare questo amore in proposito, grazie al verbo. Chiedi e ti sarà dato, così predicava il nostro fratello due millenni or sono>> sorrise fiducioso. Sally e Mr. Leskov si guardarono repentinamente <<Non mi sfuggirai>> sbraitò lui attirandola a sé con la forza del solo pensiero. <<Incredibile>> esclamarono sbalorditi Cormac, Dorigo e Mr. Carroll, che non avevano udito nessuna delle parole che erano state espresse dall'entità. Intanto la giovane guida stringeva in mano una pistola e teneva a bada i due guardiani della profezia mentre, ammaliato, cantava le lodi del suo capo <<Sapevo della sua grandezza ma non l'avevo mai visto all'opera>> disse ai due. Sally cercava di districarsi con forza "Devo concentrarmi – rifletté – la mia arma non è la forza...". Si chiuse nei suoi pensieri "Il desiderio, dettato dall'amore, rende viva la magia..." si concentrò "Ok, io desidero con tutto il mio cuore proteggere mio padre e Cormac, più di ogni altra cosa al mondo" considerò facendo un profondo respiro "La fede precede l'intento che diventa reale grazie al verbo" continuò a pensare <<Ho capito!>> si destò improvvisamente. Alzò lo sguardo, sollevò le braccia e unì, palmo contro palmo, le sue mani. Divaricò poi le gambe, dando all'intero corpo una forma piramidale, fece confluire poi dentro di sé parte dell'energia del cosmo concentrata verso l'infinita volta celeste e fece scorrere dentro di sé quella incredibile energia, che costituiva l'armonia universale. Si liberò infine dell'energia in eccesso concentrando la sua forza verso Mr. Leskov <<Che pensi di fare, sciocca ragazza?>> la schernì lui. Sally era raccolta in una solenne meditazione e non lo sentì neppure. Raggiunto il suo perfetto equilibrio si concentrò sul suo desiderio e ne enunciò l'intento << *Comare Jana, comare anguana, comare dana, aggiudammì ca est'annada, fachie unu piachere, fachie unu piachere, unu piachere mannu, sanguini meu no tenzat dannu, sanguini meu dannu no l'hazis, ca nosu teneu'sa grai de su tesor'e jana, sa grai de su pottabi'e dommu de babbai*>>. Sally ripeté per tre volte questo ritornello, pronunciato in una lingua a lei sconosciuta ma involontariamente familiare. Proferì con tono imponente, nel contempo riverente. Spalancò le braccia e la porta si aprì <<No, non è possibile>> reagì sbalordito Mr. Leskov. Ma l'uomo non fece attempo a terminare la frase che Sally, avvistata la porta temporale dinnanzi a lei, afferrò i suoi due amici e li accompagnò oltre il varco.

Sparirono improvvisamente, sotto lo sguardo ammutolito di Mr. Carroll e di Mr. Leskov. Quest'ultimo, scaltro e fulmineo, si riversò a sua volta nel varco, prima che la porta si richiudesse. La guida turistica rimase scioccata e impietrite per alcuni minuti, nel buio e nel silenzio, solo e spaesato. Dopo pochi minuti, dal suo cellulare, squillò una soneria a lui familiare che lo turbò ancora di più.

Capitolo 40

Dublino, mercoledì 31 Ottobre 2007

I quattro si ritrovarono scaraventati nel bel mezzo di una fiumana di gente che sfilava nelle strade di Dublino. Erano ancora in Irlanda ma, con loro stupore, capirono di essere stati trasportati nel pieno dei festeggiamenti di Halloween <<Incredibile, abbiamo viaggiato nel tempo! forse siamo nel passato>> pronunciò Cormac guardando alcune maschere tipicamente macabre. <<O nel futuro>> lo corresse Sally, guardando la pagina di un quotidiano accartocciato sull'asfalto. <<31 Ottobre 2007 – lesse - esattamente a sette mesi di distanza, giorno più giorno meno >> pronunciò incredula. <<Accidenti! - esternò Dorigo – abbiamo perso il Lunistizio di Giugno! Come mai ci hai portati a questa data? Non capisco!>> esternò Dorigo con apprensione. Intanto Cormac si era girato di scatto, sentendo addosso una strana minaccia. Intravide subito dopo Mr. Leskov che, tra la folla, procedeva a passo svelto verso di loro. Con un balzo il giovane sbraitò <<Correte! Più che potete! Presto!>>. Sally e Dorigo videro l'uomo arrivare. Con uno scatto si fecero spazio tra la gente e seguirono Cormac che, pratico del posto, li condusse fuori dalla calca e li svincolò da *Dame Street* in una stradina che conduceva nel quartiere del *Temple Bar*. Da lì si riversarono nelle rive del *Liffey* e corsero verso il *O'Connell Bridg*. Superato il grande fiume sarebbe stato facile per loro sfuggire dalle grinfie di Mr. Leskov, grazie ai numerosi mezzi pubblici presenti nella *O'Connell Street*, un tempo una tra le vie più esclusive di Dublino. <<Come ha fatto a seguirci?>> domandò Dorigo con il fiato corto. Cormac lo aiutò sorreggendolo sottobraccio <<Dev'essere riuscito a

oltrepassare il varco prima che si chiudesse>>. Sally annuì mentre il padre, vistosamente provato, rifletteva su altri particolari <<Come facciamo per l'auto lasciata al *Brù na Boinne*?>> chiese l'uomo con il respiro affannato. <<Non possiamo farci nulla! Non credo che la ritroveremo là dopo tutti questi mesi - sostenne Cormac - ora comunque dobbiamo pensare a nasconderci>> valutò. <<Forse dovremmo tornare in albergo>> propose Dorigo, asciugandosi il sudore dalla fronte con un fazzoletto mentre, accostato a una ringhiera, cercava di riprendere fiato. <<Credo non sia opportuno. Mr. Leskov avrà già contattato il suo damerino e tramite i nostri documenti, conservati all'interno dell'auto, potrebbe già essere risalito al nostro alloggio – valutò Sally - Mr. Carroll ormai è una spalla per Mr. Leskov e lo aiuterà a rintracciarci. Scommetto che ora è già nella nostra stanza a frugare tra le nostre cose>> si rammaricò. <<Dove possiamo andare allora?>> domandò Dorigo abbattuto. <<Forse dovremmo contattare Mr. O'Brien?>> propose. Sally non ne fu molto convinta e anche Cormac dissentì <<Sarebbe troppo ovvio, Mr. Leskov ci troverebbe subito perché in albergo ci sono le tracce della nostra visita alla *Public Library*, no non sarebbe un posto sicuro>> valutò il giovane. Alcuni secondi di silenzio anticiparono la proposta alternativa di Cormac <<Andiamo da quel mio lontano conoscente, a Limerick. Anche se ci aspettava mesi fa sarà comprensivo e felice di accoglierci>> sorrise sdrammatizzando. I due annuirono, pressoché rassegnati visto le scarse alternative. Avevano ormai seminato Mr. Leskov, che lento e acciaccato faticava a correre. Si erano diretti verso il bus che li avrebbe condotti alla *Dublin Heuston*, la stazione principale della *Irish Rail*, ferrovie statali della Repubblica irlandese. Durante il percorso in autobus, Cormac spiegò agli amici che forse non era stato un caso se si trovavano a Dublino proprio durante la tradizionale festa di Halloween <<Questa data in Irlanda coincide con i festeggiamenti di *Samhain*, una festa celtica antichissima e propiziatoria che separava la

stagione del buio da quello di luce, ossia, nel ciclo della vita agropastorale, l'anno del letargo e dell'inattività e quello del risveglio della natura e della vita. In questo binomio, la vita e la morte sono la chiave del ciclo esistenziale e quindi la notte tra il 31 ottobre e il 1 novembre determina la data in cui si crea una sorta di porta temporale tra luce e buio, una porta che unisce il mondo dei morti a quello dei vivi. Anche se oramai è diventata solamente una banale occasione per fare business>> spiegò Cormac. Sally rifletteva su quella combinazione di eventi <<Hai detto porta temporale? Se quindi questa porta si apre solo a Samhain, noi come abbiamo fatto ad attraversarla sette mesi fa?>> si interrogò perplessa. Cormac si accigliò <<Acuta osservazione>>. Sally abbozzò un sorriso ripensando al *Maestro*, che credeva essere giunto dal lontano passato. Ora cominciava a credere che quella figura, saggia e potente, si trovasse in realtà proprio nel bel mezzo di quel Samhain e, da quel luogo, probabilmente l'aveva attirata a se. Spiegò quindi ai suoi compagni di viaggio cosa era successo nelle viscere del Newgrange, deducendo il motivo per il quale si trovassero proprio in quella dimensione spazio temporale. <<Quindi, se il Maestro ti ha raggiunta durante questi festeggiamenti conducendoti nel suo tempo, può anche essere che le visioni che hai sempre avuto non erano altro che una sorta di richiamo da mondi paralleli?>> azzardò Cormac. <<Come se avessero cercato di mettersi in contatto con te dal passato o dal futuro>> aggiunse Dorigo. <<Sì, credo proprio che sia andata così - rispose Sally - come se qualcuno mi avesse guidata a ogni passo per condurmi verso la mia missione. Hanno provato a evocarmi più volte ma solo quando io ho raggiunto una più matura consapevolezza il *Maestro* è riuscito finalmente a manifestarsi in modo palese>>. <<Sbalorditivo>> espresse Cormac. Per un attimo dimenticarono d'essere in autobus, fino a quando la scritta elettronica li avvisò della prossima fermata che era proprio la loro destinazione. <<Ecco, ci siamo. È la nostra>> li avvertì Cormac. Scesero dal mezzo e si dressero a passo spedito verso la stazione dei treni dove avrebbero preso il mezzo per Limerick.

Capitolo 41

Limerick, mercoledì 31 Ottobre 2007

Il cancello si aprì. Sally, Dorigo e Cormac attraversarono il viale alberato, tra lo scricchiolio di pietruzze bianche che si pressavano sulla terra battuta. Un fiumiciattolo affiancava il viale snodandosi, più avanti, sotto un piccolo bosco di conifere per poi approssimarsi nuovamente sul viale, incrociando il loro percorso. Attraversarono il ponticello in legno, illuminato da alcune torce disposte nella passerella, e davanti ai loro occhi si palesò una immensa villa in stile georgiano. All'ingresso vi era, immobile ad attenderli, una donna attempata che, dalla divisa, pareva essere la domestica. Li accolse con un grande sorriso e destinò a Cormac un forte abbraccio <<Quanto sei cresciuto, oramai sei un uomo, Ti ricordi di me?>> gli domandò. <<La signora Moore! Caspita, certo che mi ricordo di lei. Mi ricordo anche i suoi buonissimi *Scone* (dolcetti tipici, da mangiare con il tè)>> sorrise. La donna le diede una pacca sulla spalla <<Vi aspettavamo mesi fa, cos'è successo? Imprevisti con il lavoro?>>. <<Una lunga storia Mrs. Moore, ma ora lasci che le presenti i miei amici>> rispose indicando i due. Ultimate le presentazioni, la robusta donna fece strada <<Accomodatevi, Mr. Ahearne vi aspetta – fece cenno di seguirla – devi però sapere che purtroppo lui non è più il brillante e scaltro uomo che conoscevi tu Cormac. Gli anni passano per tutti>> lo informò sorridendo, con una leggera vena nostalgica di tempi ormai andati. Il giovane annuì <<Immaginavo. Ma non si preoccupi, non ci tratterremmo allungo>> la rassicurò. Il grosso pendolo, presente nella sala, scandì cinque rintocchi annunciando l'ora del tè. Mr. Ahearne si presentò su una sedia a rotelle, spinta dalle sue mani tremolanti e con l'aiuto della sua affezionatissima domestica. Oramai da decenni Mrs. Moore viveva in quella villa con l'anziano uomo che, da sempre, l'aveva considerata come una figlia. Anche se un pochino sordo e acciaccato, l'uomo sembrava portarsi bene i suoi 90 anni <<Salve carissimi>> diede il benvenuto con voce stridula e tremante. La donna fece segno ai tre di accomodarsi <<Vi porto il tè e i biscotti che piacciono tanto al nostro Cormac – sorrise, mentre pungolava il braciere cercando di ardere la poca legna rimasta nel camino – forse sarà meglio aggiungere dell'altra legna prima che si spenga del tutto>> considerò tra sé. Dorigo e Sally si presentarono al padrone di casa, dovendo ripetere i loro nomi parecchie volte prima che egli potesse udirne le parole. I tre si accomodarono sui morbidi divanetti in alcantara, sistemati davanti al focolare, attorno a un morbido tappeto color avorio. Cominciarono a conversare del più e del meno fino all'arrivo del te che, caldo e ancora fumante, ristorò i tre ancora infreddoliti dal viaggio, nonché dall'improvviso cambio climatico fronteggiato per via della dislocazione temporale. <<Mr. Ahearne – proferì improvvisamente Cormac – so che da anni non esercita più studi e ricerche sulle antiche lingue, ma ci servirebbe il suo aiuto: abbiamo bisogno di una consultazione professionale riguardo una, quasi certamente, antica filastrocca scritta in una lingua a noi incomprensibile>> si rivolse a lui con fiducia. Il vecchio scampanellò improvvisamente un sonaglio in ceramica bianca, che portava sempre appresso, per chiamare la donna e che conservava sotto la lunga coperta scarlatta a quadri scozzesi, sistemata sulle sue gambe inferme. La donna, a passo svelto, si palesò dinnanzi a lui <<Mi dica Mr. Ahearne, cosa le occorre?>> sorrise gentilmente. «Mia cara, mi porteresti quella maledetta trappola tecnologica che chiamano apparecchio acustico? È venuto il momento di usarlo>> ridacchiò. L'anziano, ormai sdentato, tremolante e ricurvo, non aveva perso il suo senso dell'umorismo tipico di quelle parti. Sistemato l'apparecchio, l'uomo chiese ai tre di seguirlo e, con l'aiuto di Mrs. Moore, li accompagnò in una stanza attigua in cui era sistemato il suo vecchio studio oramai inutilizzato, contenente la sua biblioteca privata. I tre si guardarono attorno esterrefatti. Cormac, benché conoscesse bene quel luogo, da sempre considerato magico, si sentì ricolmo di entusiasmo perché tutto là dentro brulicava di storia. Davanti a loro teche contenenti pezzi da museo, libri annosi stipati negli scafali, una mobilia in pregiata arte povera che si sposava perfettamente ai tanti elementi etnici presenti nella stanza, cimeli dei tanti viaggi intrapresi da Mr. Ahearne in età più giovane. Quello studio era come una piccola pinacoteca personale, uno scrigno segreto e prezioso, discreto e smisurato al contempo, ricco di elementi utili per le loro ricerche. Non ci volle molto, ai tre ospiti, per accorgersi che in quel luogo c'era raccolta l'intera storia del popolo di DAN. Serrato il chiavistello della pesante porta blindata, Mr. Ahearne cominciò a parlare con voce lenta e tremolante <<Vi aspettavo mesi fa! come mai ci avete messo tanto?>>. <<Una lunga storia>> tagliò corto Cormac. <<Figliolo, conosco bene il motivo della vostra visita: cercate la chiave e pensate che io vi possa aiutare a trovarla>> sorrise, sotto lo sguardo attonito dei tre che non riuscirono a proferir parola. <<Sì, sono stato un custode – confessò, rivolgendo un tenero sguardo a Sally – tu devi essere la prescelta. Lo sento dall'energia che sprigioni>> sorrise. Sally richiamò alla mente le parole di Mr. O'Brien "incontrerai altre persone che ti aiuteranno in questo cammino". Ora si sentiva a casa. <<Non avevo la minima idea che lei potesse essere un custode>> proferì Cormac, sbalordito, ricordando scene della sua infanzia trascorse in quella grande villa di campagna. <<Come avresti potuto? Però sappi che non era un caso se tuo padre ti portava da me, a trascorrere le vacanze scolastiche. Sei stato preparato per questo momento>> gli confessò. Cormac era sorpreso <<Mio padre sapeva?>> sussurrò sgomento. L'anziano annuì e si rivolse poi a Sally <<Cosa ti ha portato qui da me?>> le chiese.

<<Una filastrocca che ho scritta inconsapevolmente durante una mia visione. Non riusciamo a tradurla. Credo che il suo contenuto sia importante >> rivelò fiduciosa, mostrandogli il foglietto. <<Uuu bene... mmm...>> continuava a sillabare sottovoce il vecchio, dopo aver letto la frase <<È un antico idioma sardo, si tratta di una canzone, un ritornello>>. <<Ha detto sardo?>> reclamò Sally incuriosita. <<Sì, assolutamente – ribadì perplesso l'uomo - Avrai già avuto modo di capire che la Sardegna e l'Irlanda sono strettamente collegate dalla profezia, giusto?>>. <<Sì. Quello che non mi è chiaro è cosa sia in verità la chiave, come farò a custodirla, cosa deve accadere durante il Lunistizio e dove mi condurrà la profezia. Insomma, vago ormai in un labirinto oscuro in cui non riesco proprio a comprendere il mio ruolo di custode>> espresse amareggiata. <<Cara Sally, sei una persona impaziente – sorrise il vecchio – Il fatto che tu sia qui risponde comunque a una delle tue domande. Dove ti sta portando la profezia. Non è necessario che tu lo sappia in anticipo perché la tua vita, il tuo istinto, il tuo spirito, ti ci stanno portando e ti continueranno a guidare, se avrai fiducia in te stessa e nel tuo arduo incarico. Due luoghi speciali sono stati scelti fra tanti, nonostante il popolo di Dan attraversò parecchie terre durante le sue numerose migrazioni. Scelse due terre sacre, la Sardegna e l'Irlanda, per tramandare la propria eredità. Territori magici, in cui il tempo scorre lento, in cui non vi è né principio né fine, terre arcaiche e immortali poiché vi fu custodita la prima chiave che venne poi tramandata, di generazione in generazione, ai discendenti figli di Dan>> spiegò l'uomo con voce calda, come di chi è nato per raccontare storie e leggende. Sally era affascinata da quella fragile creatura ricurva che un tempo doveva essere stato un valoroso guerriero custode. Continuò ad ascoltare la sua voce, come ipnotizzata da quella dolce cadenza morbida e lenta. <<Ricordi Platone? Scrisse *queste terre erano considerate già antiche persino dagli antichi* ricordi? –chiese l'uomo rimembrando i racconti su Atlantide - Beh, cara mia, EIRE

(Eriu) e JCHNUSA (Iknos) non sono altro che due facce della stessa medaglia considerate, dal popolo Dan, luoghi dell'aldilà>> espose infine, soffermandosi un istante in cerca di un bicchiere d'acqua che Mrs. Moore gli aveva lasciato sul tavolo. <<Sta parlando del *sidh*? L'aldilà celtico?>> azzardò Cormac intervenendo su quella interessante conversazione. <<Il *sidh*, come anche l'*Annwyn*, sono dei luoghi magici, spesso rappresentati da colline – specificò l'uomo che si era ristorato quanto bastava per poter ricominciare – rievocano spiritualmente le due antichissime alture, costruite anticamente in memoria delle due isole gemelle>> accennò un sorriso. <<Parla della valle di Boyne? Dove si trova il Newgrange, vero?>> avanzò Sally. <<Sei molto sveglia Sally e certamente non poteva essere altrimenti>> sorrise il vecchio. <<Ricordo che Cormac ci spiegò che la vallata di Boyne era stata creata con due alture artificiali, chiamate "Hill of Slane" e "Hill of Tara" e forse queste due alture hanno un significato mistico molto importante visto che, a suo dire, erano considerate il centro politico e spirituale dell'Irlanda celtica>> espresse lei. Il vecchio confermò <<Era la sede del Re Supremo e luogo di grande valore simbolico, poiché laggiù si trovava la pietra filosofale, ossia la pietra del destino. Ma c'è un'altra cosa importante che forse vi è sfuggita: le due alture, oltre a essere insediamento dei Re Supremi, non sono altro che la rappresentazione delle due isole, un gemellaggio tra Sardegna e Irlanda, rappresentate in perfetta simbiosi>>. I tre lo guardavano increduli e ammaliati da tale eloquenza. Il vecchio pavoneggiò un'espressione soddisfatta poi si rivolse alla giovane <<Ti sarai chiesta perché tu? Perché far giungere una custode dall'America, perché non cercare un custode in Irlanda o magari in Sardegna, sarebbe stato più facile>> avanzò l'uomo. Dorigo lo informò del loro legame di sangue con quelle terre <<Io ho un cognome irlandese e Sally è mia figlia, quindi deduciamo che questo legame di sangue ci abbia messo in relazione con la profezia legata a queste terre. Certo è

che non si spiega il perché proprio noi, con tanti Irlandesi e Sardi autoctoni che cercano di mantenere incontaminata la storia degli antichi padri>> disse il medico. Mr. Ahearne si avvicinò all'uomo <<Si è mai chiesto, Mr. Mc Angusa, quale sia il significato racchiuso nel suo cognome?>> proferì sgattaiolando senza aspettare risposta. Il vecchio si era infatti spostato rapidamente con la sua carrozzina, accostandosi allo scafale adiacente <<Cormac, sii gentile, prendimi quel librone rosso, quello in cui vi è scritto *genealogia dei casati*>> additò impaziente. Afferrato il libro, l'uomo lo sfogliò con destrezza nonostante il tremolio dovuto alla vecchiaia <<Ecco! leggi>> disse rivolto verso il suo giovane pupillo. Cormac schiarì la voce e cominciò a leggere.

- Aonghus: nome maschile, in uso nella mitologia scozzese e irlandese, dal possibile significato di "la forza", derivato dall'irlandese *óen* "uno" e *gus* "forza", "resistenza", "energia". Questo nome è presente con forma del tutto similare anche nella tradizione mediterranea dell'isola sarda sotto il cognome di Angius, ancora presente in tutta l'isola. -

<<C'è una leggenda – proferì l'uomo - che mette in relazione questo nome mitologico con le costruzioni di Newgrange, di Fourknocks e lo *swan* di Whooperche. È un mito legato alla magica costellazione del "Cygnus": Si narra infatti che una delle leggende più note dello *swan* (cigno) collegata con il Newgrange sia proprio la storia dell'avventuroso Aonghus e Caer. Aonghus era un capo "mythical" del Tuatha Dé Danann, collegamento principale dell'aldilà, un "dio" in mitologia irlandese antica. Aonghus ha risieduto al Na Bóinne, il tumulus del Brú di Newgrange, e spesso narrava di come 'Aonghus un Bhroga ', suo padre, era il Daghdha (il buon dio), un principale "diety" del Tuatha Dé Danann. La sua madre era invece Bóinn, o Bóann, il goddess (la dea) del fiume Boyne, che prese il relativo nome da essa. La storia dice che Aonghus

fu sedotto e incantato d'amore per una donna che lo avrebbe incontrato mentre dormiva. Essa infatti lo visitò nei suoi sogni per un anno, senza che lui potesse toccarla poiché altrimenti lei sarebbe svanita. Sua madre, Bóann, cercò in tutta Irlanda la giovane donna, per un intero anno di estenuanti ricerche, senza però riuscire a trovarla. Allora Aonghus ingaggiò l'aiuto di suo padre, il Daghdha, che a sua volta coinvolse Bodhbh, che era il re di Tuatha Dé Danann di Munster e lui rivelò che la giovane era Caer Lobharmhéith. Aonghus fu condotto presso il loch Béal Dragan (lago dalla bocca di drago), in Tipperary, e Bodhbh gli spiegò come Caer provenisse dal *Sídh Uamhain* (residenza dell'altro mondo). Il padre di Caer rivelò al Daghdha che sua figlia si manifestava periodicamente, di anno in anno, sotto forma di uccello e di ragazza. La storia, come riporta la tradizione, continua con la sua apparizione al lago *Béal Dragan*, durante Samhain, il primo novembre, sotto forma di uccello. Aonghus, consigliato da Daghdha di andare a cercarla proprio là, trovò la giovane sotto forma di un bellissimo *swan* bianco assieme a un gruppo di altri *tre volte cinquanta swan*. Andò da lei e si trasformò così anche lui in uno cigno e assieme, abbracciati, sorvolarono tre volte attorno al lago. Poi volarono assieme verso il Na Bóinne di Brugh e persuasero gli abitanti di quel luogo a dormire, tramite il loro bel canto ammaliatore. Caer rimase con Aonghus in quel Brugh per l'eternità – concluse - Una storia antica che fa riferimento agli *swan* e al Newgrange. Ma soprattutto al fatto che *Caer* provenisse da un luogo "dell'altro mondo", sicuramente la Sardegna, che era collegata con l'Irlanda tramite tumuli e megaliti spesso costruiti proprio in allineamento con la costellazione del Cygnus, lo *swan* appunto>> spiegò il vecchio. Sally sospirò, affascinata, Dorigo era sconcertato e Cormac invece fu improvvisamente pervaso da una controversa intuizione <<Sbaglio o è stato citato anche il *Fourknocks*? Non è quel tumulo la cui pianta si dice sia molto simile a quella dei nuraghi sardi? >> espresse incuriosito.

<<Esatto Cormac - annuì il vecchio - hai buona memoria. Il Nuraghe sardo è nato probabilmente proprio come tomba sacra, almeno è ciò che affermano moltissimi studiosi, e le nuove scoperte rivelano una forte relazione tra queste ubicazioni e l'allineamento astronomico con determinate costellazioni>>. Cormac annuì <<Sì, è una nuova disciplina chiamata Archeoastronomia – spiegò Cormac ai suoi amici - studia il rapporto tra la costruzione di siti archeologici megalitici con la loro presunta corrispondenza ad allineamenti astronomici. È accertato, infatti, che le antiche civiltà costruivano spesso le loro imponenti strutture in modo a dir poco geniale poiché, allineando con determinati astri i punti principali di queste costruzioni, si venivano a creare dei veri e propri osservatori astronomici>> spiegò. <<Erano sicuramente dei grandi osservatori del cielo – sorrise Mr. Ahearne - credevano fermamente nel profondo legame tra i pianeti e che il loro equilibrio cosmico fosse in grado di produrre una energia inimmaginabile. Forse è proprio così che aprivano i varchi temporali. Tornando al discorso del Nuraghe il suo nome è probabilmente legato al vocabolo proto sardo *nurra* (mucchio di pietre) appunto "tumulo">> aggiunse l'anziano, mentre sorseggiava ancora un po' d'acqua. Sally sorrise affascinata ripensando ai tumuli irlandesi e a quanto quelle due terre si somigliassero. Cormac propose altri significati affini per *nurra* <<Tomba a cavità, voragine carsica>> aggiunse. L'anziano annuì <<Il mucchio, la tomba, la voragine... hanno tutte un significato di fertilità, di vita, di esistenza, di cavità riproduttiva e da qui il parallelismo con il culto della Dea Madre>> precisò. Sally annuì <<Ecco il collegamento tra i portali e il culto della dea madre>>. <<Questi tumuli erano luoghi di culto, in cui i maestri spirituali si potevano mettere in contatto con le forze cosmiche, un punto di congiunzione tra il mondo dei vivi e quello dei morti>> azzardò Cormac sorridendole. <<In un certo senso sì - convenne l'ometto che si rivolse poi verso Sally

- mi hai chiesto il significato di questa filastrocca – È un canto sardo, invocato non dai vivi per i defunti, semmai dai defunti stessi per raccontare cosa è stato fatto loro – espresse analizzando la frase - Ci sono delle leggende a riguardo, sia nella tradizione sarda che in quella irlandese, dove i defunti vengono contemplati con grande rispetto poiché spesso il mondo dei morti si mescola a quello dei vivi e viceversa. Ci sono racconti, direi identici, che mettono in stretta relazione la cultura sarda e quella irlandese>>. Cormac conosceva bene le storie sul piccolo popolo e anche quelle sulla tradizionale festa di Samhain, di cui aveva parlato ai suoi amici. <<Conosciamo la storia su Halloween?>> azzardò la giovane. Il vecchio sorrise <<Halloween è solo un business americano. In realtà le sue radici sono di gran lunga più antiche, legate a culti pagani: i Celti per esempio credevano che durante questa notte, corrispondente nel loro calendario alla fine dell'estate, Samhain appunto, bisognasse ringraziare gli Spiriti degli antenati per il loro buon raccolto. Si credeva, inoltre, che colui che controllava le sorti, la vita e la morte, riportasse nel regno dei vivi le anime defunte e che la linea di divisione tra i due mondi si assottigliasse tanto che i primi riuscivano persino a reincarnarsi. Da qui l'uso di lasciare, davanti alle porte delle case, dei dolcetti affinché si riuscisse a ingraziarsi le anime dei defunti. A tal proposito si appendevano le famose *Jack o' lantern* (delle lanterne a forma di zucca) fuori dalle abitazioni, per guidare il cammino delle anime perse. In Sardegna questa ricorrenza corrisponde alla festa di Ognissanti e al giorno dei morti ma, anticamente, corrispondeva alla festa di *Is Animeddas* (le anime). Il giorno dei morti fu ufficialmente collocato dalla chiesa alla data del 2 Novembre nel X sec. d.c. praticamente fondendosi con il 1 Novembre per offuscare le più antiche celebrazioni. Tra il popolo comunque le vecchie abitudini non cessarono di esistere e quindi la ricorrenza fu adattata alla nuova festa cristiana e al suo comunque immutato significato. Non morì però la credenza che in quei

giorni, tre prima e tre dopo la notte di Halloween, i defunti potessero tornare tra i viventi vagando per la terra o recandosi dai parenti ancora in vita. Anche in Sardegna questo credo rimase vivo e inalterato fino a pochi decenni fa>> spiegò l'uomo. Sally corrugò la fronte <<Tutto questo cosa ha a che vedere con la filastrocca?>> domandò. L'uomo si strofinò il mento assorto in un'espressione pensierosa <<Potrebbe! Questo canto era invocato dalle anime dei defunti, quando si ritrovavano davanti ai tumuli o alle loro tombe senza accettare la loro dipartita. *Alalà intruppa, alalà intruppa, nois non tenimus ne ossu e nen purpa...* (non abbiamo più ne ossa e ne carne). Quindi loro ora sono solo spirito. *nosich'hana 'ettau a intrue unu fossu...* (ci hanno gettato dentro il fossato)... questo metaforicamente è un vero e proprio lamento di rivendicazione. Loro vogliono indietro la loro vita, non si danno pace, così restano nel mondo e vagano come anime dannate in cerca di chi può dar loro voce. Probabilmente la custode può aiutarli ad andare oltre. Tu sei stata scelta per rivendicare la loro esistenza>> disse rivolto a Sally. Ora la giovane cominciava a collegare tutto: le visioni che l'avevano condotta al Newgrange, il popolo di Dana che rivendicava la propria storia, il suo antico cognome irlandese che aveva rievocato in questi spiriti primordiali una speranza di libertà. A quel punto Sally raccontò al vecchio tutta la loro incredibile avventura e lui ascoltò sorridente, come di chi conosce bene le gesta avventurose di un custode. Gli menzionò anche di Mr. Leskov e di come aveva attraversato il varco temporale assieme a loro. <<Immaginavo fosse successo qualche imprevisto, dopo che non vi vidi arrivare - sospirò l'uomo impensierito – ciò che mi preoccupa però è quel losco individuo e i suoi subdoli scopi. Credo sia successo qualcosa di molto brutto, nel recente passato. Solo così mi spiego questa seconda opportunità che vi è stata concessa: qualcuno oggi, durante il Samhain, vi ha evocato per farvi tornare qui, perché evidentemente durante la cerimonia del Lunistizio la chiave

non è stata consegnata e la profezia è stata spezzata da qualcuno, presumo proprio da questo pericoloso personaggio di nome Mr. Leskov. Qualcuno dei guardiani deve aver capito, con grande intuizione e saggezza, che farvi tornare nel passato, nello scorso Samhain prima del Lunistizio, non avrebbe cambiato gli eventi poiché voi sareste stati ignari di tutto questo e non avreste potuto impedire il ripetersi della storia. Ora invece, portandovi a questo Samhai, potete cambiare tutto>> constatò speranzoso. <<Cosa intende con "qualcosa è andato storto"?>> sollecitò Dorigo con apprensione. <<Probabilmente la custode non è mai arrivata alla cerimonia del Lunistizio e la chiave non è stata trasmessa. Qualcuno l'ha fermata. Probabilmente Mr. Leskov, quel giorno al Newgrange. Quindi questa, in una realtà, è una dimensione parallela in cui, grazie al Maestro, Sally ha potuto non solo salvarvi ma scoprire anche i suoi immensi poteri. Qualcuno, assieme a Sally, ha aperto il varco giusto in tempo per ingannare il destino. E lo ha fatto con stile, in modo da potervi avvertire. Credo vi abbia condotto proprio dove ci sarà la cerimonia dei festeggiamenti di Samhain, così da permettervi di attraversare nuovamente il varco e arrivare sani e salvi al Lunistizio>> azzardò il vecchio. <<Riattraversare il varco?>> chiese Sally perplessa. <<Sì, il varco si apre solo durante il Samhain, nei luoghi in cui vengono svolte le cerimonie sacre, e rimane aperto fino alla mezzanotte del 31 Ottobre>>. <<Noi ci siamo ritrovati a Dublino, nella *Dame Street*. Com'è possibile?>> chiese Cormac. Sally spalancò lo sguardo e lo puntò verso Cormac <<La Christ Church Cathedral>>. <<Ma certo! - asserì Cormac - È lì che verrà eseguita la cerimonia evocativa! Il luogo in cui si trova il varco che collega passato, presente e futuro, ricordate? il gatto e il topo mummificati>>. <<Chi può aver avuto questa ottima idea?>> si interrogò Mr. Ahearne <<Sicuramente doveva sapere che voi avreste capito...>> aggiunse. <<Mr. O'Brien>> sorrise Sally. <<Sì, certo - convenne Cormac - lui conosceva bene il nostro

cammino iniziatico ed è lui che ci ha condotto nella Christ Church Cathedral spiegandoci il segreto del gatto e del topo>>. Anche Dorigo annuì <<È stato sicuramente lui>>. Sally, divenuta improvvisamente seria, si rivolse al vecchio <<Cosa comporta ingannare il destino? Cosa succederà?>> chiese attanagliata da un improvviso stato d'apprensione. L'uomo abbassò lo sguardo, poi guardò Sally mortificato <<Non so cosa succederà ma so per certo che la natura trova sempre il modo per ricreare il suo equilibrio. È la legge universale di causa ed effetto. Non si può sfuggire da questo. Ogni strada, ogni scelta, ogni traguardo, innesca involontariamente degli effetti, nuovi incontri, bivi, percorsi. È come un labirinto in cui, alla fine, non è importante capire dove si stia andando o sapere se si riuscirà a trovare il centro, ciò che più conta davvero è quello che si impara durante il percorso. Così, al termine del nostro viaggio dentro il labirinto della vita, l'unica cosa davvero importante che ci permetterà di riemergere sarà l'amore e la gratitudine per una vita vissuta appieno, per le persone incontrate, per le cose imparate. L'amore è la chiave – sorrise –dare vita alla vita, questa energia di amore conduce all'eternità e in questa energia è custodito il ricordo, la tradizione, la storia>> rivelò infine il vecchio. I tre amici si guardarono, finalmente consapevoli di avere in mano le redini del proprio destino. Mr. Ahearne si rivolse alla giovane ancora una volta con spirito di incoraggiamento <<Tramite la tua grande sensibilità ed empatia, cara Sally, lo sciamano che è in Mr. O'Brien ti ha potuto raggiungere per metterti in salvo. Devi sapere che è proprio nella *valle dei re* che i custodi celtici si univano con quelli sardi, ed è proprio grazie a questa unione che le due terre hanno tramandato il loro intrinseco legame di sangue. La congiunzione tra queste due terre non può avvenire da qualunque luogo, anche se sacro. Ogni megalite, tumulo o luogo, considerato magico, apre porte temporali ma per diversi luoghi nella terra e solo durante certe condizioni

favorevoli, come appunto i lunistizi, i solstizi e gli equinozi, o con alcune fasi lunari. Questi luoghi di energia sono tantissimi, sia in Irlanda che in Sardegna, le porte temporali possono aprirsi in ogni parte delle due isole ma dovete trovare la giusta combinazione per effettuare il passaggio. Un'ultima cosa che può esservi utile: lo scorso Giugno ricordo di aver visto, al notiziario europeo, una particolare manifestazione folkloristica tenutasi in Sardegna, proprio per i festeggiamenti del solstizio d'estate. Ricordo che le riprese vennero eseguite nei pressi di un paesino, chiamato Paulilatino, in un sito archeologico che accoglie anche la chiesetta campestre di Santa Barbara. È probabile che la cerimonia del Lunistizio si svolga proprio in quel luogo. Ho fatto delle ricerche e ho scoperto che infatti, vicino a quel luogo, è custodito un pozzo sacro monto famoso costruito proprio ai tempi degli Shardana>> aggiunse con un sorriso. I tre amici guardarono il vecchio con improvvisa apprensione, vedendo, dal grande orologio in ferro battuto presente nella stanza, che ormai non avevano più tanto tempo. <<Sono le 6 pm – sottolineò Cormac - abbiamo solo sei ore di tempo per arrivare alla cattedrale di Dublino>> osservò. Sally si accigliò preoccupata <<Un'ultima cosa prima di andare – chiese – come faccio a oltrepassare il varco?>>. Mr. Ahearne sorrise <<Esattamente come hai fatto la prima volta. Il varco era aperto ma sei tu che hai trovato la forza, dentro di te, per oltrepassarlo. Tu hai il potere di scegliere se affrontare o no le tue paure. Devi solo concentrarti e imparare a controllare la tua energia interiore – spiegò – Non temere, tutto diverrà chiaro al momento giusto>> la rassicurò. Anche Cormac cercò di rassicurarla <<Vedrai Sally, riuscirai a trovare il modo, ma ora dobbiamo preoccuparci di arrivare in tempo. Non c'è più un minuto da perdere>> suggerì con impeto. <<Ricordatevi – disse infine il vecchio irlandese – state attenti a Mr. Leskov! Lui cercherà di fermarvi a tutti i costi e di impossessarsi della chiave. Non permettetegli di oltrepassare il varco. Se giunge con voi in Sardegna potrebbe far fuori i guardiani e

costringere Sally a farsi consegnare la chiave, con rituali paralleli di magia nera. Questo comprometterebbe l'intera esistenza del popolo Dana, dei suoi custodi e guardiani, innescando un pericoloso sortilegio che genererebbe il male assoluto>> li avvertì con tono imponente. Cormac lo rassicurò <<Stia tranquillo Mr. Ahearne, staremo vigili>>. I tre, che erano giunti nella villa per mezzo di treni e autobus, si resero improvvisamente conto che era ormai troppo tardi per servirsi di mezzi di trasporto pubblici. Mr. Ahearne chiamò la sua fedelissima domestica, con il suo solito campanellino, facendosi accompagnare nell'autorimessa, scortata dai tre, dove teneva, esposti in bella mostra, i suoi gioielli di famiglia. Tre bellissime auto d'epoca, una affianco all'altra: una Triumph Roadster del '48; una Rolls Royce Silver Cloud II, datata 1961; infine una MGB Spider del '72. I tre amici rimasero allibiti dalla proposta dell'anziano <<Sceglietene una, hanno tutte il pieno di carburante, quindi non dovreste avere problemi. La manutenzione è stata fatta regolarmente, se ne occupa il figlio di un mio carissimo amico e, ogni tanto, le fa correre in pista per tenere il motore brillante – argomentò con voce tremolante e ormai affaticata - spero possa portarvi a destinazione in tempo utile - si auspicò - Farò poi andare qualcuno a riprenderla domattina>> aggiunse con un sorriso. Cormac guardò le auto <<La Rolls Royce direi di scartarla, troppo lussuosa e noi non stiamo andando a passeggio; la Spider sarebbe l'ideale ma ha solo due posti>>. Detto ciò, il giovane andò a colpo sicuro << Prendiamo senza dubbio la Roadster nera>> confermò. Sally abbracciò con affetto l'anziano ometto, augurandogli ogni bene e sperando di poterlo rivedere presto <<Mi mancherà tanto la sua saggezza. Spero di poter venire presto a trovarla, con più calma – auspicò – Cormac mi aveva parlato bene di lei ma, devo dire, di persona è migliore di quanto avevo immaginato. Sono davvero felice di averla conosciuta>> gli sorrise, stringendo le sue mani. L'uomo sorrise <<Certo che ci rivedremo, ogni volta

che avrai bisogno di me. Purtroppo sono molto vecchio e non mi rimane tanto da vivere, ma ogni volta che vorrai mi potrai cercare nel vento e nella pioggia, nei raggi del sole e nella rugiada del mattino, all'ombra di un'annosa quercia o nelle rive di un torrente, oppure vicino ai megaliti tanto sacri ai nostri antenati. Sarò con voi sempre>> sorrise. La giovane non poté trattenere una piccola lacrima di commozione e, con occhi lucidi, salutò definitivamente l'uomo che la guardò salire nell'auto, mentre una forte morsa malinconica serrava il suo stomaco. Successivamente Dorigo si avvicinò e lo salutò con una stretta di mano, in cui convogliò tutta la sua gratitudine. Infine Cormac, con grande riconoscenza e affetto, abbracciò l'uomo che, con occhi lucidi, ricambiò dandogli le sue ultime raccomandazioni <<Sei tutto tuo padre – si complimentò – hai nelle vene il sangue della nostra gente. Bada, hai tra le mani un immenso tesoro – gli disse guardando verso la giovane – proteggila e veglia su di lei, proprio come il grande Drago veglia sul tesoro del popolo di Dan. Ricorda che nel tuo cognome SheriDAN c'è il serpente: guardiano, vigilante e custode, che assieme alla prescelta daranno alla luce il prossimo eletto. L'eletto, colui che nelle leggende viene cantato come l'eroe epico poiché considerato un semidio, per la sua potenza immensa - sussurrò rivelandogli l'ultima parte della profezia – Credo che sia giunto il momento che il mondo abbia il suo nuovo eroe – sorrise – per questo è importante fermare Mr. Leskov>> lo esortò con trasporto. Cormac si irrigidì <<Io e Sally custodi? Credevo di essere un semplice guardiano. Dunque, noi siamo la dualità di cui ci ha parlato Mr. O'Brien! assieme all'eletto formeremo il triangolo sacro, la triade che è alla base dei culti pagani. Padre e madre che, innalzandosi fino al vertice, creano l'esistenza, la nascita della vita... ecco cos'è la chiave>> rifletté scoprendo l'ultimo arcano. L'uomo annuì <<Dorigo, Sally e tu rappresentate la triade primordiale: l'antenato, la sposa e lo sposo. Da essa si genera la nuova triade (padre, madre, figlio). I due triangoli

formano il pentagono sacro in un processo ciclico che si ripropone all'infinito, proprio come i due cerchi che formano l'8. Tu e Sally siete stati scelti per concepire la chiave durante un rituale di fertilità dedicato alla Dea Madre. Sally è la custode indiscussa che ha il potere di tramandare questo dono: la donna, come sai, era considerata una dea proprio per il potere di portare dentro di sé la vita. Con Dorigo e l'eletto formerete, infine, il quadrato, i quattro elementi fondamentali che simboleggiano la vita. In esso è custodito il tempo, l'eternità, il legame tra passato, presente e futuro. Immagina, quindi, cosa potrebbe accadere se Mr. Leskov prendesse Sally e generasse con lei la chiave del male>> concluse l'uomo con voce spossata e preoccupata. Con gesto furtivo l'uomo consegnò a Cormac una lettera, chiusa in una busta sigillata dalla ceralacca, che riportava il sigillo del popolo Dan. <<Dovrai darla a Sally, ma solo quando sarete giunti in Sardegna. Solo allora, mi raccomando. Perché se arriverete aldilà del varco vorrà dire che sarete finalmente pronti per la consegna della chiave e Sally potrà acquisirne tutti i poteri. Quando sarete in quella terra paradisiaca vi sentirete come a casa e sentirete dentro di voi una pienezza incommensurabile. Capirete di aver sempre saputo di essere speciali, di essere parte importante di un disegno, di essere il frutto della grande magia. Insieme, in quel luogo incantato, metterete a frutto gli insegnamenti dei Maestri vivendo in simbiosi con la natura e gli elementi>> gli rivelò. Cormac annuì. Avrebbe voluto chiedergli moltissime altre cose: dei loro antenati; del segreto tramandato dalla sua famiglia; di suo padre; della sua terra e della sua gente. Ma Sally e Dorigo, con un colpo di clacson, sollecitarono il giovane a sbrigarsi <<Si è fatto tardi Cormac, sono le 7.15 pm. Muoviti!>> gridò Sally dall'auto, mentre con Dorigo aspettava impaziente. Cormac strinse per l'ultima volta le mani di Mr. Ahearne e lo ringraziò, consapevole che non lo avrebbe più rivisto. Salì finalmente sull'auto e partirono.

Capitolo 42

Dublino, mercoledì 31 Ottobre 2007

Mr. Leskov, che aveva perso di vista i tre, decise di provare a contattare telefonicamente il suo fedele complice Mr. Carroll, nonché seguace della setta di cui lui stesso era membro, nelle alte cariche. Era sicuro che l'uomo stesse attendendo, paziente, una sua mossa. Forse ancora sconcertato dell'accaduto, ma comunque fedele al suo obbligo morale di appartenenza all'ordine.

Dublino, lunedì 19 marzo 2007

Mr. Carroll, confuso e ancora stupefatto per l'accaduto, lasciò di fretta il posto di lavoro facendosi sostituire per tutto il turno giornaliero. Mentre si recava al parcheggio, in cui era sostata la sua auto, ricevette una chiamata al cellulare. Con suo immenso sconcerto notò che si trattava proprio di Mr. Leskov. Esitante e incredulo rispose con voce tremolante.

Dublino, mercoledì 31 Ottobre 2007

Mr. Leskov non aveva smesso di girarsi attorno per capire cosa fosse successo e perché continuava a incontrare persone mascherate. Mentre attendeva Mr. Carroll dall'altra parte del ricevitore vide, appeso su una vetrina, il manifesto della grande festa del Samhain del 2007 "Non è possibile, sono finito nel bel mezzo dei festeggiamenti di Halloween. Accidenti – si inasprì – il Lunistizio è passato, ho perso la mia unica occasione per impossessarmi della chiave. Ma chi può avermi tirato questo brutto scherzo? Maledizione! Non è possibile. Devo trovare un modo per tornare indietro, devo trovare un varco, devo essere presente in Sardegna a Giugno, durante i festeggiamenti" pensò tra sé e sé. Poi finalmente, dall'altra parte, qualcuno rispose. Ora poteva nuovamente contare sull'aiuto del suo scagnozzo.

Dublino, lunedì 19 marzo 2007

Mr. Carroll, chiusa la telefonata, vide l'auto che Mr. Leskov gli aveva appena segnalato. Era nel grande parcheggio destinato ai visitatori, incustodita e chiusa a chiave. Nessuno era presente nei paraggi. Si chiese se fosse il caso di perquisirla li stesso, in bella vista, oppure portarla via da qualche parte, furtivamente, forzandone la portiera. Portarla lontano, rovistare tra i documenti in totale tranquillità, distante da sguardi indiscreti, questo gli sembrò la cosa più appropriata da fare. Stabilì poi di lasciare l'auto in una viuzza dissestata, simulandone il furto. Forzare la serratura risultò più facile del previsto. Dai documenti, che trovò sul cruscotto, l'uomo notò che l'auto era stata noleggiata a Dublino e che nel contratto, stipulato con l'agenzia di autonoleggio, appariva dalle generalità l'indirizzo dell'albergo in cui i tre alloggiavano. Non ci volle molto per convincere il portiere di turno dell'ostello ad accompagnarlo nelle camere dei tre forestieri. Le banconote hanno sempre un fascino irresistibile. Le stanze erano ancora ingombre dei loro bagagli, di oggetti personali sparpagliati, di abiti accantonati nel grande armadio. Alcune carte erano riposte sulla scrivania. Dopo aver tirato fuori un altro pezzo da 100 euro, Mr. Carroll era stato lasciato solo nella stanza col tacito accordo di poter frugare tra quei bagagli senza essere disturbato e con l'esplicita raccomandazione di abbandonare la stanza il prima possibile. Il giovane portiere si era anche reso disponibile ad avvisarlo telefonicamente, dalla linea interna, nel caso avesse visto arrivare i tre. Vestiti, fotocopie, guide turistiche, oggetti insignificanti: Mr. Carroll, stava quasi per perdere la pazienza quando, improvvisamente, tra le pagine di un glossario di lingua gaelica, intravide un dépliant che lo incuriosì. Si trattava di un coupon del *Book of Kells*, con tanto di biglietti d'ingresso utilizzati per accedere alla *Old Library* del *Trinity College*. Dentro il coupon trovò, inoltre, un biglietto da visita con il numero di telefono e la professione di un certo Mr. O'Brien, bibliotecario e custode di testi sacri e codici miniati del *Trinity College* di Dublino. <<Ma guarda che coincidenza – ironizzò abbozzando un sorriso infido – credo sia il caso di fare una telefonata>> sogghignò intuendo la rilevanza di tale informazione.

Dublino, mercoledì 31 Ottobre 2007

Mr. Leskov, che intanto aveva contattato la sede Dublinese del suo gruppo di adepti, organizzò repentinamente una funzione presso la *Christ Church Cathedral* sapendo bene che quella Cattedrale era luogo sacro ai custodi e che, al suo interno, vi erano infiltrati da tempo anche apprezzabili e utili informatori della sua fazione. Si recò alla Cattedrale e, dietro sua richiesta, l'usciere lo informò che mesi addietro tre stranieri, in compagnia di un bibliotecario della Old Library, avevano visitato la cripta in cui vi erano custoditi i fossili mummificati del gatto e del topo. Per Mr. Leskov fu subito chiaro che quel luogo doveva essere probabilmente il luogo ideale per il prossimo varco e che questo si sarebbe aperto proprio in occasione dei festeggiamenti di Samhain. "A mezzanotte il mondo dei vivi si unisce a quello dei morti e il passato si fonde con il presente – pensò – è quello il momento giusto per tornare indietro" sorrise compiaciuto.

Capitolo 43

Dublino, lunedì 19 marzo 2007

Lasciato l'albergo, Mr. Carroll si recò presso il *Trinity College* come il suo Maestro gli aveva raccomandato per telefono. Era quasi giunta l'ora di chiusura e la folla di turisti, che spesso invade i viottoli del campus, si era ormai dissolta. Aveva appena acquistato il biglietto d'ingresso dell'ultima visita prevista, quando in lontananza vide sbucare, in tutta fretta, un anziano uomo che lo scrutò con sospetto e scappò via di corsa. Pareva proprio l'avesse riconosciuto, come se sapesse in anticipo quali infide intenzioni avesse nei suoi confronti. Domandò alla giovane addetta della biglietteria chi fosse l'uomo e lei gli confermò i suoi sospetti. Si trattava proprio di Mr. O'Brien. Con un balzo repentino corse fuori, speranzoso di riuscire a raggiungerlo, ma giunto all'ingresso del College ne perse ogni traccia. Tornò alla Old Library e cercò di estorcere qualche notizia utile dai colleghi, ma senza alcuna fortuna: intorno a quello strano ometto ricurvo volgeva uno strano e oscuro silenzio, come se lui stesso ne avesse ordinato l'assoluta riservatezza. Mr. Carroll, indispettito, non poteva sapere che anche in quell'ambiente si ramificava un rigoroso ordine di vecchi guardiani e custodi che, pari a una vera e propria società segreta che ricordava l'antica loggia dei templari, era stato consacrato in difesa della chiave. Senza alcun utile indizio, Mr. Carroll se ne andò, deciso ad attendere pazientemente nuove disposizioni dal parte del suo Maestro. Passarono pochi minuti quando, inaspettatamente, dal suo cellulare giunse una nuova chiamata <<Salve Patrick, devi recarti immediatamente alla Christ Church Cathedral – ordinò Mr. Leskov - È lì che è diretto Mr. O'Brien. È il luogo di

energia in cui la custode deve recarsi per tornare indietro e lui sarà lì ad attenderli, per aiutarli nel passaggio oltre il varco temporale. Noi dobbiamo assolutamente impedire il loro passaggio, perché da quel varco possono giungere in Sardegna ed essere presenti durante i festeggiamenti del Lunistizio. Se ciò accadesse sarebbe la fine, non riuscirei più a impossessarmi della chiave>>. <<Cosa devo fare, una volta giunto nella Cattedrale?>>. <<Ferma Mr. O'Brien a qualunque costo! Io ho già disposto la funzione sacra che mi permetterà di aprire il varco per giungere nel tuo tempo e porterò con me la custode. Quel varco resterà aperto per pochi minuti, il tempo che le sarà necessario per poter comporre una nuova rotta spazio temporale. Lei è l'unica che conosce la formula che apre il varco per la Sardegna e solo quando lei sarà al mio cospetto potrò impossessarmi della chiave e impedirle di oltrepassare l'ultimo varco da lei creato. Una frazione di secondo può cambiare il destino di ognuno di noi – esternò – non possiamo permetterci di sbagliare>>. <<Bene. Che le forze degli elementi ci proteggano, Mr. Leskov. Se anche i tre riuscissero a tornare nel mio tempo avranno una bella sorpresa: saremo lì ad attenderli, io e il caro Mr. O'Brien – ridacchiò l'uomo – Ora vado. A presto mio Signore>>. <<A presto Patrick>> sorrise Mr. Leskov.

Capitolo 44

Dublino, mercoledì 31 Ottobre 2007

Nella *Christ Church Cathedral* Mr. Leskov e i suoi adepti si accingevano a preparare la cerimonia che avrebbe sostituito quella Cristiana, già organizzata, in occasione della festa di tutti i santi e tutti i morti. Il parroco, un suo vecchio amico, accettò il compromesso, in cambio di una generosa donazione per la sua comunità dei credenti. Samhain era una festa pagana antichissima e le genti continuavano a festeggiarla per sette giornate, il 1° Novembre, tre giorni prima e tre giorni dopo, la stessa Chiesa Cattolica prese in prestito questi festeggiamenti facendoli suoi e organizzando cerimonie ecclesiastiche che oramai si erano diffuse in tutta l'isola. Nessuno si sarebbe accorto che in quelle preghiere si sarebbero celati incantesimi paralleli per aprire il varco. Mr. Leskov ripensò alla custode e al passaggio per arrivare in Sardegna, la terra considerata il *Sidh*, la terra di mezzo, l'aldilà, l'Eden biblico, l'antica Atlantide, la terra della sacra *Chiesa di Sardi*, terra di beatitudine e di esilio, di delizia e di penitenza, terra in cui si possono scorgere dal mare le torri di fuoco e di cristallo, dove viene decisa l'assoluzione o la penitenza dei Vigilanti. La terra mitologica, dove il *Sardus Pater* e la *Dea Madre* decisero le sorti dei custodi. "Se il custode riuscirà a decifrare i codici e capirà quali poteri e virtù possiede la chiave, la sua vita diverrà eterna. Se oltrepasserà il varco verrà scelto il successivo adepto, proprio come avvenne nel febbraio dell'89, nel sito di Santa Cristina – pensò rimembrando quel lontano evento – Per me sarebbe la fine, perderei di vista ogni traccia della chiave e dovrei rincominciare da capo con le ricerche. Anni e anni persi invano, non posso permettermelo" strinse i pugni, inaspritosi al solo pensiero. Un improvviso colpo di tosse lo riportò alla cruda realtà, ogni attimo era per lui una concessione offertagli dal destino che, come una roulette russa, gli ricordava quanto fosse fragile la sua condizione. Mancava poco all'inizio della cerimonia. Mr. Leskov indossò la tunica nera, usata in occasione dei cordogli funebri. Si accomodò nelle poltroncine annesse all'altare, aspettando pazientemente che il consueto sacerdote concludesse la sua omelia. La chiesa era gremita di gente, tra cui i vigilanti del Tempio di Gerusalemme e gli eredi dei Rosacroce e dei Templari. Ma non mancavano, celati sotto la veste monastica, i seguaci della setta di Mr. Leskov, i cui adepti vestivano un semplice saio marrone che ricordava quello dei monaci. Tra i presenti, infine, qualche personaggio illustre che dalle alte sfere svolgeva spesso il ruolo di benefattore per l'una o l'altra fazione. Questi, occupavano il cosiddetto *banco del sindaco*, situato solitamente nella navata settentrionale e spostato al centro quando, invece, veniva utilizzato dai dignitari della città. La messa si svolse come consuetudine. Le campane suonarono i rintocchi delle 23.30 quando la liturgia pubblica si concluse, lasciando spazio a quello che molti chiamavano il momento della meditazione, l'atto del rosario. Da lì a poco la gran parte della gente si sarebbe riversata all'esterno della chiesa e al suo interno sarebbe cominciata la vera e propria cerimonia pagana. Mr. Leskov sogghignò impaziente e smanioso. Si mise al centro dell'altare e prese il posto del parroco che, con fare indifferente, si fece da parte e si allontanò. A questo punto Mr. Leskov cominciò il suo encomio in latino.

Dublino, lunedì 19 marzo 2007

Con la complicità dell'usciere della Christ Church Cathedral, Mr. O'Brien era stato condotto, con la forza, nella ex casa sinodale diocesana, collegata alla cattedrale tramite un ponte che appariva come un lungo androne. Mr. O'Brien, oramai straziato dalle continue percosse, rivelò a Mr. Carroll il segreto del gatto e topo confermandogli che il Maestro aveva scelto Sally come suo adepto. Notizie già note all'infido uomo, come lo stesso Mr. O'Brien aveva intuito, ma che servirono tuttavia a rafforzarne le certezze del primo e a diminuire il gravoso supplizio inflitto al secondo.

Capitolo 45

Dublino, mercoledì 31 Ottobre 2007

<<Presto Cormac, parcheggia! Continueremo a piedi>> propose Sally in preda all'agitazione, quando vide la fiumana di gente riversata su *O'Connell Bridg* e sui ponti limitrofi, che collegavano la parte settentrionale della città alla parte meridionale, oltre il fiume *Liffey*. Il giovane posteggiò l'auto in un parking sorvegliato a pagamento, aperto 24ore su 24, che stava nei pressi di O'Connell Street. Lasciò le chiavi al custode assieme a un biglietto riportante il numero telefonico di Mr. Ahearne, che avrebbe mandato qualcuno a prenderla. Poi, in tutta fretta, i tre si riversarono sulle vie Dublinesi e cominciarono a camminare a passo sostenuto, a tratti potenziando con una leggera corsa che mise a dura prova la resistenza del povero Dorigo. Con il fiatone e la voce ansimante, l'uomo richiamò all'attenzione i due informando loro che mancavano solo venti minuti alla mezzanotte. Giunti finalmente al cospetto dell'imponente Cattedrale, si mischiarono tra la gente che affollava il piazzale. Furtivamente, con dovuta prudenza, entrarono in chiesa e sgattaiolarono tra le colonne della navata occidentale. Sally ebbe subito un tonfo al cuore, quando vide la lunga navata centrale gremita di figure a lei familiari, con la tunica scura, il cui volto veniva nascosto dall'ampio cappuccio. Le parve di rivivere un suo vecchio sogno, fatto tempo fa, come in un incredibile *déjà-vu*. Tutto pareva ripetersi: Sally, nascosta tra la fila di colonne, era accompagnata dalle due figure maschili che, nel suo sogno, non era stata in grado di riconoscere; la luce soffusa era quella che ricordava, fulva e flebile; persino le vetrate erano, anch'esse, decorate con immagini evocanti le

stazioni della Via Crucis. Tutto era dinnanzi a lei, tale e quale a quello che credeva essere stato un incubo. Non ci volle molto per capire che non si era trattato affatto di un sogno. Ricordò la dura lotta contro Mr. Leskov e improvvisamente rammentò dei quattro vangeli apocrifi nascosti. Vide la colonna, ne riconobbe le icone e si avvicinò sicura mentre i due compagni la seguirono <<So cosa fare>> disse. L'effigie di ogni cavaliere, posizionati sui quattro lati della colonna, portavano la simbolica croce templare proprio come nel suo sogno. Ormai ne era certa, la dentro si nascondevano le antiche pergamene. Toccò lo scudo e trovò la fenditura. All'interno di essa il piccolo pungolo in pietra. Lo spinse, il vano le apparve magicamente, proprio come ricordava. Dentro vi era sistemata la pergamena arrotolata, contenente il prezioso codice miniato. <<Ma come...>> Cormac la guardò con aria interrogativa. Ma lei non risposa. Volse lo sguardo verso l'altare, spaventata da ciò che sarebbe presto accaduto. Cormac la guardò sbalordito, ignaro di ciò che stava accadendo. Anche Dorigo la stava guardando con stupore, desideroso di una spiegazione. Sally sussurrò <<L'ho già vissuto, in un sogno>>. Poi li zittì, preoccupata che quel bisbiglio potesse farli scoprire. Sfortunatamente, in un attimo, i suoi timori presero forma e il suo vecchio sogno divenne reale proprio come l'incubo da cui però non si sarebbe potuta risvegliare.

Capitolo 46

Dublino, lunedì 19 marzo 2007

Mr. Carroll teneva con forza l'arto del vecchio finché, inerme, il povero Mr. O'Brien si riversò al suolo, sfinito <<Non riuscirete a fermare la profezia – disse con un filo di voce, accompagnato da un colpo di tosse – siete solo dei fanatici. Non riuscirete a ottenere la chiave. La conoscenza dei grandi Maestri è degna solo a chi ha la saggezza e il cuore per apprenderla. Il segreto del mio popolo non vi appartiene>> continuava a proferire, imperturbabile. <<Basta vecchio! – sbraitò Mr. Carroll ammonendolo - Mi hai stancato>> si avventò con rabbia verso di lui, sferrandogli un colpo che, con rude sopraffazione, lo fece svenire all'istante.

Dublino, mercoledì 31 Ottobre 2007

Sally era stata smascherata e Mr. Leskov, davanti a tutti, cominciò a sferrare i suoi terribili attacchi verbali, con cinico intento, proferendo un cattivo influsso fatto di incantesimi e malefici. Sally ebbe addosso lo sguardo minaccioso dei seguaci di Mr. Leskov ma improvvisamente, con suo stupore, si accorse che tra la massa, mimetizzati sotto la tunica scura, complice l'ampio cappuccio che nascondeva i loro volti, vi erano anche numerosi amici dell'antico ordine dei Templari che, con vigore e onore, prestarono soccorso alla giovane. Le due fazioni sollevarono un polverone di assensi e dissensi. Non ricordava tale piacevole episodio e fu lieta di constatare che la chiesa era gremita di Vigilanti e Guardiani, intenti a proteggere i custodi di Dan. Come in un film d'azione, ricco di incredibili effetti speciali, la Christ Church Cathedral divenne un campo di battaglia. I membri della setta di Mr. Leskov si riversarono sui rivali mentre Sally, ancora ammutolita, udì poco dopo una voce che ricordò la stessa del suo sogno <<Prendi i quattro papiri>> si sentì suggerire <<Sally, solo tu puoi fermarlo>>. Con suo stupore apprese che la voce era quella di Cormac, avvicinatosi alla sua spalla per rassicurarla. Sally sentì una strana energia invadergli l'animo. I suoi antenati la stavano guidando e i suoi guardiani la stavano proteggendo, proprio come voleva la profezia. Con determinazione decise di perquisire la colonna in cerca delle altre tre pergamene. Il suo inevitabile destino era quello di combattere, con coraggio, la sua grande battaglia.

Dublino, lunedì 19 marzo 2007

Mr. Carroll si preparò per il grande momento: mancava ormai poco e, finalmente, avrebbe rivisto il suo Maestro. Questa volta era pronto, non si sarebbe perso l'occasione di immortalare l'evento. Aveva pagato il guardiano della Christ Church, nascosto dietro una colonna, per riprendere la scena con una videocamera digitale. Una utilissima testimonianza che avrebbe sicuramente dissuaso qualcuno a farlo entrare nelle più alte cariche della confraternita. Almeno è ciò che Mr. Carroll, con grande avidità, sperava. La persuasione era una sua grande dote, il povero Mr. O'Brien lo aveva provato per ore sulla sua pelle. Il vecchio, lasciato a terra incustodito, era ancora privo di conoscenza quando Mr. Carroll si diresse, a passo spedito, verso la navata. Attraversò il lungo androne che ne tracciava il collegamento e raggiunse il colonnato sinistro, diretto verso l'altare, nel lato occidentale. Si nascose, pazientemente, mimetizzandosi tra le colonne in attesa che il varco si aprisse. Aveva avuto ordini precisi sul fatto che i tre stranieri non dovevano, per nessun motivo, oltrepassarlo nuovamente, poiché così facendo sarebbero giunti in Sardegna e loro avrebbero perso ogni speranza di poter consacrare la loro congrega, agli occhi di tutti, come la più potente e immortale della storia. L'uomo si toccò la tasca della giacca e si accertò che la sua *revolver* si trovasse nel fondo. "Con ogni mezzo" rimembrò le parole del suo Maestro. Con una sprezzante smorfia si compiacque tra sé. Poi, voltatosi verso l'uomo con la videocamera, fece cenno di stare vigile.

Dublino, mercoledì 31 Ottobre 2007

Sally aveva dato origine, attorno a sé, a una barriera di energia che fermava gli incalzanti attacchi di Mr. Leskov. Aveva recitato i versi contenuti nelle pergamene, che Cormac aveva riconosciuto essere scritte in gaelico. Si trattava di un'antica raccolta di preghiere, invocazioni e sortilegi, i *Carmina Gadelica*, tratti dalla tradizione orale delle Highlands, Irlanda e isole di Scozia. Dalle rune propiziatorie alla preghiera, fino al sortilegio per la protezione della vita, queste preghiere cristiane vantavano una particolare caratteristica che ne conferiva un incredibile potere: erano infatti memoria dell'antichissima cultura celtica presente nell'isola e che, tramite i Vichinghi e Normanni, si continuò a tramandare sino alla venuta del Cristianesimo. Insegnamenti che non morirono ma che anzi conferirono un prezioso passaggio di potere, dall'antico popolo di Dan ai più contemporanei adepti, proprio come successe ad alcuni monaci di Iona, guardiani degli antichi saperi. Un bagliore intenso si sprigionò e il frastuono echeggiò lungo la navata. I pochi scagnozzi di Mr. Leskov, rimasti immuni dall'attacco dei vigilanti, si riversarono fuori dalla chiesa terrorizzati da quel che stava accadendo tra i due avversari. Devastanti attacchi vennero sferragliati con impeto, provocando un enorme trambusto. Il sacro luogo di culto era diventato un implacabile campo da battaglia e la polvere si era sollevata per tutta la navata, proprio come Sally ricordava: vide gli oggetti salire in alto, roteando come in un vortice. Mr. Leskov continuava a invocare versi nefasti che trafiggevano Sally, ormai stremata. Cormac e Dorigo cercavano di proteggerla dagli attacchi di alcune figure che speravano di fermarla attaccandola alle spalle. La giovane ricordò la scena e, ormai disposta a tutto, prese la quarta pergamena e recitò gli ultimi versi. L'energia proveniente dalla mano tesa di Sally si scontrò con quella funesta, proveniente dalle mani giunte di Mr. Leskov. Dopo pochi secondi l'uomo, con straziante imploro, esortò la giovane a smettere. La potente onda d'urto scaraventò l'uomo, senza che Sally riuscisse a evitarne la tragica conseguenza. Come nei suoi ricordi, infatti, Mr. Leskov scomparve tra le fiamme e le sue strazianti urla, deflagrato dalla sua stessa bramosia di grandezza. Sally si voltò verso i compagni, per assicurarsi che stessero bene, poi li informò che il momento era arrivato. Le campane cominciarono a suonare, era scoccata la mezzanotte. Una luce intensa giunse dall'altare e improvvisamente, al suo interno, si aprì il varco temporale che i tre aspettavano. Si precipitarono di corsa, con un balzo funesto lo attraversarono trovandosi, poco dopo, scaraventati al suolo nel medesimo luogo ma in una diversa dimensione temporale. Lo capirono appena si guardarono attorno, non v'era alcuna traccia del recente combattimento.

Capitolo 47

Dublino, lunedì 19 marzo 2007

Storditi e indolenziti, i tre si ritrovarono davanti all'altare della Cattedrale. <<Siamo ancora qui! - esclamò confuso Cormac - Forse qualcosa è andato storto>> pronunciò massaggiando la schiena, intorpidita dal ruzzolone. <<In effetti ricordo che nel mio sogno il portale ci condusse direttamente in Sardegna, in mezzo a una strada... ma non capisco!>> ammise Sally un poco disorientata. <<Comunque siamo in un altro spazio temporale>> notò Dorigo, indicando la navata che sarebbe dovuta essere completamente a soqquadro. Cormac guardò la data nei foglietti delle preghiere, poste nei banconi e dedicate alla celebrazione della giornata <<Siamo nuovamente a Marzo – disse – nel pieno dei festeggiamenti dell'equinozio di primavera. Probabilmente il varco si riaprirà tra pochi minuti. A mezzanotte lo potremo riattraversare!>> sorrise. <<Eccessivamente ottimista direi>> sghignazzò una voce proveniente dalle colonne. Una figura scura venne avanti. Con mano ferma teneva una pistola puntata su Sally. <<Mr. Carroll>> esclamò sbigottita la giovane. <<So cosa pensi – sorrise – dopo l'evento al Newgrange sarei dovuto fuggire a gambe levate, incredulo e spaventato, ma sfortunatamente per te io sono devoto al mio Maestro e lui, dopo avermi contattato telefonicamente, mi ha informato del vostro arrivo qui. A proposito lui dov'è? - domandò irritato, non vedendolo arrivare - Come mai non è qui con voi? Che gli avete fatto!>> cominciò a sbraitare temendo il peggio. Dorigo impallidì e allungò una mano come a volerlo placare <<Calmati, sta fermo con quel coso – disse guardando l'arma – cosa vuoi?>>. L'uomo sogghignò e fece un passo in avanti <<Ahahah! Come

se non lo sapeste! - si inasprì - Voglio la chiave. Ma prima dimmi cosa hai fatto al mio Maestro, sciagurata!>> disse rivolto alla giovane. Le mise le sue forti mani addosso, pressandole la spalla per abbassarla al suo cospetto. Cormac e Dorigo, determinati a proteggere Sally, fecero per gettarsi contro di lui ma l'uomo, con impeto, fece fuoco su uno di loro. Fortunatamente il colpo venne schivato ma questo gesto bastò per scoraggiare i due, che si bloccarono per non mettere in pericolo la loro compagna. Quell'atto di violenza gratuita sui suoi amici fece però adirare Sally, trasformandola da vittima a carnefice. Improvvisamente, infatti, la giovane cominciò a invocare l'aiuto degli elementi e, con una potente energia incanalata nella mano destra, incalzò l'uomo scaraventandolo con impeto sopra una colonna. I minuti continuavano a scorrere velocemente verso la mezzanotte e il guardiano della Christ Church aveva ripreso tutto. I tre sentirono i suoi gemiti di paura dietro la colonna, con la videocamera tra le mani ancora tremolanti e gli occhi sgranati in un'espressione di terrore. Era in procinto di darsi alla fuga, spaventato per ciò che aveva appena visto fare. Quel filmato avrebbe compromesso l'incolumità della giovane custode, ma i tre non avevano il tempo per poterlo rincorrere. Il varco si era appena riaperto. Avrebbero rischiato di rimanere incastrati in quel tempo mancato e non potevano permetterlo. <<Rimango io>> pronunciò Dorigo, intento a sacrificarsi per proteggere la sua bambina. <<No, non se ne parla!>> rispose Sally con apprensione. Cormac annuì <<Sally ha ragione, vi siete appena ritrovati e non sarebbe giusto! Ma se andassi io vorrebbe dire perdere definitivamente la chiave>> la guardò con passione. Sally non capiva <<Che significa senza te la chiave andrebbe persa?>>. Cormac sostenne il suo sguardo <<Io e te ne siamo i procreatori – ammise sotto lo sguardo sbalordito dei compagni - La chiave non è altro che il frutto del nostro amore Sally! È l'eredità della nostra discendenza>> confessò il giovane. <<Ma tu come...>> proferì esitante Dorigo.

<<Mr. Ahearne – esclamò – è stato lui a confessarmelo prima di partire >>. Sally gli sorrise dolcemente <<In fondo al cuore l'ho sempre saputo – confessò – me lo sentivo>> ammise. Sally decise poi il da farsi <<Che vada pure. La chiave è più importante. Non rischierò la tua vita, né metterò a repentaglio il destino del nostro popolo spezzando la profezia>> disse infine, con tono risoluto. Improvvisamente, con loro meraviglia, videro sbucare Mr. O'Brien da una colonna, in fondo alla navata. Sferrò un colpo di bastone all'uomo in fuga, che cadde a terra inerme. La videocamera era ormai in mani sicure. Mancavano tre secondi alla chiusura del varco: con un sorriso di gratitudine i tre salutarono Mr. O'Brien poi, finalmente, oltrepassarono la luce verso il loro destino. Giusti in tempo.

La chiave tramandata

Capitolo 48

Dublino, lunedì 19 marzo 2007

Il varco si era chiuso. I tre erano spariti. Mr. O'Brien, che si era liberato giusto in tempo, sorrise compiaciuto e felice per il suo piano riuscito. Prese la videocamera e ne rimosse la *memory card* da cui poi, con calma, avrebbe cancellato il contenuto. Chiamò la polizia. La revolver era ancora a terra, vicino alla figura livida e inerme di Mr. Carroll. Legò vicino a lui l'amico, ancora svenuto, e se ne andò prima che le forze dell'ordine potessero vederlo. I due delinquenti finirono in manette e dopo qualche ora, ignaro della fonte, il capo della polizia ricevette una registrazione in cui Mr. Carroll raccomandava il complice di riprendere tutto, poi una scena in cui sparava addosso a qualcuno non identificabile. Non si riuscivano a scorgere altri presenti, sono scene spezzettate che procurarono però prove schiaccianti sulla condotta dei due uomini, infangando definitivamente la loro prestigiosa setta. I due adepti rimasero al fresco per molti anni.

Sardegna, giovedì 21 giugno 2007

Sally, intontita e senza più energie, si ritrovò in mezzo alla strada, proprio come successe nel suo vecchio sogno. La sua premonizione si era avverata completamente. Si guardò in giro e scorse accanto a sé, distesi e privi di senso, Dorigo e Cormac che però si destarono subitamente, anch'essi storditi e scombussolati per via del teletrasporto. Sally si scrollò gli abiti e qualcosa cadde sul suolo: per un attimo aveva scordato quella scena, che ora le parve familiare e inequivocabile. I quattro codici miniati, inizialmente scritti sulle pergamene, si erano uniti in un unico grande libro la cui copertina, in pelle scura, riportava il simbolo, ancora iridescente e marchiato a fuoco, del disco e dei due serpenti. Quel fenomeno annunciava la congiunzione tra Sally e il libro. La cicatrice sul ventre della giovane si era improvvisamente arrossato e lei ne sentì il lieve bruciore. Prese il libro, lo sfogliò e notò che molte pagine erano vuote. Cormac si avvicinò con dolcezza e le diede la lettera sigillata che Mr. Ahearne gli aveva affidato <<È stato categorico nell'assicurarsi che te la dessi appena giunti in Sardegna>> si confidò, sotto lo sguardo stupito degli amici. Lei la aprì con attenzione e prese a leggerla in silenzio, scostandosi, tra gli occhi incuriositi dei suoi guardiani che, puntati addosso, la scrutavano poco distanti ma con rispetto e discrezione.

Figlia di Dan,
come sicuramente avrai capito, la chiave è un dono, è una consapevolezza che rimane sopita e tramandata inconsciamente, generazione dopo generazione. È quella parte di noi che va ritrovata e accettata. Per i custodi è una profonda missione. La loro sensibilità riesce a risvegliare lo spirito dormiente e il percorso iniziatico offre, al custode, il potere di far sopravvivere in eterno il proprio popolo. Questo potere, come tu sai, è stato chiamato anche "Sacro Graal", dispensatore di vita eterna, e non è altro che il potere di compiere la magia più potente e meravigliosa, donare la vita. La chiave, cara Sally, è l'amore con cui si tramanda il significato della vita. Quando un nuovo erede tramanderà lo spirito, l'identità e la conoscenza del suo antico popolo, allora la profezia si compirà. Tu e Cormac siete la dualità, come la terra lo è con il firmamento, come il fuoco lo è con l'acqua. Da voi nascerà la chiave che suggellerà il potere della Triade, la Sacra Famiglia. Dorigo, voi e la chiave, formerete l'unione dei quattro elementi che sono il simbolo del fiore della vita. Diverrete il simbolo del tempo infinito, che unisce passato, presente e futuro. La

chiave si trasformerà in un vero e proprio cardine, oltre la porta del tempo, chiave di volta dell'immortalità del Popolo di Dan. Questa è Atlantide.

Sally richiuse la lettera. Quelle parole palpitarono nel suo cuore. Ora conosceva la sua missione. Sorrise. Con piacevole constatazione notò che qualcuno era già lì per condurli al pozzo sacro di Santa Cristina, dove si stavano svolgendo i cerimoniali del Lunistizio. Un giovane, tarchiato e dalla pelle scura, si era infatti avvicinato a Cormac <<Mi chiamo Antonio. Sono qui per condurvi alla cerimonia, Seguitemi!>> li incitò il ragazzo, con modi gentili e accoglienti. Saliti in auto, i quattro lasciarono la città di Cagliari e presero la strada statale, in direzione di Oristano. A Santa Cristina tutto era pronto, aspettavano solo loro. Tutt'intorno al pozzo sacro si ripeteva la stessa cerimonia che, 18 anni prima, Vladimir Leskov aveva vissuto, scoprendo l'esistenza di una cultura sciamanica ancora attiva. Proprio lì gli fu rivelato l'arcano presagio di morte. Mr. Leskov non aveva mai capito che quel presagio si riferiva a una morte spirituale, che l'avrebbe logorato se non avesse trovato la chiave. "Solo la chiave ti può salvare" le aveva detto la *filunzana,* che in cuor suo lo esortava a trovare una compagna e mettere su famiglia. Mr. Leskov, sordo e cieco di presunzione, era stato ucciso dal suo stesso ego, fatto di infida arroganza. Arrivarono al sito archeologico dopo circa un'ora di macchina e, con grande emozione, i tre amici constatarono che, ad attenderli, vi era una grande festa. Furono invasi da un calore umano incredibile. La giovane fu condotta giù per la gradinata. La luna penetrava, con la sua luce scintillante, dalla fessura presente sulla volta del pozzo. Con un bastone, dalla sommità intagliata, il *Bundi* raccolse un po' d'acqua e la versò sul capo di Sally, sulla sua spalla sinistra e infine, tracciando una croce, sulla spalla destra. Prese poi, dalla tasca, una cintura fatta in argento lavorato e impreziosito da schegge di ossidiana alternate a piccole pietruzze di mare, chiamate *occhi di Santa Lucia* <<In questa cintura, che avvolgerà il tuo ventre, vi sono le pietre della terra e del mare, legate dalla magia della luna. Sono simboli dell'identità del nostro popolo: da una parte i nuragici, uomini di terra; dall'altra i Shardana, uomini di mare – pronunciò a gran voce – La nostra gente discende da questa magica unione. Così fu scritto: *Quando i figli di dio si unirono ai figli dell'uomo, generando una razza di uomini-eroi chiamati sciamani vigilanti*[9]. La primordiale congiunzione tra *Sapiens* e *Neanderthal*, intorno al 30.000 a.C>> pronunciò il *Bundi*. Dopo la breve spiegazione, l'uomo sollevò la cintura in segno di fertilità, verso il raggio di luna che penetrava dalla fessura <<Possa, questo potente amuleto, allontanare il male dalla nuova Triade e salvaguardare la magia della vita – Continuò poi con un gesto rituale - Possa tu, custode, tramandare la chiave poiché ora la Grande Madre e il Sardus Pater vegliano su di te>>. L'uomo, che stava concludendo il rituale di fecondità, prese la mano di Sally e, risalita la gradinata, accolse con l'altra mano quella del giovane Cormac <<Voi siete la testimonianza di quella magica unione primordiale tra dio e l'uomo, la vita eterna che unisce gli esseri umani nel nome dell'amore. La cerimonia matrimoniale è completa, il nuovo eletto sarà nominato e la profezia si compirà>>. Concluso il discorso ufficiale, sotto l'atmosfera di festa tra danze, musiche e buon vino, il *Bundi* accompagnò i due giovani nel Nuraghe a ridosso, sistemato per l'occasione e reso confortevole e accogliente grazie a grandi tappeti di pelli in lana di pecora, fiaccole per la luce e un caldano per allontanare l'umida frescura della notte estiva. Il sacro megalite sarebbe stato il nido per la loro prima notte di nozze. Sally, appena entrò, ebbe come la strana sensazione che quel luogo fosse familiare, conosciuto, forse già visto in una delle sue visioni. Si avvicinò alla parete della cella sulla destra,

---

[9] Tratto dal libro della *Genesi 6,4*

completamente in penombra, e sentì un brivido. Si girò di scatto e guardò Cormac. Il *Bundi* era appena andato via e lui la osservava incuriosito. Sally allungò la sua mano, lentamente, e sentì una presenza forte, corporea. Ebbe una forte trepidazione che non riusciva a spiegare. <<Tutto bene Sally?>> chiese lui, vedendola sbiancare. Sally non sentiva, allungò nuovamente la mano come a voler toccare qualcosa di indefinito, poi capì, sentì, ricordò quel momento, quando lei, ignara e impaurita, si trovava esattamente dall'altra parte, oltre il varco. Stava sentendo la sua stessa anima e la sua stessa energia, durante una sua visione, quando si trovava all'inizio di quel cammino che ancora non capiva. Sorrise. Quella notte Sally attraversò, con Cormac, il labirinto del drago, oltre la porta del tempo, che li condusse nell'infinito tra cielo e terra, dove finalmente poterono amarsi senza più limiti. <<L'amore è una energia talmente grande da poter alimentare l'esistenza di tutto il creato>> disse Sally, distesa tra le braccia del suo uomo. I loro corpi nudi erano scaldati dalla poca brace che ancora scoppiettava, a poca distanza dal loro giaciglio. Il solstizio d'estate, dove la luce e il buio si eguagliano, fu testimone della perfetta armonia. Come l'unione tra *yin* e *yang*, dove la dualità di dio/dea hanno il potere di creare l'esistenza. La chiave era stata trovata. Intanto, nel vicino villaggio, i festeggiamenti durarono tutta la notte, tra balli e canti, banchetti e sbornie. Sally, che aveva percorso il labirinto arrivando finalmente al centro della sua anima, ora conosceva la dimora del drago che è serpente, custode del più prezioso dei tesori. Nella sua mente e nel suo cuore era in armonia con dio e tutto il creato.

Capitolo 49

Cara figlia,
ho deciso di scriverti questa lettera poiché la vita è spesso bizzarra e
non si può mai sapere. Se non potrò essere al tuo fianco, quando
troverai il diario con le mie memorie, allora questa lettera ti
accompagnerà e ti aiuterà a capire la verità sulla storia del nostro
popolo. Il mio viaggio, alla ricerca della chiave, cominciò quasi per
caso ma capì subito di essere stata destinata a grandi cose. Capire la
propria missione nella vita è tutto ma, proprio per questo, non è mai
cosa semplice. Il percorso che intraprendiamo ci permette di creare di
volta in volta la nostra strada. Nel mio viaggio ho conosciuto la
storia del nostro popolo, ho appreso la nostra discendenza, l'antica
civiltà megalitica che per millenni ha lottato, per non essere
dimenticata. Questa profonda identità scorre nelle vene di tutti i
custodi. Noi, cara figlia, siamo i superstiti di un tempo senza inizio.
Ora, porto dentro di me la chiave, concepita dall'amore, custodita per
nove mesi in attesa che possa venire al mondo e possa compiere la sua
missione. Scalci da ore, con il desiderio di conoscere la vita che ti
aspetta. Tra non molto verrai alla luce e comincerai il tuo viaggio.
Quando, al compiere dei 18 anni, leggerai questa lettera, forse ti sarà
più facile capire cosa ti stia succedendo. Prendere atto della propria
chiamata non è cosa semplice e tu non sei una custode qualunque.
Sei figlia di due custodi, cosa estremamente rara. Con il tuo arrivo le
due terre sorelle, separate da secoli, si uniranno in un grande patto.
Sardegna e Irlanda saranno nuovamente le guardiane del tempo. Tu,
bambina mia, sei l'eletta. Se permetterai all'amore di vincere, la
chiave della vita ti permetterà di aprire il sigillo supremo
dell'eternità. Ogni popolo, sin da tempi immemorabili, ha bramato
questo tesoro senza però capirne il vero significato. Il nostro popolo è
stato uno tra i primi a conoscerne il segreto, sapeva di poter rimanere

eterno, proprio grazie ai loro custodi. Tramandando la sua storia, le memorie, il sapere, la semplicità e la saggezza, allora Atlantide non morirà. Custodisci questi valori di umanità e rispetto, tramandali, falli conoscere alla tua gente, così terrai viva la chiave. Ti aspetta un viaggio arduo, ricco di insidie, un pellegrinaggio, che stravolgerà la tua vita e rimetterà in discussione molte delle tue certezze. Ma segnerà anche il principio di una nuova consapevolezza e ti donerà energia, gioia e fierezza. Stai scalciando sempre più forte. È ormai giunta l'ora di andare, ma prima di salutarti vorrei rassicurarti. Forti braccia ti sosterranno: quelle di tuo padre, che con grande forza d'animo ti trasmetterà tutto l'amore di cui avrai bisogno; quelle dei tuoi nonni, che saranno il riverbero della mia entità; quelle di chi ti sarà affianco durante il tuo cammino iniziatico; infine, amore mio, avrai sempre il mio sostegno che non ti abbandonerà mai e ti accompagnerà, come il dolce respiro eterno di una candida carezza. Mentre ti guarderemo crescere, piccola e indifesa come un cucciolo fragile, immenso sarà il nostro stupore, di scoprirti forte, audace, fiera, come i tuoi fratelli sparsi nel mondo. Ti guarderò, piccola Danann, e vedrò in te un piccolo angelo arrivato per donare al mondo quella immensa speranza che solo l'innocenza di un bimbo sa regalare. I tuoi occhi avranno il colore smeraldo dell'Irlanda; i tuoi boccoli saranno dorati come il grano arso dal sole della Sardegna; Il tuo sorriso, innocente, parlerà di luoghi magici e trasmetterà luce; il tuo nobile cuore, specchio del nostro amore, sarà puro come i cieli limpidi di queste terre meravigliose, rigonfio d'amore e di passione. Tu sei il nostro futuro. Ti sento dentro come un uragano, una immensa forza della natura, miracolo e dono supremo. Ti amo! Sally.

Sally fissava il volto preoccupato di Cormac, che la sosteneva per non cadere. Le doglie si erano fatte improvvisamente più acute, l'ora era vicina. <<Ci siamo amore mio>> pronunciò lei con un filo di voce. Cormac sorrise. Prese tutto l'occorrente, le chiavi dell'auto, la borsa, poi fece un ultimo giro e tornò a sostenere i suoi passi. Sally si trovava ormai sulla soglia di casa quando, all'improvviso, si girò di scatto per dare un ultimo sguardo veloce a quel nido che con tanta gioia avevano trovato e preso in affitto, nei pressi di un piccolo paesino sardo arrampicato nella montagna, sistemato con tante aspettative per l'imminente arrivo della loro piccolina. La decisione di rimanere in quella terra era nata dal forte desiderio della giovane di poter conoscere meglio quella terra antica, in cui i suoi avi avevano dimorato per millenni. Osservò il tavolo, dove aveva lasciato la lettera, lo fissò alcuni istanti con un velo di tristezza, poi guardò Cormac che, ignaro dei suoi sentimenti, la esortava a incamminarsi. <<Dobbiamo andare>> disse lui con un sorriso dolce che le strinse il cuore. Lei riguardò quella casa luminosa ancora un'ultima volta, provando un profondo senso di inquietudine. Sapeva bene, in cuor suo, che quelle accoglienti mura non le avrebbe più riviste.

Epilogo

I.

Sardegna, martedì 29 marzo 2044

Dana mise la coppia, dattiloscritta, in una larga busta di carta bianca e riportò, nell'etichetta anteriore, l'indirizzo della casa editrice. Fissò allungo quel plico, assorta nei suoi pensieri, che ricordavano le gesta eroiche di sua madre, la grande donna intrepida che non aveva mai conosciuto e di cui aveva riportato con cura, in quelle pagine, le memorie. Afferrò, dallo scrittoio, la lettera che lei le scrisse trentasei anni prima durante la sua attesa. La strinse al petto, con una leggera vena malinconica. Da ben diciotto anni conservava quella pagina, ormai ingiallita, che a ogni suo compleanno leggeva rinchiusa nel suo dolore, ovunque si trovasse. Da anni vagava, di città in città, di nazione in nazione, lontana dalla famiglia e da quel dolore, non restando mai abbastanza allungo per crearsi una vita, veri amici o una sua famiglia. Aveva incolpato per anni la madre, per averla abbandonata proprio il giorno della sua nascita. Non prestò fede a quanto lei le aveva scritto, in quelle parole cariche di aspettative. Quali pretese avanzava nei suoi confronti, lei che l'aveva lasciata sola in un mondo che pareva volesse schiacciarla, come poteva sperare che lei ne avesse seguito le orme. Con suo padre aveva smesso di parlare, da quando, adolescente, lui le aveva rinfacciato d'essere una persona ingrata, visto che la madre era morta per metterla al mondo. Parole pesanti, taglienti come una lama affilata che affonda nel petto. Una ferita difficile da ricucire. Se ne andò di casa appena compì la maggior età e portò con sé solamente quella lettera e pochissimi oggetti. Lasciò l'isola e si trasferì

295

più volte, il più possibile lontana dal suo passato, infine andò ad abitare in una grande capitale europea, a migliaia di chilometri di distanza. Da piccola le piaceva leggere il diario di sua madre e lo aveva sempre considerato un libro di fiabe, un'avventura fantasiosa. Ma crescendo, quelle fiabe si trasformarono in righe piene di menzogna, parole di una visionaria ché, alla fine, l'aveva tradita. Stanca di quelle bugie considerò l'idea più logica: che sua madre fosse pazza. Conservò quel libro in soffitta, su una fessura che solo lei conosceva e dove nessuno lo poteva trovare. Ora sapeva che i racconti della madre non erano favole. Dana si toccò il ventre, la ferita era ancora fresca, il simbolo del prescelto era in lei e sanciva la profezia del nuovo eletto, proprio come la madre raccontava nel suo diario. Quando chiamò il nonno, in cerca del suo aiuto e sostegno, lui la esortò a riconciliarsi con il padre. Chi più di lui poteva aiutarla? Era il suo guardiano. Il prossimo Lunistizio era vicino e quando Dana sentì per telefono il padre, dopo tanti anni di silenzi, raccontandogli l'accaduto, il padre non ci pensò due volte, si precipitò da lei con il primo volo e la riportò a casa. Ora lei, con il suo sostegno, sapeva cosa fare. Dopo aver osservato il plico, chiuso con la cera lacca di colore scarlatto, che riportava in rilievo il sigillo di famiglia, una spirale di due serpenti ritorti su se stessi che richiamavano metaforicamente il simbolo del *Nehustan*, la giovane lo mise in borsa ripensando alla profezia <<I due serpenti sono i guardiani>> disse. Cormac annuì <<Il disco lunare aspetta il suo tempo – continuò lui – Quel tempo è arrivato, figlia. Tua madre sarebbe fiera di te>> proferì. Dana sorrise <<Lo sarà! Quando nelle librerie di tutto lo Stato verrà venduto il libro che parla della storia del nostro popolo>>. Padre e figlia, soddisfatti, uscirono per dirigersi alla casa editrice. La profezia stava per compiersi.

II.

Caro lettore,
ho deciso di pubblicare questo libro per amore di mia madre, che mi
affidò, con immensa speranza, l'arduo compito di tramandare i codici
con i quali è possibile giungere alla chiave. Per anni il suo diario è
rimasto conservato, in attesa che io fossi pronta a rivelarne i
contenuti. Quando ho appreso di essere la nuova custode e ho riletto
le sue memorie, ho capito il senso della mia esistenza. Ora, con
grande obbligo morale, sento il dovere di tramandare questo scritto
sperando che in questo tempo nascano nuovi custodi, pronti a
combattere per la propria gente. Credo profondamente nell'animo
delle persone e credo che, in qualche angolo del mondo, nuovi custodi
siano pronti a compiere la loro missione. Questo viaggio non è solo
una riscoperta delle radici e del tesoro che il nostro popolo ci ha
lasciato in eredità, è anche un viaggio spirituale alla scoperta di se
stessi. L'amore, alla fine, è la vera chiave che ci ricollega alla nostra
vera natura, rivelandoci il più grande potente universale che è dentro
di noi. Ora tu puoi scegliere, se afferrare questa verità e raccoglierne
i frutti, o farla scivolare nell'abisso dell'indifferenza e perdere questa
opportunità. Solo tu sei l'artefice del tuo destino. Qualunque sia la
scelta, tutto ancora deve essere scritto.

                                                        Danann Sheridan

Il giovane editore lesse con attenzione il singolare prologo che
accompagnava il romanzo. Ne rimase ammaliato. Anche se si
trattava di un'opera di fantasia sentiva dentro di sé un sottile
presentimento... come se qualcosa di vero trapelasse da quelle
pagine. Guardò la giovane con dolcezza, il loro sguardo si
incrociò in una profonda intesa. Cormac sorrise tra se: Dana
aveva trovato il suo secondo guardiano e presto i tre
avrebbero formato la nuova triade.

*** Fine ***

Riflessioni dell'autore

Quando partii per l'Irlanda, una terra che consideravo magica e speciale, fui subito conquistata dal calore della sua gente e dalla cultura di quel popolo, ricco di tradizioni radicate, credenze popolari, leggende, che ho da subito sentito familiari a quelle della mia terra d'origine, la Sardegna. Tutto cominciò quando trovai la scarpetta di un folletto indisponente. Una bizzarra casualità che mi diede modo di conoscere i leggendari personaggi delle favole irlandesi. Questo incontro fatato mi diede l'opportunità di apprendere l'esistenza del *Buon Popolo* (*o piccolo popolo*) e del *sidh* (l'aldilà), un mondo parallelo in totale coesistenza con quello degli uomini. Il viaggio mi portò a condurre ricerche e a scoprire tante similitudini culturali che, pian piano, si incrociavano con le mie radici. Quel viaggio in Irlanda fu un vero e proprio richiamo intrinseco. Due isole, simili tra loro in tantissimi aspetti, due facce della stessa medaglia. Intanto il destino tesseva la sua tela: un disegno che cominciai a comprendere solo anni dopo, quando ritornai in Sardegna dopo aver trascorso diversi anni da emigrata nel nord Italia. Un percorso a ritroso, oltre la porta del tempo, in uno spazio transitorio in continua evoluzione, su una linea sottile e quasi impercettibile tra passato, presente e futuro. Per quanto incredibile potesse sembrare, la verità continuava a palesarsi davanti, a ogni passo e poi, finalmente, la trovai: "La chiave", un dono avuto sin dalla nascita, da tramandare. Sono una custode. In me conservo l'essenza del mio popolo, l'identità primordiale, consapevolezza radicata che non mi abbandonerà ovunque andrò. L'amore per la vita è la mia chiave. Ho deciso di raccontare il mio viaggio, con la speranza di trovare altri custodi lungo il cammino. Buona vita!

Finito di stampare nel mese di Novembre 2015
per conto di Youcanprint *Self-Publishing*